奥の細道をゆく

二十一人の旅人がたどる芭蕉の足跡

NHK「奥の細道をゆく」取材班 編

KTC
中央出版

はじめに

本書は二〇〇〇年四月から放送されたNHKテレビ・ハイビジョン番組「奥の細道をゆく」の全三一回を収録したものである。

元禄二年の春、松尾芭蕉はいっさいの名利を捨て、奥州に旅立った。『奥の細道』は、およそ一五〇日、二四〇〇キロに及ぶ旅の記である。

言うまでもなく、この古典中の古典の冒頭は、有名な一節で始まる。「月日は百代の過客にして、行きかふ年もまた旅人なり」流れ行く時も、人の一生もすべては旅のようなもの——こうしたひとつの死生観とでもいうものが、いつの世から日本人のDNAに組み込まれたのか知る由もないが、そうした精神構造が受け継がれていく過程で、芭蕉が大きな役割を果したことは疑いない。

折しも世紀の変わり目を迎え、戦後日本がよってきた価値観が見直されつつある。新たな世紀を生きようとする日本人に、私たちがどこから来たのか、改めて考えてもらう一助にならないか。ほぼ一年をかけて『奥の細道』を追体験した私たちの試みは、こうして始まった。

さらに私たちの思いは、「みちのく」そのものにも飛んだ。三〇〇年の時の流れは、当時と同じ風景を止めておくことを許さない。それでも、東北には芭蕉が旅した頃の原風景が残っているように思えて仕方がない。失われつつある豊かな日本や日本人の姿が、東北にある。それを伝えることができたらと願っている。

この企画を進めていくうえで最も重要だったのは、実際に芭蕉の足跡をたどる「旅人」の存在である。『奥の細道』を現代に照らし合わせ、読み解く人物が必要だと考えたからである。

「旅人」をお願いしたのは、小説、詩、漫画、映画など表現のプロたち、そして宗教学、動物生態学、解剖学などさまざまな分野の専門家たちである。私たちはやがて、こうした人たちがいかに芭蕉に高い関心を寄せているかということを思い知らされることになる。

そして、旅人独自のものの見方が、その専門分野の造詣の深さと相まって、これまでにない芭蕉観なり解釈を生み出していった。定説と比すと賛否両論あると思われるが、それもまた『奥の細道』の偉大さ、奥深さということではなかろうか。

ともあれ、一六八九年製のこの上もなく芳醇なワインとも言うべきこの逸品を、当代きっての表現のソムリエたちの含蓄に満ちた言葉とともにご堪能いただければ幸いである。

二〇〇一年五月

NHK仙台放送局チーフプロデューサー
桐山友之

奥の細道をゆく　二十一人の旅人がたどる芭蕉の足跡　目次

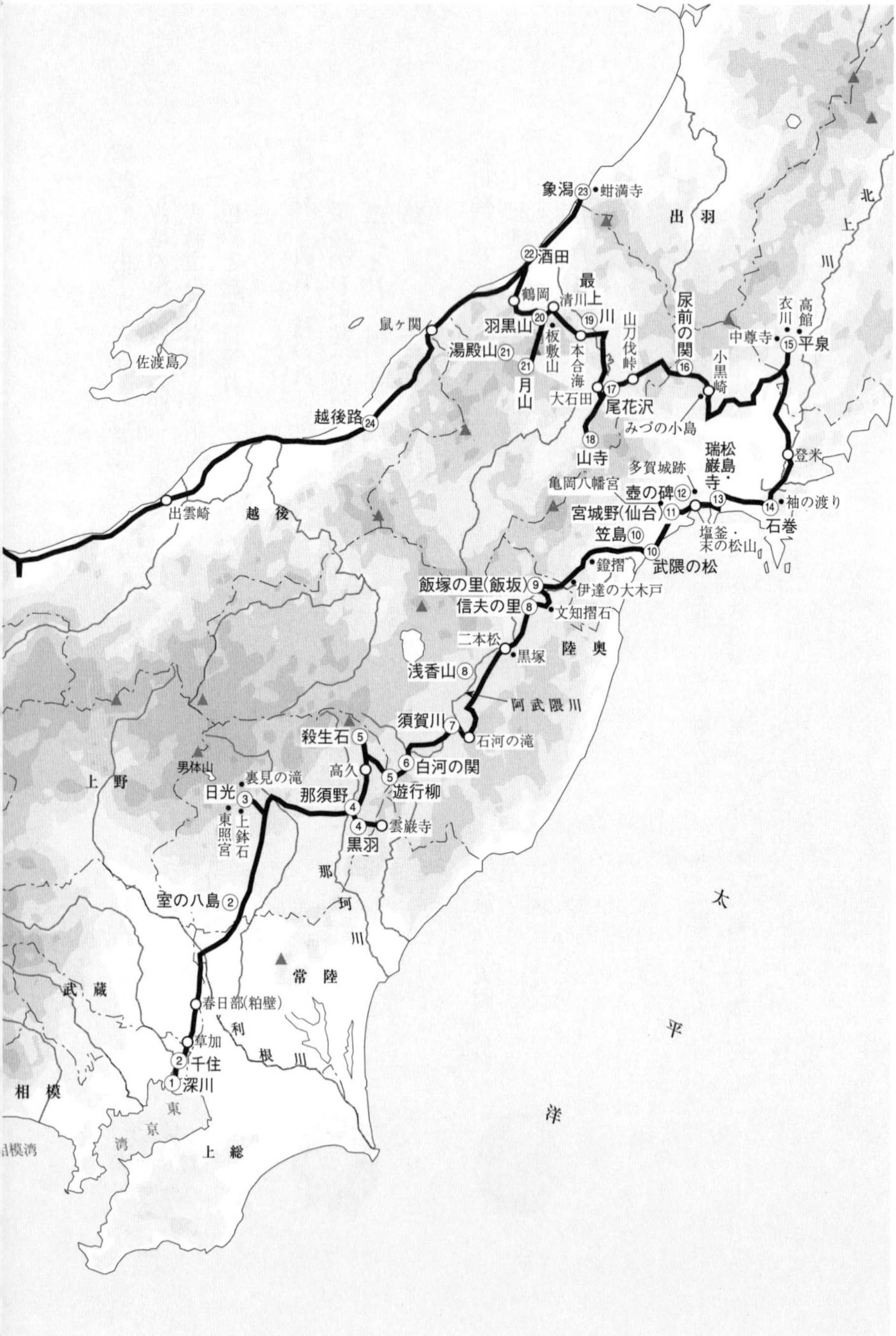
象潟㉓
蚶満寺
出羽
北上川
酒田㉒
最上川
鶴岡
清川
羽黒山⑳
板敷山
鼠ヶ関
佐渡島
湯殿山㉑
月山㉑
本合海
⑲
山刀伐峠
尿前の関⑯
衣川
高館
中尊寺
平泉⑮
小黒崎
大石田
尾花沢⑰
みづの小島
越後路㉔
山寺⑱
瑞巌寺
松島・
多賀城跡
登米
亀岡八幡宮
壺の碑⑫
⑬
⑭
袖の渡り
石巻
出雲崎
越後
宮城野(仙台)⑪
笠島⑩
塩釜・末の松山
武隈の松⑩
鐙摺
飯塚の里(飯坂)⑨
伊達の大木戸
信夫の里⑧
文知摺石
二本松
黒塚
陸奥
浅香山⑧
阿武隈川
須賀川⑦
石河の滝
殺生石⑤
白河の関⑥
高久
遊行柳⑤
男体山
裏見の滝
上野
日光③
那須野④
東照宮
上鉢石
雲巌寺④
黒羽
那珂川
室の八島②
太平洋
常陸
武蔵
春日部(粕壁)
草加
利根川
千住②
深川①
相模
東京湾
上総

奥の細道　旅程地図

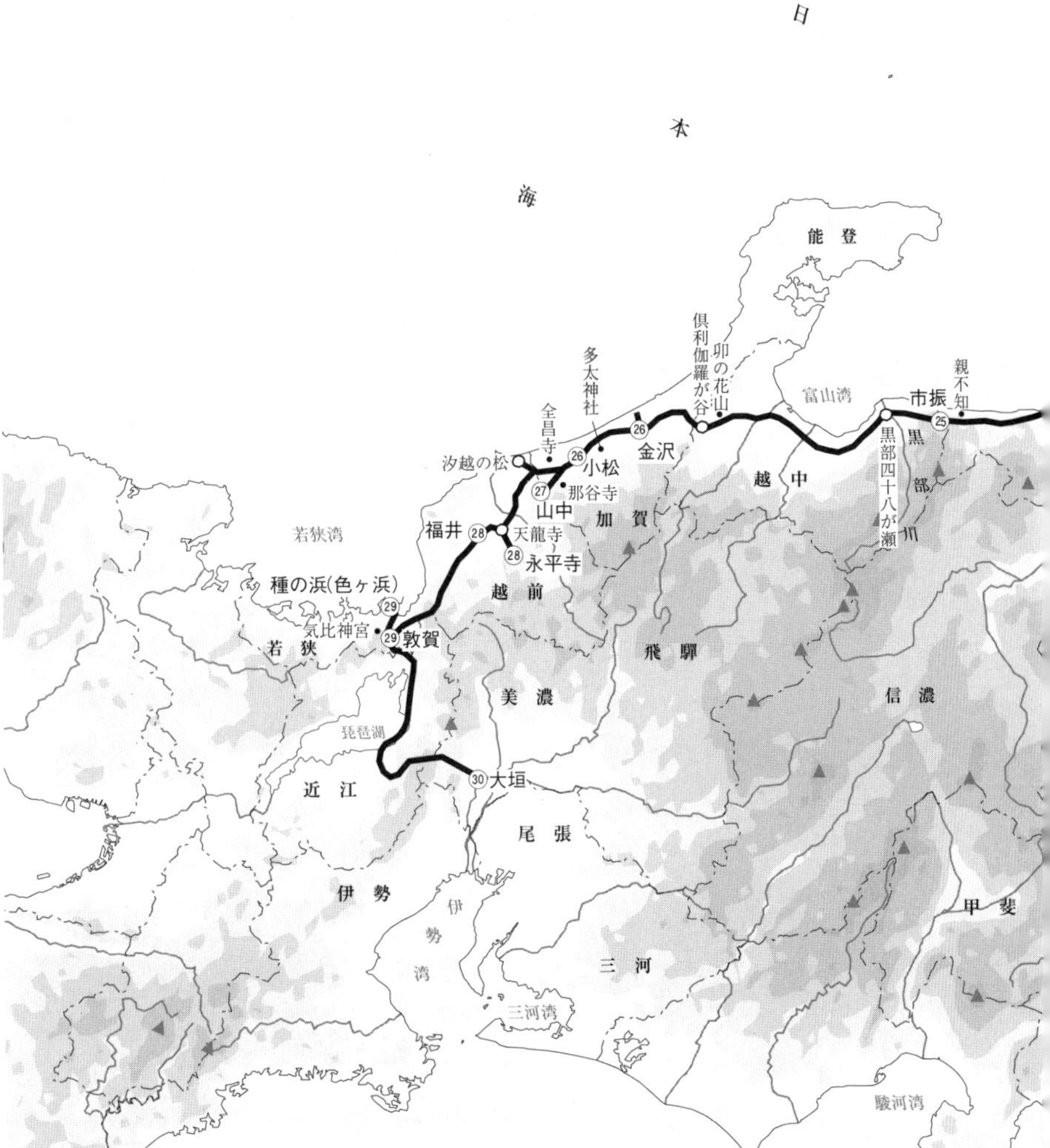
日本海
能登
倶利伽羅が谷
卯の花山
多太神社
全昌寺
汐越の松
富山湾
親不知
市振
25
黒部四十八が瀬
黒部川
26
金沢
26
小松
27
那谷寺
山中
加賀
越中
福井
28
天龍寺
28
永平寺
若狭湾
種の浜(色ヶ浜)
29
気比神宮
29
敦賀
若狭
越前
飛騨
美濃
信濃
琵琶湖
30
大垣
近江
尾張
伊勢
伊勢湾
三河
三河湾
甲斐
駿河湾

『奥の細道』原文は、全文を本書に収録した。原則として上欄に掲載したが、第1旅ほか、例外的に本文中に収録した個所もある。その場合も、原文の順序は本書のページ順どおりである。

原文表記は、読者の読み易さに配慮した尾形仂氏の表記（角川ソフィア文庫版『新訂おくの細道』）に依拠した。

第1旅

深川（東京）・上野（三重）

旅人　**森本哲郎**

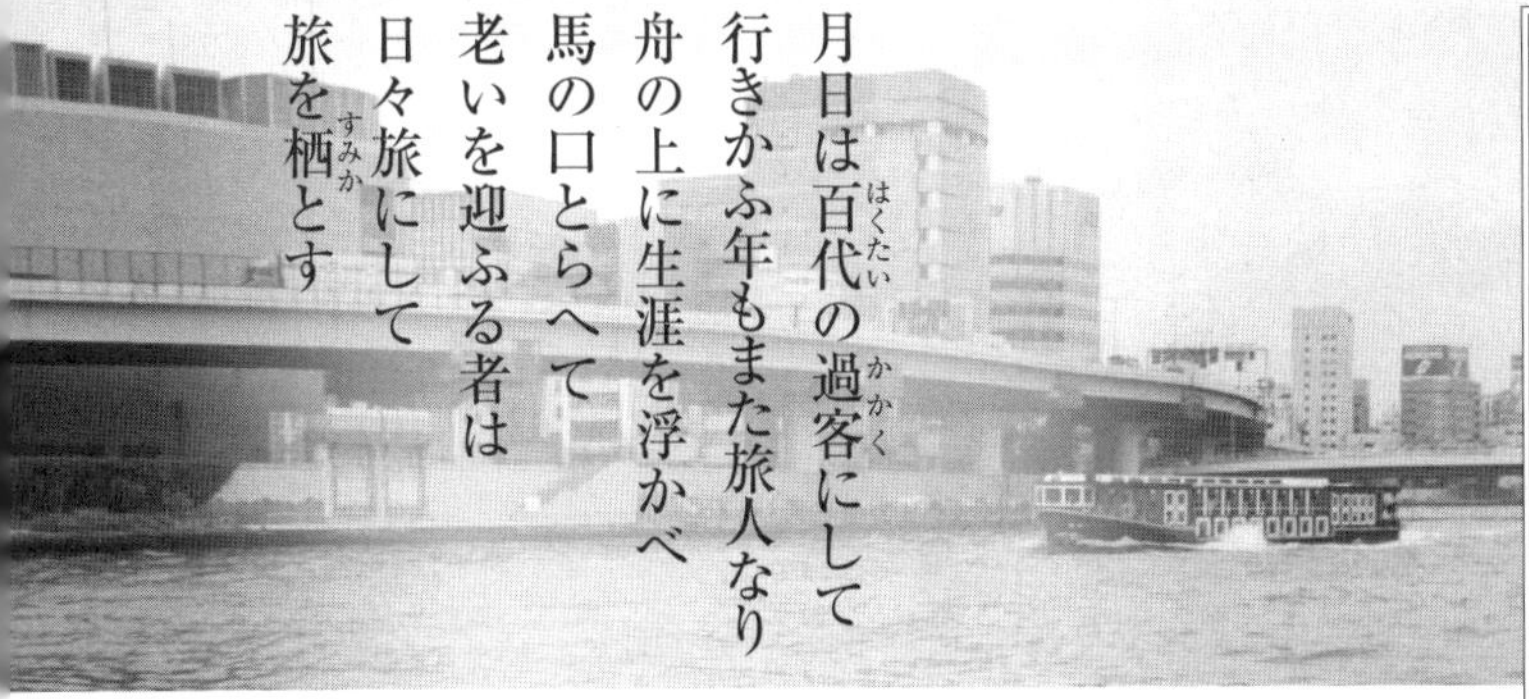

月日は百代《はくたい》の過客《かかく》にして
行きかふ年もまた旅人なり
舟の上に生涯を浮かべ
馬の口とらへて
老いを迎ふる者は
日々旅にして
旅を栖《すみか》とす

もりもと・てつろう（評論家）
一九二五年、東京都生まれ。新聞記者を経て評論・著述活動に入り、一年の半分近くを旅に過ごす。主な著書『文明の旅』『詩人与謝蕪村の世界』『サハラ幻想行』。

私たちはいくつもの出会いや別れを繰り返しながら、人生という長い時間を旅していく。流れ行く時間も、人の一生も全ては旅のようなもの。この想いを心に刻みつけ、生涯を旅に捧げたのが俳人・松尾芭蕉であった。

その芭蕉にとって人生の集大成ともいえる作品が『奥の細道』である。江戸・深川を出発し、東北地方を巡って美濃・大垣に至る全長二四〇〇キロの道のりは、江戸時代、文字通りの命を賭した旅だった。

厳しくも美しい自然や歴史の面影。そして人々との出会い。『奥の細道』は今も私たちに、旅すること、そして人生の意味を語りかけてくる。

隅田川沿いに広がる現東京都江東区深川に、芭蕉は住まいを構

現在の深川

上野城（三重県）

え、奥の細道へと旅立っていった。
最初に、芭蕉の旅を検証するのは、評論家の森本哲郎さんである。森本さんは、これまで世界各地を訪ね、活発な文明批評を続けてきた。そのことは、旅することで思索を深めた芭蕉への関心につながっている。
出発の地・深川は、俳人・芭蕉の人生にとって大きな転機になった場所だと森本さんは考える。
――旅人・芭蕉の原点は、あくまで深川である、と私は思いますね。江戸・深川が、この旅人を生んだのだと。それ以前の四〇歳までの年月は、芭蕉ができあがる準備期間で、四〇歳以後の芭蕉とはまるで違っていた、と言ってもいいと思います。

ふるさと・上野

深川で、俳人としての詩的精神に目覚めるまで、芭蕉は人生との長い格闘を続けてきた。

芭蕉のふるさとは、三重県上野市である。戦国武将・藤堂高虎《とうどうたかとら》によって築城された上野城を中心に、古い家並みが広がる静かな城下町だ。この町では、郷土が生んだ俳人・芭蕉の影響から、俳句が暮らしのなかで身近な存在となっている。

芭蕉が初めて俳諧と出会ったのも、まだ一〇歳代の青春時代だった。地元の上野商業高校人文科のクラスでは、月に一回、生徒

現在の上野市の家並

上野商業高校の授業風景

藤堂家への出仕（「芭蕉翁絵詞伝」）

たちが、日々の生活や、思いを俳句として発表している。

その生徒たちの一句――。

金木犀　甘い香りの　部活動
雪の中　二人の息も　溶けていく

芭蕉は一六四四年、下級武士の家で六人兄弟の二男・松尾金作として生まれた。松尾家は、俸禄《ほうろく》のない武士だった。家では父が、近所の子どもたちに読み書きを教えながら、家計を支えていた。

そうしたなか、芭蕉は一九歳のとき、藩の侍大将《さむらいだいしょう》・藤堂家に仕える機会を得た。家の跡継ぎ、藤堂良忠《とうどうよしただ》の身の周りの世話をする仕事である。

芭蕉は文学を愛する良忠のもとで、俳諧の世界に触れ、表現することの喜びを知る。しかし、この幸福な時間も長くは続かなかった。芭蕉が仕え始めてわずか四年。主君・良忠が二五歳の若さで突然この世を去ってしまったのである。

良忠の死によって芭蕉は生き方に迷い、後にこう振り返っている。

ある時は仕官懸命《しかんけんめい》の地を羨《うらや》み、ひとたびは仏籬祖室《ぶつりそしつ》の扉《とぼそ》に入らむとせしも、（略）つひに無能無才にして、この一筋につながる。

「幻住庵記」

「武士や僧侶になる才能のない自分は、俳諧で生きていくしかな

芭蕉生家

芭蕉像

い」。芭蕉は、故郷を離れ、江戸に向かう決意を固めた。二九歳の旅立ちだった。

江戸の住まい・日本橋

芭蕉は、当時江戸でいちばんの賑わいを見せていた日本橋に居を構えた。このころの俳諧は、商人たちが趣味で楽しむものだった。そこで芭蕉は、彼らに俳諧を教え、生活の糧を得ていた。

しかし、そうした商人相手の暮らしに、芭蕉はしだいに疑問を感じるようになった。

——こういう賑やかなところで「風雅の誠」を見つめるというのは、現代でもできないですからね。彼は心に満たないものがあった。このままでは自分の人生に何の意味があるのか、という気持ちがしだいに高じていったんじゃないでしょうかね。

日本橋の森本さん

静かな暮らし・深川

芭蕉は、江戸に出て八年後の三七歳のとき、全てを投げ捨て、川を隔てた深川へと移住する。貧しくとも、新しい環境のなかで、自分なりの俳諧を模索したいという切実な思いからだった。

慌ただしい生活から逃れてきた芭蕉を迎えたのは、川の流れと静かな暮らしだった。

深川の街並みは、大都市・東京にありながら、現在も江戸の情

江戸情緒を漂わす運河

緒を漂わせている。町なかに見られる運河や橋は、当時の暮らしをしのばせる。芭蕉が暮らした庵の跡が、隅田川にほど近い住宅街の一角に残されている。現在の芭蕉稲荷神社である。

芭蕉が暮らした江戸の初めも、深川はどこか「田舎らしさ」が残る静かな場所だったという。住む人の多くは、木場で木材を扱う職人や江戸前の漁師たちだった。

森本さんは、江戸時代から続く漁師の五代目、大久保伝一さんの、自慢の投網《とあみ》を使った「打たせ漁」を見にきた。今も、春から秋にかけて、スズキやボラなどの魚が網に掛かる。

森本　今日は初めて投網を見ましたよ。じつに見事なお手並み。

大久保　いや、決まり悪いんですけどね。

森本　やはり川はいいですな。川の上はいちばんいいですよ。

大久保　あたしなんか、陸は家と川とを行き来するぐらいなもんですから。あとは、しょっちゅう船にのってます。

森本　まさに「舟の上に生涯を浮かべ」たわけですね。

――何かものを考えるときには、どうしても「静かさ」というものが必要。その「静かさ」のなかから生まれ出る言葉が、僕は本当の言葉だと思う。それを一七文字に結集させたのが俳句だ、と考えてみますと、芭蕉がいちばん必要としていたのは、「静かさ」だったと思いますね。

大久保伝一さんの打たせ漁

深川芭蕉庵類焼図（「芭蕉翁絵詞伝」）

無常・隅田川

しかし、運命は芭蕉に容赦なく試練を与える。深川に移り住んでわずか二年後、江戸の大半を焼き尽くす大火事が起こる。芭蕉庵は一夜にして燃え尽きてしまった。芭蕉自身も死の危険にさらされ、川に飛び込むことで難を逃れたらしい。

さらに翌年、失意の芭蕉に追い打ちをかける知らせが故郷から届いた。母の死を伝える手紙だった。若き日の主君の死、新しい人生の出発点であった芭蕉庵の焼失、そして母の死。次々と訪れる別れに、芭蕉は一つの境地に至る。

「諸行無常」、形ある物は決して永遠ではない。

森本さんにとっても、この隅田川は思い出深い場所である。昭和二〇年三月、東京大空襲の翌日、森本さんは隅田川のほとりに立ちつくしていた。一夜にして広大な廃墟になった東京の町は、森本さんの心に「無常の思い」を強く焼き付けた。

焼け跡から一変した東京で暮らす今も、森本さんは時折、隅田川の川辺を訪れる。

――隅田川を眺めるのが好きなんですね。川は山から流れ出すときには、まさか、海に入って静まり返ってしまうなんて思わない。いろいろなところを、さまざまに表情を変えながら、流れ下る。

現在の深川

芭蕉稲荷神社

深い渓谷をくぐりぬけ、広い野に出、街中を過ぎ、最後に海で静まり返る。人生も、文明も、ありとあらゆるものがみんなそれと同じではないか、という気がするんです。ですから川面をこうしてじっと眺めていると、いろいろと考えさせられることが多いですね。おそらく芭蕉もそうした思いで、この川のほとりにやって来たんだと思う。

無常のなかに潜む美の瞬間を、永遠の言葉に閉じこめる。それが、この深川で芭蕉がたどり着いた詩的精神だった。

旅立ち・芭蕉庵

やがて芭蕉は、出会いと別れを繰り返す旅のなかに俳諧の題材を求めるようになる。そして元禄二（一六八九）年、四六歳のとき、人生最大の旅、奥の細道へと旅立つ決意を固める。

一切を捨てた旅に心残りがないように、芭蕉は立て直した庵を人に譲る。折から弥生の節句を迎え、あるじを替えた庵は、華やかな雛飾りで彩られていたことを、句に残した。

月日は百代《はくたい》の過客《かかく》にして、行きかふ年もまた旅人なり。舟の上に生涯を浮かべ、馬の口とらへて老いを迎ふる者は、日々旅にして、旅を栖《すみか》とす。古人も多く旅に死せるあり。予も、

川面を眺める森本さん

いづれの年よりか、片雲《へんうん》の風に誘はれて、漂泊の思ひやまず、海浜《かいひん》にさすらへ、去年《こぞ》の秋、江上《こうしょう》の破屋《はおく》に蜘蛛《くも》の古巣を払ひて、やや年も暮れ、春立《た》てる霞の空に、白河の関越えんと、そぞろ神のものにつきて心を狂はせ、道祖神《どうそじん》の招きにあひて取《と》るもの手につかず、股引《ももひき》の破れをつづり、笠《かさ》の緒《お》付けかへて、三里に灸《きゅう》すうるより、松島の月まづ心にかかりて、住《すめ》るかたは人に譲り、杉風《さんぷう》が別墅《べつしょ》に移るに

　草の戸も住み替はる代ぞ雛《ひな》の家

表八句《おもてはちく》を庵の柱に掛け置く。

——芭蕉は一介の俳諧師に終わらないで「魂の詩人」になった。その詩人を育てた場所が深川だと、私は思います。旅をするということは、人生を実感することなんですね。そして、芸術というのは、人生とは何かを問いつづけるものだと思います。ですからこの深川は、芭蕉の旅の出発点であり、同時に彼の生涯の真の出発点でもあったと、私は思っています。

世俗的な名利を断ち切って詩に殉じ、漂泊の人生を生きた松尾芭蕉。全てのものに潜むはかない美を求める、一人の詩人の壮大な旅がここから始まった。

第2旅

千住（東京）〜室の八島（栃木）

旅人 立松和平

たてまつ・わへい（作家）
一九四七年、栃木県生まれ。土工・運転手・公務員などを経て執筆活動に入る。『遠雷』で野間文芸新人賞受賞。主な作品『光の雨』『毒─風聞田中正造』。

旅立った芭蕉は、隅田川を舟で上る。

この行程を確かめるのは、作家の立松和平さん。立松さんは、若い頃から、リュック一つで、日本、そして世界各地を歩いてきた。自分と同じ表現者である芭蕉が、その人生の最後に至るまで繰り返した旅の意味を、問い直してみたいと考えている。

──旅は、芭蕉という人間の表現、言葉というものが、未知の世界と対峙して響き合えるかという大きな試練ですよね。僕もしょっちゅう旅をしてますけど、いろんな社会的なものを脱ぎ捨てて、現在の自分一人になれる、というのが旅のいちばんの喜びだと思うんです。一人になるということは自由でもあるけど、同時に不安でもあるんです。大きい旅、未知への旅をするときにはとても不安ですよね。重力を振り切るような感じがあってね。芭蕉もこ

弥生《やよい》も末の七日
あけぼのの空朧々《ろうろう》として
月は有明《ありあけ》にて
光をさまれるものから
富士の峰幽《かす》かに見えて
上野・谷中《やなか》の花の梢《こずえ》
またいつかはと心細し
むつまじき限りは
宵《よい》よりつどひて
舟に乗りて送る
千住《せんじゅ》といふ所にて船を上
がれば
前途《せんど》三千里の思ひ胸にふ
さがりて
幻の巷《ちまた》に離別の涙をそそぐ
　行く春や
　　鳥啼《な》き魚の
　　　目は涙

の深川から旅をするときは、そんな気分だったんじゃないでしょうか。

江戸との別れ・千住大橋

三月二七日（今の暦で五月一六日）。芭蕉は旅の第一歩を現在の千住大橋のたもとに記す。当時ここは、北へ向かう旅人が、江戸に別れを告げる場所だった。

——ここで舟を降りて、送ってくれた人と別れたんだね。とてもいい文章（上記）だけれど、ちょっと力が入っている。別離の感傷的な気分とこれから先に見える辺境の「みちのく」。地図にもないような世界に入るという気持ちのおののき、高ぶり、そんなものが表れていますね。

江戸をあとにした芭蕉は、日光街道を北へと歩き始める。『奥の細道』のなかで、旅の初日、やっとの思いで宿場にたどり着いたと記している。しかし三〇〇年の時の流れは、その区間を、電車でわずか一〇分の行程に変えてしまった。

宿場町・草加《そうか》

かつての街道の道筋がそのままに残る埼玉県草加市は、宿場町の面影を今もとどめている。市内に一〇〇軒近くもの店がある草

奥のほうが千住大橋

千住から電車に乗る

これを矢立《やたて》の初めとして
行く道なほ進まず
人々は途中に立ち並びて
後影《うしろかげ》の見ゆるまではと
見送るなるべし

ことし、元禄二年《げんろくふたとせ》にや
奥羽長途《ちょうど》の行脚《あんぎゃ》
ただかりそめに思ひ立ちて
呉天《ごてん》に白髪の憾《うら》みを重ぬ
といへども
耳に触れていまだ目に見
ぬ境《さかい》
もし生きて帰らばと
定めなき頼みの末をかけ
その日やうやう草加《そうか》とい
ふ宿《しゅく》にたどり着きにけり
痩骨《そうこつ》の肩にかかれる物

加せんべいの歴史は古く、およそ三〇〇年前に遡るとも言われている。その一つの店に立松さんは立ち寄る。

立松　おせんべいが食べたくなっちゃった。ごめんください、こちらでおせんべいを販売されてるんですか。少し分けていただくわけにはいきませんか。

店の人　構いませんよ。

立松　三〇〇年前というと、芭蕉が食べたかどうか微妙ですよね。

店の人　ちょっと定かじゃない。

立松『奥の細道』にも、おせんべいがおいしかった、とは書いてないですからね。でも、芭蕉もこうやって旅をするささやかな喜びを感じていたんでしょうね。その土地その土地で難しい苦行のような旅をしているけれども、でも、どこかで小さな楽しみをいっぱい見つけて、その土地その土地の名物を味わった。きっとそうですよね。このせんべい、おいしいですよ。

　肩に食い込む旅支度、そして断りきれなかった江戸の知人たちからの餞別。芭蕉は、重い荷物に苦しみながら、ようやくたどり着いた草加で、宿をとったと記している。しかしこの記述は、事実と異なる虚構の表現だった。

　奥の細道の旅には、芭蕉の俳諧の弟子、曾良《そら》が同行している。曾良は道中、克明な日記を付けていた。それによれば、二人はこ

せんべい店を見つける

奥は岩立光央さん

まづ苦しむ
ただ身すがらにと
出《い》で立ちはべるを
紙子《かみこ》一衣《いちえ》は夜の防ぎ
浴衣《ゆかた》・雨具・墨・筆のた
ぐひ
あるはさりがたき餞《はなむけ》など
したるは
さすがにうち捨てがたくて
路次《ろし》の煩《わずら》ひとなれるこそ
わりなけれ

「奥の細道行脚之図」森川許六画

の日の宿を草加ではなく、さらに一七キロ先の春日部にとっていたのである。

なぜ芭蕉は、旅の初日の行程が、あたかもはかどらなかったかのように記したのだろう。立松さんは、芭蕉が奥の細道の旅に託した心情を、この記述から読みとることができると考えている。

——実際の荷物の重さと同時に、江戸の人たちとのしがらみというか、人間関係がとても重かったんでしょうね。そういうものを振り切る。また、自分が安住したいという気持ちも振り切る。江戸というところが芭蕉にとってはものすごい重力を放っていたんじゃないかと思うんですよ。この旅の重さというものを考えたときに、『奥の細道』全体のつくりのなかで、フィクションを使っても、重力を振り切るため足はこの草加でとめておくべきだ、先に進みすぎてもいけないと芭蕉は思ったんだろうね。

春日部《かすかべ》・小淵山観音院《こぶちやまかんのんいん》

芭蕉は奥の細道の旅の初日、埼玉県春日部に宿をとった。

日光街道沿いに、芭蕉が泊まったという言い伝えを持つ古い寺、小淵山観音院がある。立松さんも門前に立った。

——古色蒼然とした門だよね。歳月が屋根の上に降り積もっている。仁王像だ。御門と仁王さんは、伝えるところによると元禄二年に造られたという。その年は、芭蕉が奥の細道の旅に出た年だ。

春日部市

小淵山観音院

観音像

奇しくも同じ年なんだね。不思議な縁だ。

　小淵山観音院には、もう一人の旅人が足跡をとどめている。生涯一二万体もの仏像を彫ることを発願し、諸国を遍歴した僧侶・円空《えんくう》である。円空は、芭蕉と同じ元禄二年、この地を訪れていた。立松さんは、円空の残したノミ跡を確かめる。

――観音さんですね。自然に頭が下がって手を合わせてみたくなるようなそういう仏さんですよ。ノミの跡が生々しく残っているんですね。息づかいみたいな感じで。民衆のなかに溶け込んで、別に名前を売ろうとする意識もなく、褒められようという気持ちもなく、黙々と彫っていったんでしょうね。

　芭蕉は俳句を残し、円空さんは仏さんを残していく。どこか似た行為かもしれない。人の心に残って、その心が人から人へ三〇〇年も伝わってくる。人間の肉体はたちまち滅びるけれども、精神はずーっと持続してくる。芭蕉は、江戸でみんなに餞別をもらった重い荷物をどんどん捨てていき、そしてその身一つ、精神一つになっていくんだよね。円空も同じような人生を送っていく。ノミ一本の人生。無一物で、しかし精神は輝いている。そんな生き方に僕は憧れる。

仁王像の前で

左は、堂守・尾花繁郎さん

室《むろ》の八島《やしま》に詣《けい》す
同行《どうぎよう》曾良《そら》がいはく
「この神は木《こ》の花咲耶姫《はなさくやひめ》の
神と申して、富士一体なり
無戸室《うつむろ》に入りて焼きたまふ
誓ひの御中《みなか》に、火々出見《ほほでみ》
の尊《みこと》生まれたまひしより
室の八島と申す
また
煙をよみならはしはべるも
このいはれなり」
はた
このしろといふ魚を禁ず
縁起の旨
世に伝ふこともはべりし

歌枕の地・室の八島

芭蕉は、関東一の大河・利根川を渡り、現在の茨城、そして栃木へと歩みを進めた。

　次の目的地は「室の八島」。歌枕（古来、多くの歌人たちが和歌に詠み残してきた名所）の地である。歌枕を訪ねることは、芭蕉の旅の大きな目的の一つであった。

　室の八島は、現在の栃木市の大神《おおみわ》神社にある。木立に囲まれた広い境内の一角に、八つの島が造られ、それぞれに小さな社が祀られている。この地はかつて、水蒸気が煙のように立ち昇っていたと伝えられ、「煙立つ室の八島」として多くの歌人たちに歌われてきた。

　しかし、有名な歌枕の地を訪れたにもかかわらず、芭蕉は『奥の細道』のなかに、室の八島で詠んだ句を記さなかった。その代わり、一つの縁起談を曾良に語らせている。（上記）

　コノハナサクヤヒメは、一夜の契りで身籠もったことで、夫であるニニギノミコトから、他の神とのあらぬ関係を疑われる。そこでコノハナサクヤヒメは、自ら室にこもって火を放ち、こう告げたという。「もしニニギノミコトの子でなければ焼け死ぬだろう」。コノハナサクヤヒメは、無事子どもを出産、身の潔白を証明したという。

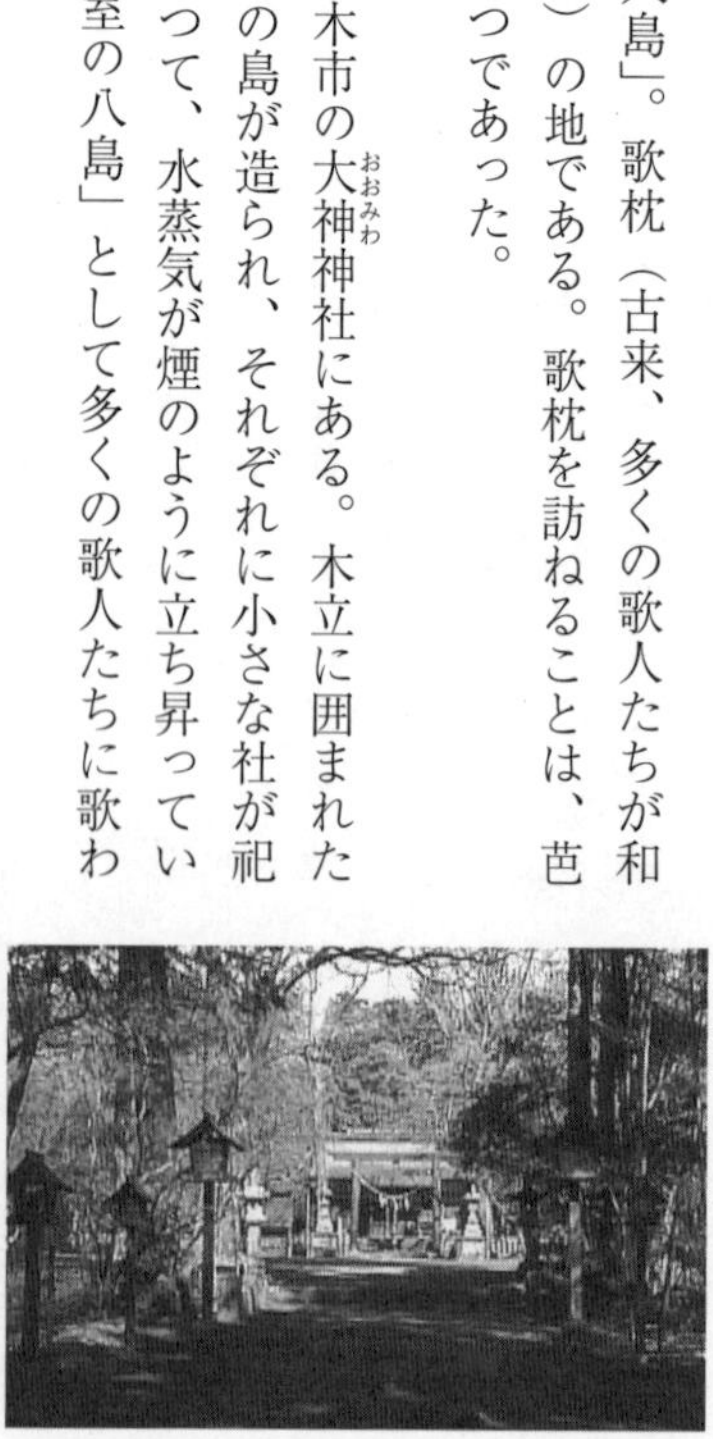
大神神社

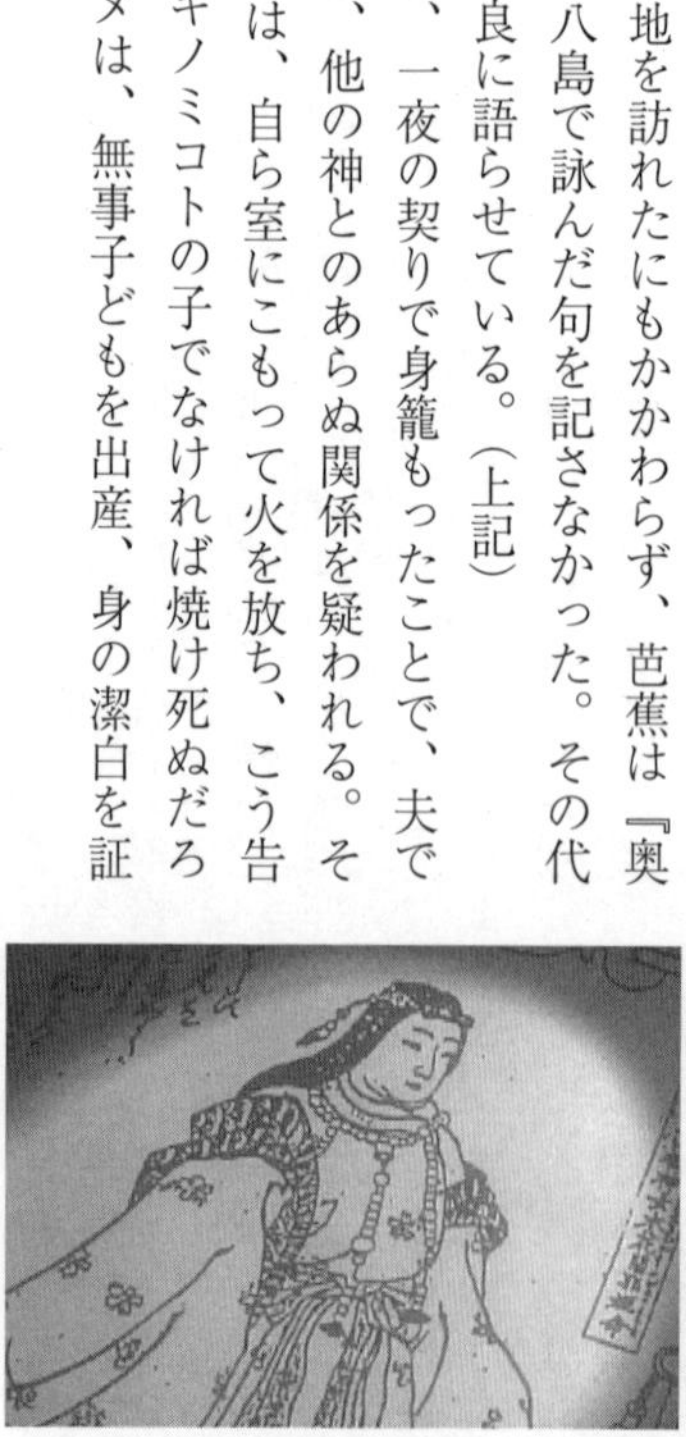
木花咲耶姫

芭蕉はこの縁起談にどんな思いを込めたのだろうか。

――これはきっと、何か芭蕉の心の持ち方に関わっていると思うんですよ。芭蕉はもうすでに大家で、どこへ行ってもちやほやされ、自分の作った型に安住しようと思えばできる、そういう立場の人ですね。それを弟子一人を連れて、身一つになって、自分の評価が定まっているかどうかもわからない地図にもない世界に入って行くということ。これは表現者として、出口のない室に入って自分の身を焼くのといっしょですよね。そしてそのなかで、自分の詩人としての新しい世界を獲得するという心意気を僕は感じるんですよ。ここは歌の聖地ですから、特に詩人としての自分を振り返るという気持ちになったんだと思う。

芭蕉は四六歳で、すでに老境といわれる歳になって、全てを捨てて旅に出たんだね。山河に朽ちて死んでしまうかもしれない、そうなる決意をして、生まれ変わろうとしたんだね。自分の世界に安住することなく、絶えず作っては壊し、作っては壊しする永遠の運動として人生を生きていったんだね。

『奥の細道』の文庫本をポケットに入れて、こうやって旅をすると、芭蕉の心持ちがほんの少しだけでも見えてくるような気がするね。

第3旅

日光（栃木）

旅人　ねじめ正一

ねじめ・しょういち（作家・詩人）一九四八年、東京都生まれ。詩集『ふ』で詩の芥川賞といわれるH氏賞を受賞。『高円寺純情商店街』で直木賞受賞。作品は他に『熊谷突撃商店』など。

日光東照宮は、徳川幕府初代将軍家康を祀って建てられた。壮麗な建築ときらびやかな装飾で、世界に知られた文化遺産である。四月一日（今の暦で五月一九日）、松尾芭蕉は、東照宮に参詣している。旅の四日目である。

日光街道の杉並木は、徳川家康の側近・松平正綱《まさつな》が東照宮に寄進したものだ。この杉並木を通って芭蕉も日光へ向かった。

作家・詩人のねじめ正一さんがこの道をたどる。

――なんかこう、空気がひんやりとして、すごく気持ちがぴりっとします。杉木立も天に伸びて、気持ちも伸びやかになってきますよね。この日光という土地は、芭蕉にとって特別な土地だと思います。それは旅のパワーって言うんですかね、そういうものを日光でいただいたと、私は思っています。日光という土地で、芭

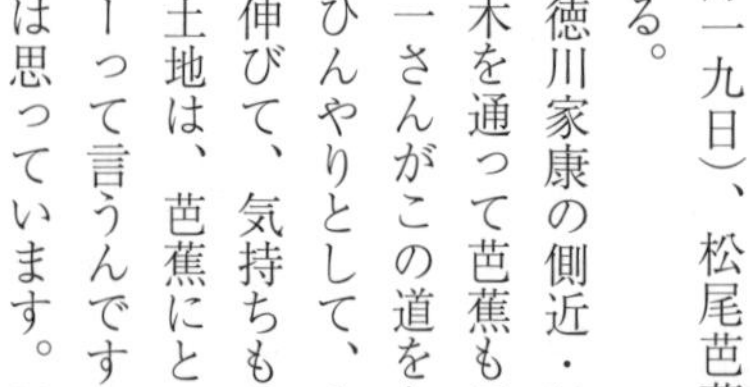

日光杉並木を歩くねじめさん

三十日《みそか》
日光山の麓《ふもと》に泊まる
あるじのいひけるやう
「わが名を
仏五左衛門《ほとけござえもん》といふ
よろづ正直を旨とするゆ
ゑに
人かくは申しはべるまま
一夜の草の枕もうち解け
て休みたまへ」といふ
いかなる仏の濁世塵土《じょくせじんど》に
示現《じげん》して

「仏五左衛門」小杉放庵筆

蕉が何を感じ、何を表現したかったのか。ま、楽しく、あまり堅苦しくなく、考えていきたいと思っています。

仏五左衛門・上鉢石《かみはついし》町

東照宮の門前町・上鉢石町は、日光を訪れた芭蕉が宿をとった町である。ねじめさんは、ここで変わったものを見つけた。

「へえ、ゴンドラの電話ボックス、初めて見ましたね」

芭蕉はここで、一風変わった人物と出会っている。宿の主人、仏五左衛門である。五左衛門は何事にも正直な性格から、皆に「仏」とよばれていた。

芭蕉はこの人物を観察し、上のように書き記している。その正直さを「無知無分別」と揶揄しながら、清らかで純粋と褒め称える。芭蕉らしい洒落っけのある表現だといわれている。

東照宮の三猿

東照宮で、ねじめさんはまず、おなじみの三猿を見た。「見ざる、言わざる、聞かざる」である。

——初めて日光に修学旅行で来たのが小学校六年のときで、そのときはさほど面白いともなんとも思わなかったんですけど、やっぱり久しぶりにこうやって見ると、あの見ざる、言わざる、聞か

上鉢石町

ゴンドラの電話ボックス

かかる桑門《そうもん》の乞食《こつじき》巡礼《じゅんれい》ごときの
人を助けたまふにやと
あるじのなすことに
心をとどめて見るに
ただ無智無分別《むちむふんべつ》にして
正直偏固《へんご》の者なり
剛毅木訥《ごうきぼくとつ》の仁《じん》に近きたぐひ
気稟《きひん》の清質《せいしつ》もつとも尊ぶべし

ざるの三猿が、非常に面白いですよね。ユーモアがありますよね。芭蕉もたぶん、この猿を見て笑ったんじゃないかな。ちょっと吹きだす、そんな芭蕉が浮かびますよね。

寛永《かんえい》の御造替《ごぞうたい》

東照宮が現在のような姿になったのは、今から三六〇年前、三代将軍・家光の時代である。家光は家康の功績をたたえるため、「寛永の御造替」とよばれる大規模な改修工事を行った。一年五か月をかけ、のべ四五四万人を動員した大工事だった。

東照宮の建物には、極彩色に彩られたさまざまな彫刻が施されていて、その数は五〇〇〇を超える。幕府の権威を示すために、当時から庶民の参詣が許されていた。

芭蕉が東照宮を訪れたのは、「寛永の御造替」からおよそ六〇年後。建物や装飾品の修復が盛んに行われていた時期である。芭蕉が参詣した日も、修復工事の下見が行われていた。

——芭蕉も、修復工事を見たかもしれないんですよね。もし芭蕉が見たら、その修復工事のプロセスに対して、どんな思いで見てたんでしょうね。

表面のきらびやかさを裏で支える技術に、芭蕉は興味を持ったのではないか。ねじめさんはそう考えて、江戸時代から受け継が

三猿

日光社寺文化財保存会

「寛永の御造替」東照社縁起より

東照宮の建物の彫刻

れてきた方法で装飾用の金具を修復している工房（日光社寺文化財保存会）を訪ねた。

今に伝えられる金具修復の技術

この道六〇年の金具職人、鈴木重信《しげのぶ》さんが見せてくれたのは、「七子《ななこ》打ち」とよばれる作業だ。たがねを銅板に打ち付けて細かい模様を作っていくので、集中力と熟練が必要である。

古くなりすぎた金具は新たに作るが、まだ使えるものは、表面の金箔を張り替えるので、今でも江戸時代の金具が数多く使われている。色あせた金具に金箔を張り直す「鍍金《ときん》」とよばれる作業は、古くなった金箔を落とし、水銀をすりこんで、新しい金箔を表面に貼っていく。このとき、金箔は水銀と反応して鉛色に変化する。仕上げに金具を炭火にかけると、水銀が熱によって飛ばされて、金の輝きが表面に浮かび出てくる。

ねじめ　どういうふうに変わるのか、見たいですね。

職人　早速やってみましょうね。（新しい金箔を貼った金具を炭火にかける）

ねじめ　ああ、きた、きましたね。（鉛色が金色に変わった）

東照宮の職人たちによって江戸時代から受け継がれてきた鍍金の技術で、奥深い輝きがよみがえる。

七子打ち

鍍金

卯月朔日《うづきついたち》、御山《おやま》に詣拝《けいはい》す
往昔《そのかみ》、この御山を「二荒《ふたら》
山《さん》」と書きしを
空海大師開基《くうかいだいしかいき》の時
「日光」と改めたまふ
千歳未来《せんざいみらい》を悟りたまふにや
今この御光一天《みひかりいってん》にかかや
きて、恩沢八荒《おんたくはっこう》にあふれ、
四民安堵《しみんあんど》の栖《すみか》穏やかなり
なほ憚《はばか》り多くて
筆をさし置きぬ

あらたふと
青葉若葉の
日の光

黒髪山《くろかみやま》は霞かかりて
雪いまだ白し

陽明門

きらびやかな東照宮の中でもひときわ壮麗な国宝・陽明門は、江戸時代の装飾技術の粋を集め、一日見ていてもあきないことから「ひぐらし門」とよばれる。陽明門をくぐると拝殿が姿を現す。

――「あらたふと青葉若葉の日の光」。いい句ですよね。なんていうんだろうな。尊いことよ、という、その「日光」という言葉から連想する日の光が青葉若葉を照らし輝いている、あーもったいないもったいない、そんな感じですよね。日の光がチクチクくるというのかな、やがてそのチクチクした感じの日の光が、体に浸透してくる。なんか元気が出てくるって感じで、身体に響く俳句だなと感じます。

芭蕉は、実は若いときから旅をしてたし、それから宗匠として俳句を添削して生業としていく、ある意味で激しくたくましく生きた人だと思うんですよね。そういう人だからこそ、さらに、日光東照宮のパワーあるけばけばしさみたいなものを見たときに、まだまだ自分には勢いがあり激しさがあるってことを、確認できる喜びみたいなものもあったんだと思うんですよね。

修験道《しゅげんどう》の霊地・男体山《なんたいさん》

東照宮の置かれた日光は、古代から山岳信仰の地だった。中心

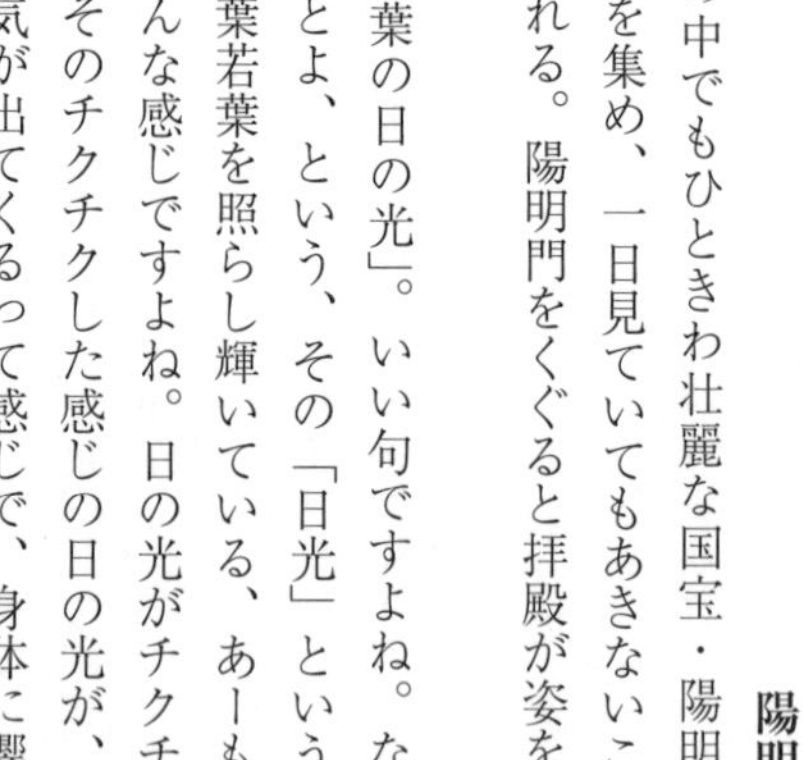
陽明門

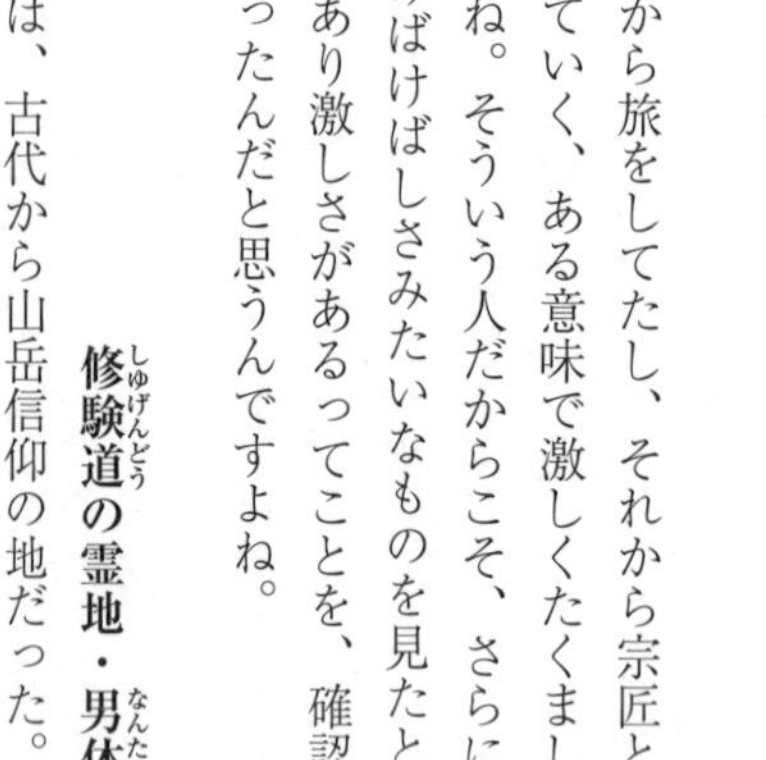
男体山

剃《そ》り捨てて
黒髪山に
衣更《ころもがえ》　曾良

曾良は、河合氏《かわいうじ》にして
惣五郎《そうごろう》といへり
芭蕉の下葉《したば》に軒を並べて
予が薪水《しんすい》の労を助く
このたび松島・象潟《きさがた》の眺
めともにせんことを喜び
かつは羇旅《きりょ》の難をいたは
らんと
旅立つ暁《あかつき》、髪を剃《そ》りて
墨染《すみぞめ》にさまを変へ
惣五を改めて宗悟《そうご》とす
よつて黒髪山の句あり
「衣更」の二字
力ありて聞こゆ

となったのが日光連山の主峰・男体山である。およそ一二〇〇年前、奈良時代に開かれて以来、修験道の霊地として栄えてきた。

芭蕉が訪ねた江戸時代も、修験者たちは山岳修行を続けていた。修験者たちは厳しい修行によって、自然と一体となる境地を求めていた。東照宮に参詣した後、芭蕉もまた山に登った。そこで古代からの信仰の対象となっていた自然と対峙する。

日光に残るかつての修験の道を、ねじめさんも登ってみる。

――日光東照宮がここに建てられただけあって、やっぱり相当パワーのある場所だな、とわかりますね。神仏習合というか、さまざまな精霊たちがここで生きている感じがして、やっぱり芭蕉も、ここを歩きながらそういうものを感じたんだと思うんですよね。

それからこの川の音。最初はゴーッと音がしてるんですけど、やがてこのゴーッが身体と一体になってきて、何か自分の血液の流れのように感じてくる。それこそ自然と一体になってくるという感じをたぶん芭蕉も感じたし、私も今、感じているところです。

芭蕉がめざしたのは、修験の道の先にある「裏見の滝」だ。裏見の滝は、修験者たちが滝の裏側のくぼみに籠もって、修行を行っていた場所である。

――芭蕉は、『笈《おい》の小文《こぶみ》』とか『野ざらし紀行』とか書いてきてるんですけど、そういう自分が書いてきたものをもう捨ててもい

修験道を歩くねじめさん

裏見の滝

二十余町山を登つて
滝あり
岩洞《がんとう》の頂より飛流して
百尺《はくせき》
千岩《せんがん》の碧潭《へきたん》に落ちたり
岩窟《がんくつ》に身をひそめ入りて
滝の裏より見れば
裏見《うらみ》の滝と申し伝へはべ
るなり

しばらくは
滝にこもるや
夏《げ》の初め

い、というぐらい、この奥の細道に対する気持ちは強かったと思うんですね。それは、自分が書いてきたものに対する反省と、それから添削などで普段生計を立てている自分に対する批判もあったと思うんです。いろんな意味で、もっと自分は孤独に、もっとストイックにならなきゃならない。『奥の細道』はそういう意味で、文学ということよりも、もっと自分を孤独にしていくことへの挑戦だったのかもしれません。

日光の芭蕉　ねじめ正一

芭蕉は色鮮やかな東照宮が好きだったに違いない。

芭蕉は、若い頃から何度も何度も激しく旅してきたたし、弟子もたくさん育て、精神的に生活してきたたし、名前を変えるたびに生命力も強くなってきた。

「五月雨を集めてはやし最上川」の句だってそうじゃないか。

「眉はきを面影にして紅粉の花」の句だってそうじゃないか。

「あかあかと日はつれなくも秋の風」の句だってそうじゃないか。

俳句という形式が素朴さをかもし出してるだけで、みんなみんな色鮮やかに光っている。だからそんな芭蕉に日光も色鮮やかに光ってくれたのだ。

男体山よ間違っていたらごめんなさい。

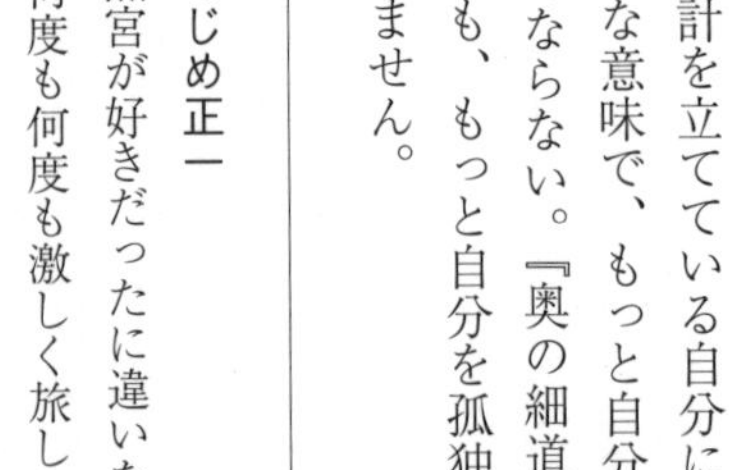

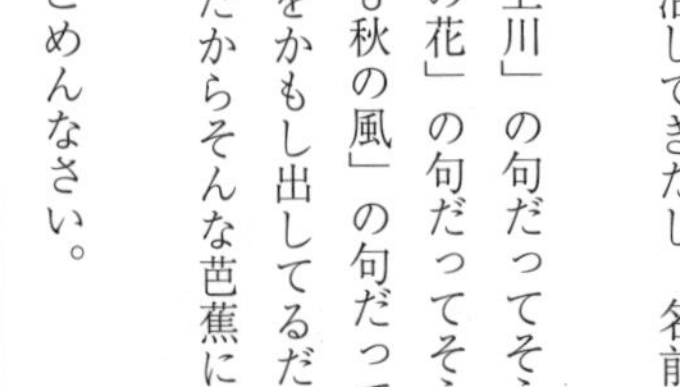

第1旅

芭蕉翁絵詞伝　一七九二年に京の俳人・五升庵蝶夢が芭蕉の伝記をまとめて狩野常信に描かせ、芭蕉百回忌のために義仲寺へ奉納したもの。（義仲寺蔵）

上野　伊賀上野は、芭蕉の祖父くらいの代に天正伊賀の乱として知られる、織田信長の焼き討ちに遭った。歴史の動乱のなかでの敗残者の子孫であることが、芭蕉に敗者への関心を抱かせたと思われる。

藤堂良忠　上野城士藤堂新七郎良精の子。京の北村季吟に俳諧を学び、俳名蟬吟。一六六六年に二五歳で早世した。芭蕉より二歳年長で、この死に芭蕉の嘆きは深く、仏門に入ることも考える。

深川芭蕉庵　庵は、芭蕉の門人で江戸幕府出入りの魚商・鯉屋杉風のいけすの番小屋だったと伝えられている。家財道具は茶碗一〇個、包丁一本、米を入れる大きな瓢箪が一つあるだけだったという。

江戸の大火　一六八二年一二月の江戸の大火。「八百屋お七」の物語が生まれたのもこの火事である。

第2旅

大神神社　今から一八〇〇年前に大和国三諸山の大三輪神社の分霊を奉祀し建立したと伝えられる。

室の八島　歌枕・室の八島を詠んだ古歌は次のようなものがある。「いかでかは思ひありとも知らすべき室の八島の煙ならでは」（藤原実方）「煙かと室の八島を見しほどにやがても空の霞みぬるかな」（源俊頼）曾良の日記によると、芭蕉は旅のなかで「糸遊に結びつきたる煙かな」の句を詠んでいるが、『奥の細道』には収録しなかった。

円空　江戸前期の僧（一六三二～九五）。修行のため東日本を中心に諸国を行脚、各地で木彫の仏像や神像を造立した。生涯に一二万体の造像を発願したと伝えられるが、わかっているだけで五〇〇〇体が数えられる。

曾良　曾良は芭蕉より五歳年下で、旅立ちのときは四一歳であった。芭蕉庵近くに住み、日ごろから芭蕉の身の回りの世話をしていたらしい。旅立ちにあたっては、前もって歌枕の調査をするなどの役目も果たした。

奥の細道行脚之図（森川許六画）　森川許六は、芭蕉の門人。元禄五年秋に彦根藩から参勤交代の供で江戸へ下ってきて、芭蕉に入門した。当時芭蕉は、奥の細道の旅を終えて江戸に戻り、第三次深川芭蕉庵に住んでいた。この絵は元禄六年春に描かれている。（天理大学付属天理図書館蔵）

第3旅

日光東照宮　日光山は古くから霊山として知られ、一六一三年天海が貫主となり中興。徳川家康が一六一六年に没したとき、駿河久能山に葬られたが、翌年日光に改葬され、霊廟も新造された。家光が一六三四年から大改造を行い、現在の姿がほぼ完成した。芭蕉が参詣した当時は、一般に公開されておらず、拝観するために、芭蕉は江戸の清水寺からの紹介状を持っていったとされる。

第4旅

那須野・黒羽（栃木）

旅人　立松和平

たてまつ・わへい（作家）
一九四七年、栃木県生まれ。土工・運転手・公務員などを経て執筆活動に入る。『遠雷』で野間文芸新人賞受賞。主な作品『光の雨』『毒―風聞田中正造』。

毎年四月八日、栃木県黒羽《くろばね》町では「お薬師様」が行われる。江戸時代の初め、村に疫病が流行ったとき、村人が薬師様を祀って祈願したところ、疫病が退散したという伝えに由来している。

芭蕉が、この地を訪れたのは、それから六〇年余り経った後のことだった。

芭蕉は、四月三日（今の暦で五月二一日）、黒羽に着き、以後一四日間、この地に足を留めた。それは、奥の細道のなかで、最も長い滞在だった。

この道を再び立松和平さんが歩く。みちのくを目の前にした芭蕉が、なぜこれほど長く黒羽にとどまったのかと関心を寄せる。

――いい季節だ。広々とした景色だ。桜が満開だね。花曇りで山が見えない。この雲の中に那須の山々がそびえてるんだよね。山

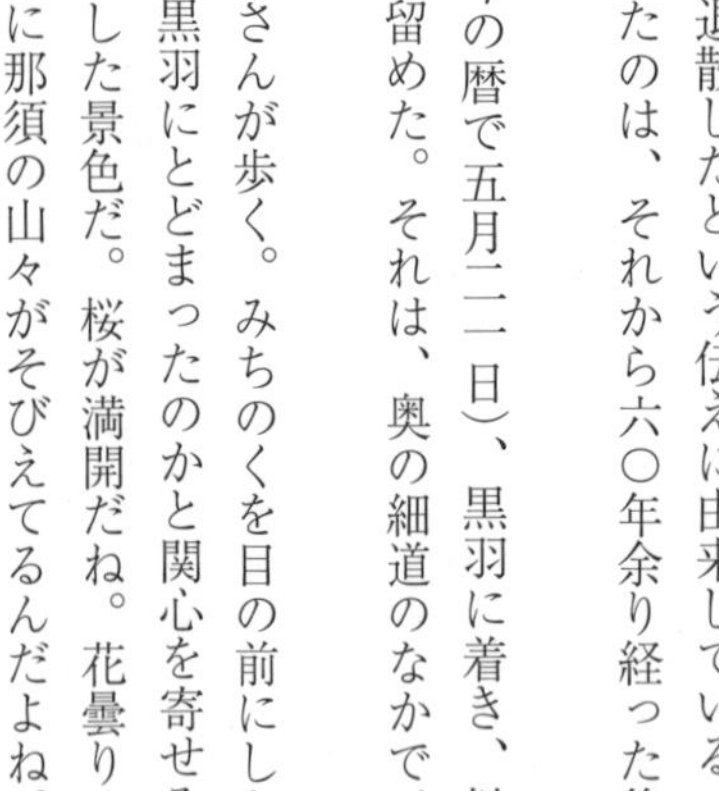
お薬師様

那須《なす》の黒羽《くろばね》といふ所に
知る人あれば
これより野越《のご》えにかかりて
直道《すぐみち》を行かんとす
遙かに一村《いっそん》を見かけて行くに
雨降り日暮るる
農夫の家に一夜を借りて
明くればまた野中を行く
そこに野飼ひの馬あり
草刈る男《おのこ》に嘆き寄れば
野夫《やふ》といへども
さすがに情知らぬにはあらず
「いかがすべきや
されどもこの野は
縦横に分かれて

の向こうはみちのくの大地だ。こうやって春になり、田んぼに水が張られる。人々が野に出て、力いっぱい働き始める季節だよね。大地への恋愛感情のようなものが生まれる季節だ。ここで芭蕉は一四日間も長逗留した。芭蕉は、ここからみちのくへ入る心構えをしていたんだね。芭蕉の気持ちになって、旅をしてみよう。

道に迷う・那須野

日光を後にし、黒羽に向かった芭蕉は、那須連山の裾野に広がる那須野にさしかかる。ここは、鎌倉時代から、「那須七党《なすしちとう》」とよばれる東国武士たちの活躍する場所だった。源平合戦の那須与一や歌に詠まれた「那須の篠原」は、古くから人々の憧れを誘ってきた。

那須野に入った芭蕉は、途中、道に迷ってしまう。上は、そのときのことを記したものだ。

——人生、晴れた日ばかりじゃないよね。雨がぽつりぽつり落ちてきた。芭蕉も那須野に入ったとたん、雨にまかれ、茫々たる草の道に迷ったんだね。草を刈る農夫に尋ねると、思いがけず、馬を貸してくれた。とても親切にされるんだね。今も、この辺りの人、親切だ。あながち、芭蕉の作り話でもないと、僕は思う。そして、馬を追って二人の子どもが駆けてきた。

うひうひしき
旅人の道踏みたがへん
あやしうはべれば
この馬のとどまる所にて
馬を返したまへ」と
貸しはべりぬ
小さき者ふたり
馬の跡慕ひて走る
ひとりは小姫《こひめ》にて
名を「かさね」といふ
聞きなれぬ名の
やさしかりければ
　かさねとは
　　八重《やえ》撫子《なでしこ》の
　　名なるべし　曾良
やがて人里に至れば
価《あたい》を鞍壺《くらつぼ》に結び付けて馬
を返しぬ

馬の後を追ってきたのは、「かさね」という名の六歳ほどの小娘だったと、後に芭蕉は記している。かさねの姿は、芭蕉に強い印象を残した。

——僕らの今の時代、みんな迷ってどこに行っていいかわからないんだね。だから、かさねのように、自分を導いてくれる無垢な、そういう存在が欲しいんじゃないかと思う。かさねは天使だ。その天使が、お金がものを言う、心が少し汚れてしまった今の時代から脱出させてくれる。そういう導きの天使、童子、そんなイメージがあって、だから、みんなかさねのことを待ってるんだね。

桃雪と俳人たち・黒羽

曾良が、「かさねの句」を詠んだのは、日光北街道が箒川《ほうき》にかかる辺りだといわれている。

那珂《なか》川に沿った黒羽の町は、静かな城下町の佇まいを今も残している。

城山には、那須七党の一つ大関氏の黒羽城が置かれていた。

芭蕉が、この黒羽で頼っていったのは、城代家老・浄坊寺桃雪《じょうぼうじとうせつ》だった。自らも俳諧をたしなむ桃雪は、江戸の俳諧に新風を吹き込んでいた芭蕉の到来を心から喜んだ。芭蕉は、黒羽藩一万八〇〇〇石を取り仕切る実力者に歓迎されたのだった。

——風雅の道とは、心細くて切ないもんだよね。芭蕉の奥の細道

那珂川

那珂川の川原で語る立松さん

黒羽の館代《かんだい》浄坊寺《じょうぼうじ》何某《なにがし》の
かたにおとづる
思ひかけぬあるじの喜び
日夜語り続けて
その弟桃翠《とうすい》などいふが
朝夕《ちょうせき》勤め訪《とぶら》ひ
自《みずか》らの家にも伴ひて
親族のかたにも招《まぬ》かれ
日を経《ふ》るままに
一日《ひとひ》郊外に逍遙して
犬追物《いぬおうもの》の跡を一見《いっけん》し
那須《なす》の篠原《しのはら》を分けて
玉藻《たまも》の前の古墳を訪《と》ふ
それより八幡宮に詣づ
与市《よいち》扇の的を射し時
「別してはわが国の氏神
正八幡《しょうはちまん》」と誓ひしも
この神社にてはべると聞

の旅は、俳諧仲間のネットワークを頼っていったんだね。その初めが、この黒羽の城代家老・桃雪のところだった。風流の道が現実の世界にどこまで通じるか、不安だったろうね。でもここで、温かく迎えられたんだね。芭蕉のほっとした心の動きが、なんだか今も、この花の明るい色に残っているような気さえするよね。

　城の三の丸には、桃雪の屋敷跡が残っている。今は、芭蕉公園として、町の人たちの手で大切に守られている。立松さんは、この芭蕉公園を訪ねた。

立松　こんにちは。きれいな花ですね。何ですか、この花は。
町の人　ヤシオツツジ。
立松　あ、ヤシオツツジ。栃木県の県花でしょ。きれいだなあ。心をこめて丁寧に世話してますね。ちょうど季節も芭蕉が来たころですもんね。いや、すばらしい。

　芭蕉は、この黒羽で、土地の人たちと交流をかさね、連句の会も催している。立松さんは、その連句に加わった一人の子孫に当たる蓮実彊《はすみつとむ》さんを訪ねた。

立松　こんにちは、いい日和ですね。
蓮実　そうですね、春爛漫というところですね。
立松　これは、かさねの句碑ですね。
蓮実　句碑から拓本をとりましてね、字は下手ですけども。

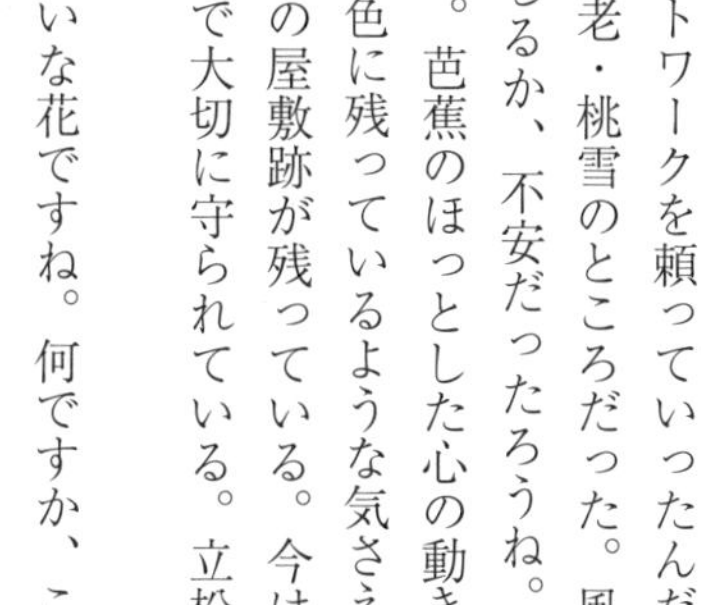
芭蕉公園で

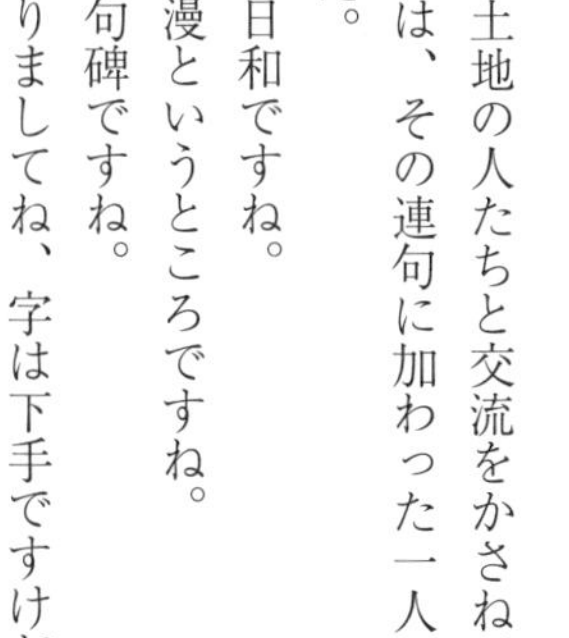
蓮実彊さんを訪ねる

けば
感応殊《こと》にしきりにおぼえ
らる
暮るれば桃翠宅に帰る

修験光明寺《しゅげんこうみょうじ》といふあり
そこに招かれて
行者堂《ぎょうじゃどう》を拝す
夏山に
足駄《あしだ》を拝む
首途《かどで》かな

立松　あ、これは蓮実さんの字ですか。僕はこの辺りの人の人情というんでしょうか、優しさを本当に感じるんですよ。芭蕉は、非常に居心地がよかったんじゃないでしょうかね。

蓮実　そうでしょうね。浄坊寺、鹿子畑《かのこばた》と、立派な俳諧をたしなんでおりましたからね。その方を中心に、黒羽には、俳諧をたしなむ人たちがあったわけです。一つの俳壇ですか、そういったものが形成されていたんじゃないだろうかと。歌仙に、そのような人たちが参加してますから。そんな交流が、やはり芭蕉の心をなごやかにしたのでしょうね。

この城下町に伝わる黒羽藍染めの作家・小沼重信《おぬましげのぶ》さんは、芭蕉の句碑を型紙に取り、数多くの藍染めの作品を作ってきた。

立松　かさねが、曾良と芭蕉を追っているところですね。やっぱりみんな、芭蕉が好きなんですね。

小沼　そうですね、芭蕉も黒羽が好きだったし、黒羽の人たちも、今、時代が変わってますけども、芭蕉については皆さん関心を持っていますね。

立松　芭蕉の言葉は、不思議なことに、型紙や藍染めで見ても、全く古くない。非常に新鮮で、奇跡のような感じがしますね。

小沼　わかる人に見ていただいて、楽しんでいただければいちばんいいのかなと思いますけどね。

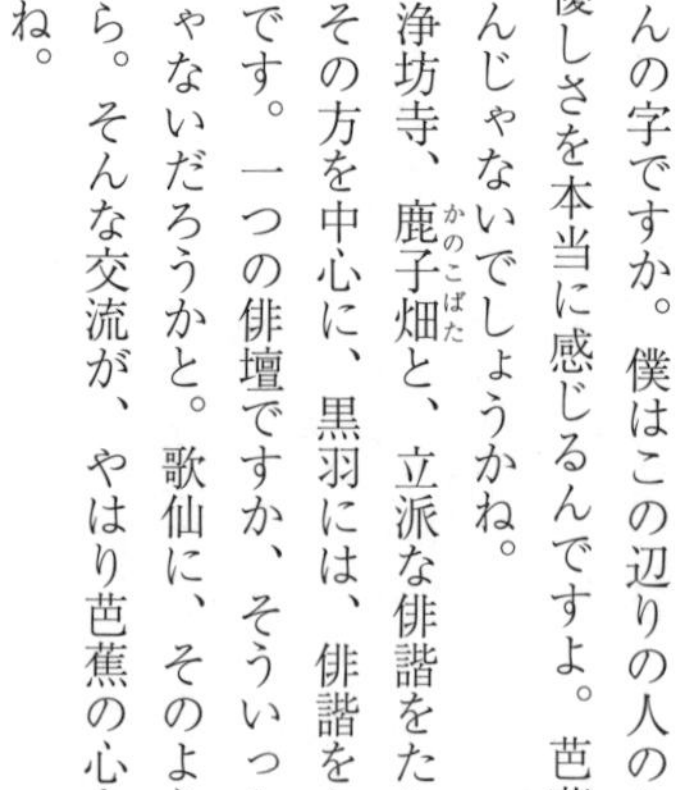

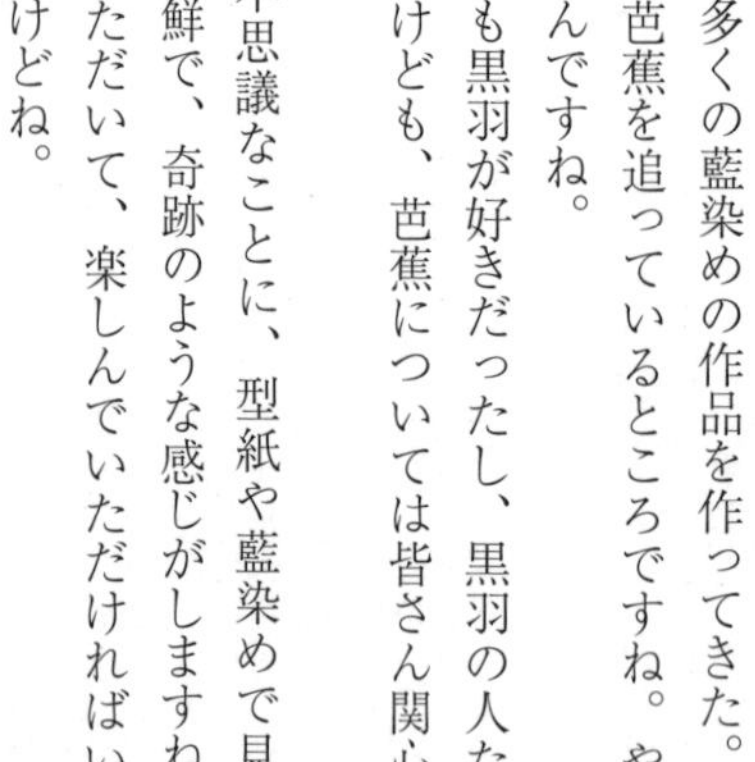

藍染めの芭蕉と曾良

当国雲巌寺《とうこくうんがんじ》の奥に
仏頂和尚《ぶつちようおしよう》 山居《さんきよ》の跡あり
竪横《たてよこ》の五尺にたらぬ
　草の庵
結ぶもくやし
　雨なかりせば
と、松の炭して岩に書き
付けはべりと
いつぞや聞こえたまふ
その跡見んと
雲巌寺に杖《つえ》を曳《ひ》けば
人々進んでともにいざなひ
若き人多く
道のほどうち騒ぎて
おぼえずかの麓《ふもと》に到る
山は奥ある気色《けしき》にて
谷道《たにみち》遙かに
松・杉黒く苔《こけ》したたりて

光明寺跡《こうみようじ》

芭蕉は、一四日間の滞在中、那須与一ゆかりの那須神社など、土地の名所を訪ねて回った。

その一つ、光明寺には、修験道の祖・役行者《えんのぎようじや》を祀る行者堂があり、山伏たちが履く足駄《あしだ》が置かれていたといわれる。光明寺があったというところへ行ってみた。

土地の人　今はもう、焼けて何もないんです。全部畑。「足駄を拝む首途かな」の一本足の足駄があったというんですがね、今はないんです。いっしょに焼けたんじゃないでしょうか。

みちのく入りを前にした芭蕉は、空中をも自由に駆け回ったという役行者の足駄を拝み、旅の無事を祈った。

師の庵《いおり》・雲巌寺《うんがんじ》

芭蕉は、黒羽城下から三里ほど離れた関東有数の禅の道場・雲巌寺にも参詣している。

ここは、芭蕉が禅を学んだ仏頂和尚《ぶつちようおしよう》の庵が残っている。仏頂和尚は、禅を通して芭蕉を教え導いた心の師だった。芭蕉はその庵の跡を訪ねたいと、かねてから念願していたのだった。

芭蕉が訪れたのは、今の暦で五月の下旬。木立の奥には、キツツキが木を叩く音がこだましていた。その音に包まれて立つ小さ

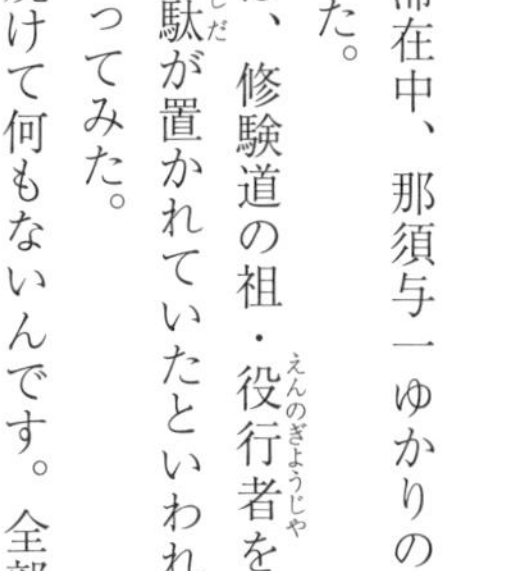
小沼重信さん

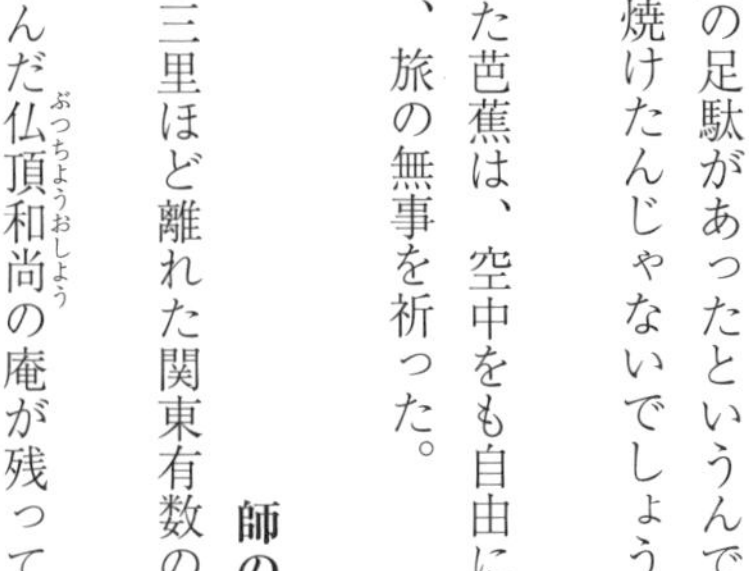
光明寺跡

卯月《うづき》の天《てん》今なほ寒し
十景尽くる所
橋を渡つて山門に入る
さて、かの跡はいづくの
ほどにやと
後《うしろ》の山によぢ登れば
石上《せきしよう》の小庵
岩窟に結び掛けたり
妙禅師《みようぜんじ》の死関《しかん》
法雲《ほううん》法師の石室を見るが
ごとし
木啄《きつつき》も
庵《いお》は破らず
夏木立
と、とりあへぬ一句を柱
に残しはべりし

な庵を見て、芭蕉は、深い感動を覚えた。

――松尾芭蕉、四六歳。当時としては晩年だよね。人生最後にあたり、芭蕉は言葉の表現者として自分を完成したかったんだと思う。旅は、全てを捨てることだ。そこからしか始まらない。しかしいろんなものを捨てると、また得るものもあるんだね。まず、那須野にやってきて、自分の身が迷うほどの土地の広さに驚いた。実際に迷ってしまったんだね。これは、この風土の発見だ。そしてそこから、また一つの救いのイメージ、かさねのイメージがある。そしてこの土地に来てたくさんの人に祝福された。きっと不安だったんだろうね。全てを捨ててやってきた旅だからこそ、祝福されなければならない。そうじゃないと、みじめだよね。でも幸いなことに、たくさんの人に喜ばれ、とても嬉しかったろうね。そうやって心を弾ませ、緊張感を保ち、今までのもやもやした悩みを振り捨て、まるで生まれ変わったようにして、本当のテーマである奥の細道に入ることができたんだね。そして、本当の厳しい土地に入っていった芭蕉を、僕は今、祝福したいと思う。

一四日間の長い滞在を終えて、桃雪が用意してくれた馬に乗って芭蕉が黒羽を離れたのは、四月一六日のことだった。

雲巌寺

第5旅

殺生石・遊行柳（栃木）

旅人　松本零士

まつもと・れいじ（漫画家）
一九三八年、福岡県生まれ。高卒後から漫画家として活動。一九七八年「銀河鉄道999」が大ヒット。アニメ「宇宙戦艦ヤマト」もブームに。メカに強く、大の飛行機好き。

四月一六日（今の暦で六月三日）、芭蕉は、那須野から殺生石《せっしょうせき》に向かう。

SF漫画の傑作を数多く描いてきた漫画家の松本零士さん。松本さんが、芭蕉が旅のなかで表現し続けた心の世界を探ろうとこの道を歩く。

――現実の旅というのは目で見える旅、人から自分も見えるし、自分もものを見る。それといっしょに自分の心のなかにある一つの思いを、それにかぶせて旅していくわけですよ。ですから、一人の人間が旅しているというのは、外から見える自分あるいは自分の目で見る旅と、自分の心の旅という二つがあるわけです。

ですから、書いてあることは、芭蕉が目で見たことと、その心のなかとが融合した、もう一つの世界だと思ったほうがいいと思

松本さんの「旅立ち」の絵

向こうに見える那須の山々

これより殺生石《せっしょうせき》に行く
館代《かんだい》より馬にて送らる
この口《くち》付《づ》きの男《おのこ》
「短冊《たんざく》得させよ」と乞《こ》ふ
やさしきことを
望みはべるものかなと

いますよね。だから、我々が現代になってそれを読むと、現実の旅よりももっと大きなものを見ることになるわけです。

　自分は芭蕉のような高尚な心境になれるのか。ろくでもないことを考えるのか。それがちょっと楽しみですね。

那須野

　栃木県那須連山の山裾に広がる美しくも荒々しい自然は、いにしえより多くの旅人の心を捉えてきた。松本さんも、そんな那須野の原野に佇んでみた。

——やっぱり、仕事場ってのは閉鎖空間なんで、たまにはこういう、ほんと三六〇度見渡せるところに、人間は出てみる必要があるね。なんか、心のなかの想像をうんと広げられる場所ですよ、こういう場所は。そして何を考えても自由なんですね。この広がりというのは。つい刀差して歩きたくなるね。そして向こうのほうから、幻の自分がその当時の服装をして、刀差して、あの山へ向かって歩いていくような、そういう幻想にもかられる。面白いだろうね。この風景の中を俺が歩いてきたらね。で、そこらへんに座って握り飯かなんか食って、あの山へ登る覚悟を決めて。

高久の宿

　芭蕉もまた、この広大な原野を旅して行く。季節は初夏を迎え

那須野の松本さん

野を横に
馬引き向けよ
ほととぎす

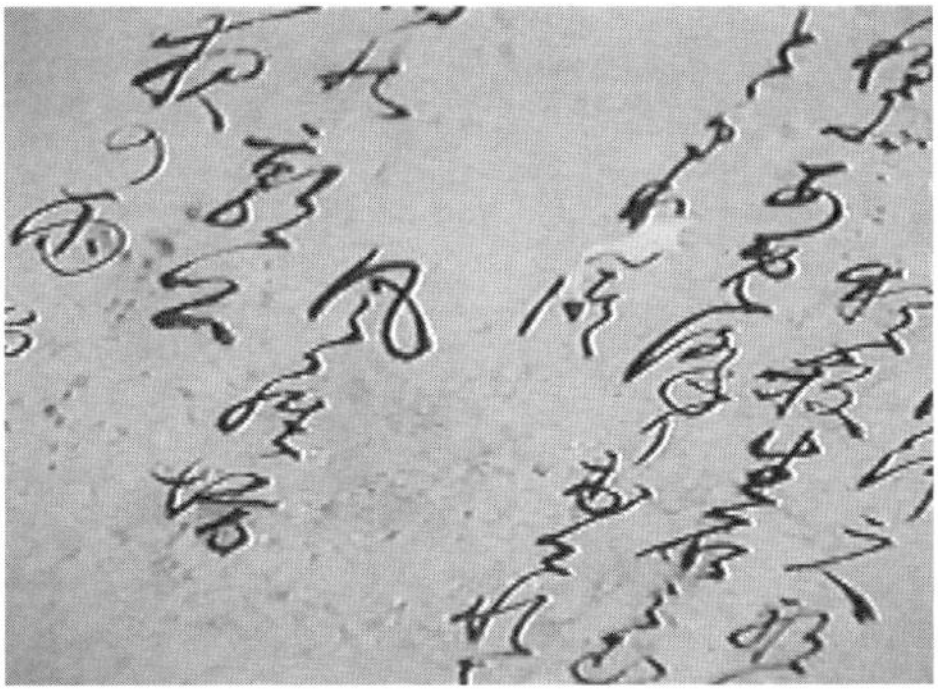
芭蕉の直筆

ていた。道中、芭蕉は突然の雨にみまわれ、急遽、高久家に宿を借りることになる。

松本　ごめんください。松本と申しますが。

高久　いらっしゃいませ。高久でございます。

芭蕉を迎えた当主から数えて一六代目に当たる、高久まささんは、今年八〇歳になる。

突然の来訪であったにもかかわらず、芭蕉は温かいもてなしを受け、感謝のしるしに句を残している。

落くるや高久の宿の郭公《ほととぎす》

ホトトギスの鳴き声に包まれた宿。その居心地の良さを詠んだ句だといわれている。その直筆を松本さんは見せてもらう。

松本　うーん、こんな距離で見られるとは思わなかったです。これ、直筆ですから、我々はあさましいもんですから、あと、三ミリぐらいで当時の芭蕉さんの肉筆のところに……。

今も高久家には芭蕉に思いを寄せる人たちが全国から訪れる。まささんは、初対面の人にも、温かいお茶や手料理をふるまう。

高久　先生にも、ぜひおあがりになっていただきたいと思います。今の句のものですから。それから、うちの庭で採れた油菜……。

松本　私には残念ながらああいう名句はものせませんのでね。心境的には、同じような心境にはなるんですが。我々は絵ではいくらでも描けるんですけどね。（まささんを描く）

高久まささん

まささんを描く

殺生石

殺生石《せっしょうせき》は
温泉《いでゆ》の出づる山陰《やまかげ》にあり
石の毒気いまだ滅びず

高久　あら、すてき。とてもよく似てるんじゃないですか。へえ。ほんとに宝物です。やっぱり生きててよかったですよ。私はあと五年かなと思ってたんですが、もっと生きますよ。

——見知らぬ土地での双方の出会いというのは、お互いに打算のない出会いでしょ。それまで関わりあいがないわけですから。その後もない可能性が多いわけですから。お互いに打算のないときに、お互いの真心というか誠意ですか、それが通じ合う場所だと思うんですね。それで、温かい印象というのは、おそらく生涯尾をひいたでしょうね。ずーっとね。

雨が上がり、高久家を辞した芭蕉は、殺生石のある那須湯本へ向かった。那須湯本は、古くから知られた湯治場である。芭蕉も、旅の疲れを休めた温泉に、松本さんも浸かった。

——とってもいい気持ちでね。浮き世の悩みはみんな忘れてしまって、どうでもよくなってきたね。ああ、来てよかったな。

幻想の風景・殺生石

荒々しい肌を剥き出しにした大きな岩。たちこめる強い硫黄の臭い。地表を絨毯のように覆い尽くす色鮮やかな虫の死骸。殺生石で芭蕉が見た幻想の風景である。殺生石の周辺には、地獄を思

那須湯本　鹿の湯

蜂《はち》・蝶《ちょう》のたぐひ
真砂《まさご》の色の見えぬほど
重なり死す

殺生石に向かう地蔵たち

わせる荒涼とした風景が広がる。
――えらい不安定に積み重なっているけど、確かに幻想的な、何だろう、無限の世界に入るような奇妙な感慨に襲われるのは事実で……。
――うーん、地獄の一丁目という感じもするけど、こっちのお地蔵さんが全部こっち向いて拝んでてくれてるから、みんな無事だという、そんな感じですね。

殺生石は一つの伝説に彩られている。平安時代、玉藻前《たまものまえ》という絶世の美女が、鳥羽上皇の寵愛を一身に受け、まつりごとを惑わしていた。実はこの玉藻前は、九つの尾を持つ狐の妖怪だった。正体を見破られた狐は、ここ那須野で討ちとられる。しかし、死んだ後も、石となって毒気を吐き続けたといわれている。

美しくも怪しい玉藻前。芭蕉もこの伝説に思いを馳せていた。現実の向こうに広がる心の世界。松本さんも内なる目で、殺生石を見つめ、絵に描いた。

――中は盛んに動いている、そんな感じがするのね。物理的な動きとは別の、なんかこの中で動いているものを感じるね。不思議な気持ちになるよね。だから、一見山とか岩とかいうのは意志がないように見えるけど、一種の長い年月を時間を超えた気持ちというか、なんかそういうものがこの中で動いている感じがするよ。

殺生石を描く松本さん

遊行柳

何かを一生懸命訴えかけているような。芭蕉もそういう気持ちになったんじゃないのかなあ。

こんな印象（下図）を受けるね。自分のためにも泣いてるし、この世のいろんな人の、特に不幸な目に遭った人のために涙を流してくれてる。そんな印象を僕はどうしてもね。そんなに荒々しい猛々しい印象は受けないから。たとえそれが九尾の狐であれ、いろいろなことでそしられようと、人の世を長い間見つめているわけだから、きっとこういう心境になっているに違いないと。

歌枕の地・遊行《ゆぎょう》柳

殺生石をあとにした芭蕉は、山を下り、芦野《あしの》の里へと歩みを進めた。芭蕉は、この芦野で、かねてから憧れていた歌枕の地を訪れる。水田のなかにひっそり立つ一本の老木。遊行柳である。古くから遊行柳には精霊が宿るといわれてきた。そのため、旅の僧侶や歌人は、ここに立ち寄り、柳の精霊に和歌を手向けるのが習わしだった。

――やっぱり何か、ここでもの思うのは当然で、これはただの木じゃなくて、人々の思いが宿った大きな柳だね。

芭蕉の心のなかには一人の歌人の姿があった。平安時代末期、武士の身分を捨てて出家し、生涯を旅に捧げた西行法師（一一一

西行の歌碑
道のべに清水流るる柳かげ
しばしとてこそ
立とまりつれ

また
清水《しみず》流るるの柳は
蘆野《あしの》の里にありて
田の畔《くろ》に残る
この所の郡守《ぐんしゅ》戸部某《こほうなにがし》の
「この柳見せばや」など
をりをりに
のたまひ聞こえたまふを
いづくのほどにや
と思ひしを
今日この柳の陰にこそ
立ち寄りはべりつれ

田一枚
植ゑて立ち去る
柳かな

八～九〇）である。西行もまた遊行柳を歌に詠んだと伝えられている。芭蕉は、いにしえの詩人に心を重ね合わせ、遊行柳の下で、夢ともうつつともつかない時を過ごした。

――芭蕉は、当然現実の世界と心の世界という二つを持った人でした。ですから、寿命とか人の一生とは別の、心のなかのもう一本の奥の細道を旅した人だったと思うんです。細道と書くから、細いような感じがする。奥へ入ったら、その細道というのは広いんですね。広大無辺の心の世界で、そのなかに人を誘い込んでいく才能があった人だと思うんです。だから、芭蕉の奥の細道は終わったんじゃなくて、今もおそらく続いている。それは今度は、大勢の人の心のなかに入っていく。心のドアを開いて奥の細道へ誘っていく、そんな感じがするんです。

　どこへ行くかわかりませんよ。わからないけど、立ち去るんです。ここは奥の細道、無限大の空間がこっち側に広がっています。さあ、これはどこへ行くのでしょう。自分にもわからない。ただし、自分の夢へ向かって歩いていることだけは確か。どこへ行くかだけは保証の限りではない。お前、めげるなよ。

――『奥の細道』のなかで最も心に残っているのは、松島の少し手前の塩釜のところで、「人よく道を勤め、義を守るべし。名はまたこれに従ふ」という言葉です。

「柳の下を立ち去る」絵

第６旅

白河の関（福島）

旅人　小椋　佳

那須の山々を望む現在の福島県白河市に、五世紀の前半、北方の守りを固めるために「関」が置かれた。「白河の関」とよばれ、以来、東北の入口として、長く人々の記憶に留められてきた。

芭蕉は、江戸を発っておよそ一か月後、白河の関にさしかかった。関東と奥州の境をなす白河の関は、文字通り、奥の細道のもう一つの出発点となる場所だった。

シンガーソングライターの小椋佳さん。白河を訪れたのは、芭蕉とほぼ同じ、四月下旬（今の暦で六月上旬）である。小椋さんは、日々の心のうつろいや、人生の憧れを数々の歌にしてきた。

――僕もいろんなことをやってきて、その中心的な作業として歌作りがありますけど、僕は残念ながらまだまだ松尾芭蕉みたいに「歌こそ僕の命」みたいな心境に全然なってません。ただ、この

おぐら・けい（作詞・作曲家）一九四四年、東京都生まれ。銀行に勤務する傍ら音楽活動を続け、一九七五年に布施明に贈った「シクラメンのかほり」で日本レコード大賞受賞。他に「俺たちの旅」「夢芝居」「愛燦々」など。

現在の白河市

住吉神社（那須町）

玉津島神社（白河市）

白河という場所が、芭蕉にとってはそういう自分の追い込みと言いますか、自分の命を、別の表現にすると句なんだ、というところに向かう起点になったと思うんですね。そんな意味で、僕がこの旅で自分自身を変えることになるかはわかりませんけれども、少なくとも芭蕉がそういう状況変化をおこした旅だったんだ、という意味で、その足跡をたどってみたいと思います。

境の明神・門前の茶屋

芭蕉は、現在の栃木県那須町から、奥州街道を北へ向かい、白河へ歩みを進めた。今は国道二九四号線となったこの道沿いには、国ざかいをはさんで、二つの神社がある。

那須町の住吉神社は、悪霊や疫病などが、国ざかいから入ってくるのを防ぐために建てられた。

住吉神社を越えると福島県白河市。ここからが東北である。白河に入ってほどなく、今度は玉津島明神が見えてくる。二つの神社を合わせて地元の人は、「境の明神」とよんでいる。

——神さびて、みたいな言葉がぴったりくる誰も訪れる人がいないのじゃないかと思われるぐらい、古びてしまった明神です。

三〇〇年前、芭蕉は、この境の明神を通って奥州に入った。旅立ちのときから憧れ続けた奥州の入口にたどり着いた芭蕉の

心もとなき日数《ひかず》
重なるままに
白河の関にかかりて
旅心定まりぬ
「いかで都へ」
と便り求めしも
ことわりなり
中にも
この関は三関の一にして
風騒《ふうそう》の人、心をとどむ
秋風を耳に残し
紅葉《もみじ》を俤《おもかげ》にして
青葉の梢《こずえ》なほあはれなり
卯《う》の花の白妙《しろたえ》に
茨《いばら》の花の咲き添ひて
雪にも越ゆる心地ぞする

たかぶった気持ちは、『奥の細道』の上の文章からもうかがえる。

曾良の日記には、境の明神の門前に、茶屋があったと記されている。その茶屋の子孫が、今も暮らしている家に、芭蕉が旅した江戸時代を偲ぶよすがとなるものが残されている。

明治時代半ばまで茶屋を営んでいた石井家では、ある古文書を代々大切に伝えてきた。古文書には、米沢藩、南部藩など、江戸と国元を行き来した奥州の諸大名の名が記されている。こうした大名以外にも、多くの無名の旅人がここを越えていったのである。

小椋　偉い人に限らず旅人はみんなここを通って、ああ、ここが国境なんだなという感慨を持ったと思うんですけども。

石井　ここから北がみちのくの国、ちょうどここが関門に当たるわけですから、特別の感情を持っていたらしいです。

小椋　ここから先は、普通の国じゃないという……。

石井　そういうことです。外国みたいに思ってたんでしょうね。

憧れの地である奥州に初めて足を踏み入れた芭蕉は、白河に一夜の宿をとった。その日、夕刻からは粛々《しゅくしゅく》とした雨が降った。

光南高校を訪ねて

小椋さんは、今回の旅で、訪ねてみたいと思っていた場所があった。白河に程近い矢吹町にある光南高校は、四年前、小椋さん

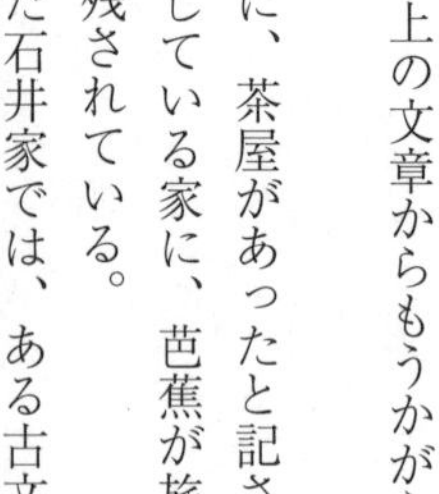
石井浩然さんを訪ねる

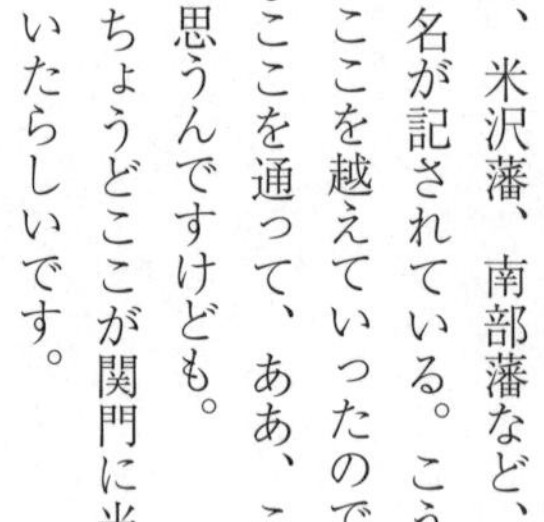

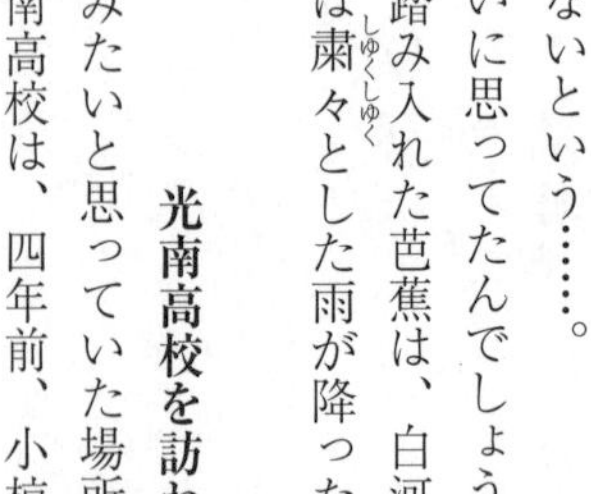

光南高等学校　校歌
朱雀の翼

作詞・作曲　小椋佳

1
南の空を　染める曙
阿武隈の　流れ清らか
新しい　風を起こして
頬紅き　朱雀羽ばたく
それぞれに　道を尋ねて
集い合い　支え合いして
旅立ちの　力磨こう
自由をかかげ　愛を抱きしめ
翼は今日も　茜色の憧れを描く

2
光束ねて　那須の輝き
夕陽には　志新た
美しい　峰友として
胸熱き　朱雀舞い飛ぶ
それぞれに　星の輝き
集い合い　星座をつくる
創造の　夢を誓おう
自由をかかげ　愛を抱きしめ
翼は今日も　茜色の憧れを描く

が、校歌を作った学校だ。

――光南高校の校歌を頼まれて作ったのは、確かもう数年前だと思いますけれど、その歌のなかにも「それぞれに道を尋ねて」とか「旅立ちの力磨こう」とかいう言葉が入ってます。直接に松尾芭蕉の影響を受けて書いた詞ではないけれども、現代人の僕たちにそういう旅観というか、人生を旅に置き換えて語るということが自然に出てくるのは、芭蕉以来のそういう考え方が知らず知らずに僕たちのなかに浸透していることだと思うんですね。高校生の皆さんが、今どういう気持ちでどういう表現で、あの校歌を歌ってくれているのか、とっても楽しみです。


福島県立光南高校は、一九九六（平成八）年に開校した新しい学校である。小椋さんは、校歌を作った当時、光南高校を訪ねることができなかった。生徒たちが、校歌をどのように歌っているのか、聞くのは今回が初めてのことだ。

小椋さんは「新しい風」「旅立ち」「自由」といった言葉を使い、未来への希望を表現した。

「小椋佳です。はじめまして。この歌は、皆さんわかるかな。本当は〝光〟から始まって〝南〟へいきたかったんだけど、わかる？二番が〝光〟で始まるでしょ。で、一番の頭が〝南〟で始まる。あれをひっくり返すと〝光南高校〟なの、気がついてない？」

「えー」
「もっと体をほぐして。そしてそれぞれに自分の思いで、体が動いていい。教わって歌うというよりも、自分の歌として歌う。そうすると、このなかにある言葉もどんどん入ってくると思います。それじゃあ皆さん、もう一度聞かせてください」

人生を旅する道しるべとして、高校生に校歌を贈った小椋さん。今あらためて、芭蕉の旅の意味を考えている。

――「脱日常」という言葉がありますね。脱日常を自分に与えることによって、日常の流れのなかで常識化している思いとか考え方とか、そういうものをいっさい引き払って、本来の一人間としての自分に立ち返ったときに、とっても大切なことが見えてくる。そんな意味で脱日常の旅をお勧めしたり、自分もしたりしますけど、松尾芭蕉の旅というのはさらにそれの先を行っていて、脱日常の旅じゃなくて、旅そのものを日常としてしまう。そこが『奥の細道』の偉大さというか、まだ僕には実感し得ない境地なんだろう。そんな気がします。

白河の関跡

白河で一夜を過ごした芭蕉は、翌日、白河の関を探してこの土地を巡り歩いた。実は白河の関は、一二世紀末には廃止され、芭

光南高校

白河の関跡

蕉が訪れたときには、それがあった場所ですら、定かではなくなっていた。芭蕉は関を見つけることができなかった。

今は、その関の跡といわれる場所が明らかになっている。芭蕉が旅して一〇〇年余り後、時の白河藩主・松平定信が、この地を関の跡と認め、碑を建立したのである。

古来、白河の関は歌枕の地として知られてきた。いにしえの歌人たちは、最果ての地に思いを馳せ、多くの歌を詠んできた。

都をば霞とともに立ちしかど
秋風ぞ吹く白河の関

これは、平安時代の旅に生きた歌人、能因《のういん》法師の歌である。芭蕉はこの地を歌ったいにしえびとと、時を超えて思いを共にし、新たな旅立ちを心に期した。

——ここの（五二ページ上）、「心もとなき」というのは、「旅心定まりぬ」というのと対極にある言葉なんだと思います。芭蕉自身も江戸に暮らしたわけですから、いろんな情報が入ってきて、いろんな生きようもあるというのをわかったうえで、だから、どうしようという不安感、不安定感があったと思うんですね。この白河の関までひと月旅してきてみて、「旅心定まりぬ」と言ったのは、そういういろんな迷いもあるけれども、捨てるというか、絞り込む生き方の凄みを僕は感じました。旅ということに人生を集

能因法師の碑

古人冠《こじんかんむり》を正し
衣装を改めしことなど
清輔《きよすけ》の筆にも
とどめ置かれしとぞ

卯の花を
かざしに関の
晴れ着かな
曾良

約するんだという決心、確信。この生き方がいいんだという思いを、芭蕉はここで強くしたと思うんです。

　芭蕉の場合は、そこで言っている旅は、あくまで句を創造する旅、ということが含まれていると思うんですね。もっと言い換えれば、自分の命というものを、これから句に置き換えていくんだ、そういう決断。とっても強い思いが僕には感じられます。ただ、あんまりそれを偉そうに言わない。自分の句ではない、曾良の句で、「卯の花をかざしに関の晴れ着かな」というのは、いにしえびとが冠を正し衣装を改めてここからさらに旅に及んだ、ということを、彼の場合は、ぎしぎしした装束じゃなくて、当時咲き誇っていた卯の花を自分の衣にさして、自然と和合しながら旅をする、そういう思いをさらっと歌った曾良の歌を、自分の思いとして、この『奥の細道』に留めたんだろう、そんな思いがします。

　芭蕉はここで、これから治安もおぼつかないし、何が起こるかわからない不安な場所への旅に、心を定めて自分の生き方に確信を持った。逆に、慣れ親しんだ賑わいの都会に帰る僕自身は、何か寂寥感というか、何か後ろめたささえ感じています。でも、まさに心もとない状況になる今の自分を歓迎する気持ちもあるんですね。不思議です。これはおそらくもう一回、この奥の細道をひとりで別の機会に旅してみなさい、そういう誘いなんだろうと思います。

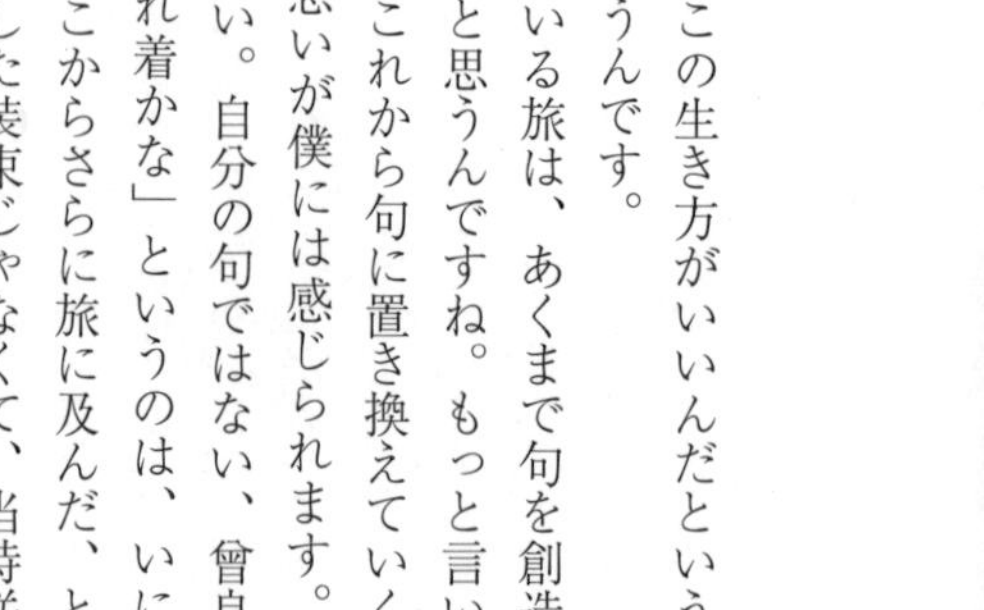

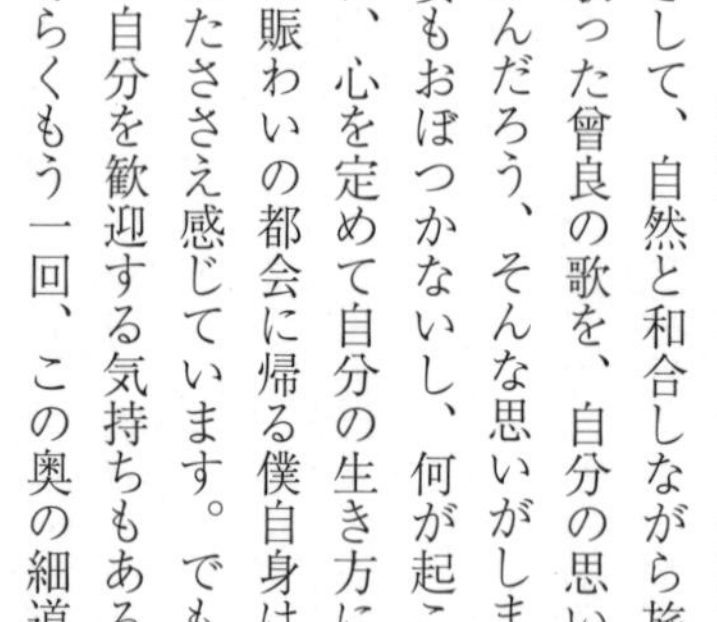

第4旅

那須与一　義経の家臣。壇の浦で扇の的を射落としたことが『源平盛衰記』に記され有名になる。

那須七党・大関氏　那須七党は中世の下野国那須郡の武士団。大関・太田原・芦野・千本・福原・伊王野・岡本の七氏。芭蕉が旅した当時、黒羽藩主・大関氏は黒羽城を築き一帯を支配していた。

浄坊寺桃雪　浄坊寺図書（桃雪）は、黒羽藩の城代家老。弟・鹿子畑善太夫（翠桃・芭蕉は桃翠と記述している）とともに芭蕉の門人であった。芭蕉は黒羽でこの二人に手厚くもてなされた。

雲巌寺　臨済宗妙心寺派の古刹。平安末期に叟元和尚が開き、鎌倉末期に北条時宗が仏国国師を開山とし再興した。仏頂和尚は、深川長慶寺に住んでいたときに芭蕉が禅の教えを受けた師であった。その後、雲巌寺に隠棲する。

第5旅

高久の宿　高久角左衛門に芭蕉が与えた書には「みちのく一見の桑門、同行の二人、なすの篠原を尋て、猶、殺生石みんと急侍るほどに、あめ降り出ければ、先、此処にとゞまり候。落くるやたかくの宿の時鳥　翁／木の間をのぞく短夜の雨　曾良　元禄二年孟夏」（表記は「曾良日記・俳諧書留」による）とある。

遊行柳　遊行上人（一遍）が奥州を旅したときに、柳の精が現れて、西行の歌が詠まれた場所を教えたといわれる。謡曲「遊行柳」で脚色され有名になった。

西行　俗名・佐藤義清（一一一八～一一九〇）。藤原氏の流れをくむ武門に生まれ鳥羽上皇に仕えたが、二三歳で出家して仏道や和歌に励み、奥州・四国・九州などを旅した。奥州では平泉に藤原秀衡も訪ねている。死後に成立した『新古今和歌集』に最多の九四首が選ばれ、名声が高まった。家集『山家集』『西行上人集』など。「願はくは花の下にて春死なむその如月の望月のころ」の歌のとおりに一一九〇年二月一六日に没した。

第6旅

白河の関　勿来の関、念珠の関とともに奥州三関の一つ。歌枕・白河の関は、能因法師の他にも多くの歌人に詠まれている。「便りあらばいかで都へ告げやらむけふ白河の関は越えぬと」（平兼盛）「都にはまだ青葉にて見しかども紅葉散り敷く白河の関」（源頼政）「見て過ぐる人しなければ卯の花の咲ける垣根や白河の関」（藤原季通）「白河の関の秋とは聞きしかど初雪分くる山のべの道」（久我通光）芭蕉はこれらの歌の言葉（傍点部）とイメージをふまえて『奥の細道』の白河の関のくだりを記したと思われる。

清輔　平安末期の歌人・歌学者藤原清輔。ここでは、その著『袋草子』に、竹田大夫国行という者が白河の関を過ぎる時に能因法師の歌への敬意を表して装束を整えた、との記述があることをさしている。

能因法師　平安中期の歌人で俗名・橘永愷（九八八～？）。藤原長能に歌を学ぶ。剃髪して摂津古曾部に住み、古曾部入道と称した。奥州行脚の旅で多くの歌を残す。家集『能因集』歌学書『能因歌枕』

第7旅

須賀川（福島）

旅人　浅井愼平

あさい・しんぺい（写真家）一九三七年、愛知県生まれ。広告制作会社を経てフリーカメラマンに。ビートルズ来日時の撮影で脚光を浴び、以後広告写真で活躍。写俳集『二十世紀最終汽笛』他。

四月（今の暦で六月上旬）、念願だった白河の関を越え、芭蕉は奥州の山河を初めて目にした。江戸深川を発ち、進むことおよそ六〇里。福島・須賀川に入り、この地に八日間留まった。

写真家の浅井愼平さんがこの地を訪ねる。

――あいにくの雨ですけど、これも俳諧的な世界かな、と思うんですけどね。旅ってこういうふうに、自分の思惑とは全く違う結果になって、それがまた旅の楽しさ、面白さというか。ときには辛いこともあるんだけれども、後で懐かしさに変わったりするというのも旅だし。

今日は奥の細道を訪ねて須賀川の宿に来たわけですけども、芭蕉は、ここで彼にしては珍しく、一週間ばかりの長逗留をしました。なぜここに一週間もいることになったのか。その芭蕉の心を

とかくして越え行くままに
阿武隈川《あぶくまがわ》を渡る
左に会津根《あいづね》高く
右に岩城《いわき》・相馬《そうま》・三春《みはる》の庄《しょう》
常陸《ひたち》・下野《しもつけ》の地をさかひて
山連なる
影沼《かげぬま》といふ所を行くに
今日は
空曇りて物影映らず

須賀川《すかがわ》の駅に
等躬《とうきゆう》といふ者を尋ねて
四五日とどめらる
まづ「白河《しらかわ》の関いかに越
えつるや」と問ふ
「長途《ちようど》の苦しみ、身心《しんじん》疲
れかつは風景に魂奪はれ
懐旧《かいきゆう》に腸《はらわた》を断ちて

探せるかどうかわかりません。そんなことや、この風景が彼の心のなかにどんなふうに残ったかな、なんてことを、僕なりに歩きながら見つけたいと思っているんです。

交通の要衝・須賀川

須賀川は、会津や仙台に通じる交通の要衝にあり、奥州街道きっての宿場町として栄えてきた。当時、多くの商人が集まり、自由な気風と活気に満ちていた。

芭蕉は相楽等躬《さがらとうきゆう》という商人の屋敷に滞在する。等躬は芭蕉の古くからの友人で、俳諧にも通じていた。

芭蕉は、道中目にした田植えの風景を題材に句を詠み、等躬に披露した。その句「風流の初めや奥の田植歌」は、『奥の細道』の中で奥州での最初の句として記されている。

——この俳句から読みとれるものの一つは、ここの人たちに対する挨拶。挨拶句の感じがします。そして、実は出発して、もう一か月過ぎているわけですけども、どうやら江戸の空気から脱出をして、いよいよ奥の細道へ本格的に入っていくぞ、という感じがします。「奥の田植歌」という言葉はまさに奥を表しているし、たぶん季節の変わり目で田植えが始まり、ある活気のようなものがこの辺りにあって、彼はそこの人たちに対する挨拶と同時に、自分の旅の決意のようなものを表したんじゃないかなと思います

田園の中を歩く浅井さん

はかばかしう
思ひめぐらさず
　風流の
　　初めや奥の
　　　田植歌《たうえうた》
むげに越えんもさすがに」
と語れば
脇《わき》・第三《だいさん》と続けて三巻《みまき》と
なしぬ

ね。しかも風流という、彼がめざしていた、それの初めであるという、まさに言葉通りの俳句なんですね。ですから、まさにこの土地へ来たことのイメージと、これから出発する気持ちと、ここにいる人たちに対する気持ちが全部入っているような俳句で、ちょっと言葉はストレートな感じがしますけども、気持ちはよくわかります。

奥州最初の歌・田植歌

芭蕉が聞いた田植歌とは、どのような歌だったのだろう。
浅井さんは、須賀川市郊外の、江戸時代の田植歌が伝えられているという保存会を訪ねた。

浅井　ごめんください。こちらですか、田植歌の練習をしてらっしゃる？　ちょっとおじゃまさせてください。
会の人　どうぞどうぞ。

農家の女性たちは田植歌を歌い継いでいくために、三〇年ほど前、保存会を作った。

浅井　今でも田植えしながら歌われたりするんですか？
会の人　今は、田植えは機械ですからね。
浅井　だからなおさら、こうやって集まって稽古をして残しておかないといけないってことですかね？
会の人　そうですね。

田植歌の保存会を訪ねる

仁井田の田植歌

ア　サガレ　サガレ
山のなかにしゅうとを待てば
あじなるものをみ
かのししに馬鍬をそえて
猿めがはなどりとさ
ア　サガレ　サガレ

（中略）

ア　サガレ　サガレ
けさの寒さに浅川越えて
娘なに取りにき
裏にちんどり　巴の紋で
手箱取りにき
ア　サガレ　サガレ

浅井　芭蕉の俳句のなかに田植歌って入ってますけど、あの当時の歌も残されてるわけですか？

会の人　結局この田植歌は、須賀川で芭蕉が逗留したときに聞いた田植歌であろうというようなことで……。

浅井　ああそうですか。じゃ、早速聞かせていただけますか？

女性たちは、田植歌を披露してくれた。サガレ、サガレ。農家の人たちは、このはやし言葉に合わせて一斉に後ずさりをしながら、苗を植えていった。豊作への祈りが込められた素朴な歌声を、芭蕉は風流な響きとして聞いたのだ。

浅井　いやあ、いいものを聞かせていただいてよかったです。やっぱり田んぼのなかで聞いてみたいですね、これは。もうそういう時代じゃなくなっちゃいましたけどね。

会の人　はい。田んぼのなかに、もう二〇人も三〇人も並んで歌ったりね。夕方になると、本当に疲れを癒すための歌声になってくるんです。

浅井　サガレっていうのが、なんかよかったなあ。

会の人　今はね、梶棒《かじぼう》引いて前に出ますけど、昔は下がって植えたもんですからね。

浅井　そうですね、ぼくは目に浮かびました。

田園風景

会の人　結局、芭蕉が第一歩を踏み入れたここに、この歌が残ってたってことは、すばらしいことだなと思いますね。

浅井　しかも、芭蕉が俳句のなかに使ったから、なおさら大切にしなくちゃいけないってことになったんでしょうねえ。

商家の俳諧・人々の出会い

芭蕉は一週間の滞在中、町の人たちの温かいもてなしを受け、神社仏閣などを見て回った。当時、須賀川は等躬たちのような商人を中心に俳諧が盛んだった。

俳諧を初めとする文芸を尊ぶ伝統は脈々と息づいて、須賀川の人たちは、季節の彩りやうつろいを句に詠んできた。

芭蕉を誇りに思い、大切にしてきた須賀川の人たち。その思いにふれようと、浅井さんは江戸時代から続く一軒の商家を訪ねた。お茶を商う小針喜久子《こばりきくこ》さんは、俳句に熱心だった先代の句を店に飾り、自らも俳句を学んでいる。

小針　俳句をやる者は、字と書と三つできなくちゃなんない、と私は聞かされました。

浅井　おじいさまだけじゃなくて、この辺の方はそういうたしなみがあるということですか？

小針　商家のご主人は、夜なんか趣味の集まりでこういうことをやってたようなんです。こんなものも作ったんですね。暖簾《のれん》とか

小針喜久子さんと

芭蕉の俳句を染めた茶布巾

可伸庵（「奥の細道図屏風」与謝蕪村筆）

茶布巾《ちゃぶきん》なんですけど。

小針さんの先代は芭蕉好きが高じて、茶布巾にも田植歌の句を染め込んだ。

浅井　面白いですね。こういう俳句とか文芸が後に残っていくというのは。

小針　それだけ俳句を大事にして、芭蕉翁を尊敬してずっと続いてきたんだと思うんですけど。

旅先での出会いを創作の糧としてきた浅井さんは、芭蕉の須賀川での滞在に思いを馳せ、自らを重ね合わせる。

――旅先というのは人の気持ちを優しくしてくれるところがあって、旅人に対してはなぜか人は優しいわけだし、時には胡散臭い目で見られることもあるわけだけど、溶け込めばあっという間に親切にしていただける。ぼくは何度もそういう経験があるんですね。自分の生活から離れて、ものの見方がある意味で自由になって素直になるのかな。世の中にはこんな面白い人もいるんだ、あるいは、こんなすてきな人もいるんだ、というようなことが素直に理解できるところがあるんですね。

可伸庵《かしん》・栗の木

多くの人と出会うなかで、芭蕉の印象に最も強く残ったのは、

可伸庵跡を訪ねる

栗の木

この宿《しゅく》のかたはらに
大きなる栗《くり》の木陰を頼みて
世をいとふ僧あり
橡《とち》拾ふ太山《みやま》もかくやと
閒《しず》かにおぼえられて
ものに書き付けはべる
その詞《ことば》
栗といふ文字は
西の木と書きて
西方浄土《さいほうじょうど》に便りありと

一人の僧侶だった。栗の木のたもとに庵を結び、俗世をのがれて隠遁生活を送っていた可伸である。可伸は、芭蕉が身を寄せていた等躬の屋敷の片隅に住んでいた。栗になぞらえて可伸を詠んだ句は推敲ののち、『奥の細道』に記された。上の句である。

浅井さんは可伸庵跡を訪ねた。

――何となく昔の面影が少し感じられますよね。雨のせいもあるかもしれないけれど。

この等躬の屋敷で人に出会うことで、芭蕉にとって好ましい人の生き方というものを、彼が感じたんでしょうね。そういう慎ましやかな、ある意味では無骨な、そういうものを「花」とよんでいるようにもとれるんですね。だから、人々は気がついていないけれども、世にはそういう人もいるし、そういう花も咲いている。それこそが俳諧、あるいは人間の生き方だということを芭蕉は言いたかったのかもしれない。そう推理していくと、自然をただ詠い上げるんではない、人の気持ちを、人の心のなかを具体的なもので表していくということになるんですね。

阿武隈《あぶくま》川・石河《いしかわ》の滝

一週間の逗留の最後に、芭蕉は一つの滝を訪れた。阿武隈川にかかる石河の滝である。今の暦で六月の半ば、梅雨にさしかかるころ、滝はいつになく水かさを増していた。浅井さんは滝のふち

栗の木を見上げる浅井さん

行基菩薩《ぎょうぎぼさつ》の
一生杖にも柱にも
この木を用ゐたまふとかや

世の人の
見付けぬ花や
軒の栗

石河の滝（今の乙字ヶ滝）

に立ってみた。

――流れてるんだけれども時が止まってるような、止まってるんだけども流れてるような、非常に不思議な感慨に襲われます。同じ流れは二つとないわけだから、必ず変化をしながら流れている。時には渦になり、よどんだり、流れたり走ったりしながら、水が生き生きと生き物のようにしてある、というのがよくわかります。

旅の効用の一つは、景観を見たり風景を見たりすると同時に、自分の心のなかを見つめる結果になるというのがあって、単純にいえば、自分がいったいどこから来たのか、どこへ行くのか、誰なのか、人間とは何なのかとか、非常に素朴で根源的な永遠の謎みたいなものを、覗く空間が心のなかにできるという感じがしますね。

俳諧にとって、やはり旅は非常に重要なものであったな、ということがよくわかりました。日常生活のなかにあって俳句を書くことは当然あるわけですけれども、旅が教えてくれる人生や風景がまた別に存在するんだな、と強く感じます。

阿武隈川

相楽等躬の屋敷にて行われた句会の歌仙

風流の初やおくの田植歌　翁
覆盆子を折て我まうけ草　等躬
水せきて昼寝の石やなをすらん　曾良
籠《びく》に鰍《かじか》の声生かす也　翁
一葉して月に益なき川柳　等
雇にやねふく村ぞ秋なる　曾
賎の女が上総念仏に茶を汲て　翁
世をたのしやとすゞむ敷もの　等
有時は蟬にも夢の入ぬらん　曾
樟の小枝に恋をへだてゝ　翁
恨ては嫁が畑の名もにくし　等
霜降山や白髪おもかげ　曾
酒盛は軍を送る関に来て　翁
秋をしる身とものよみし僧　等
更ル夜の壁突破る鹿の角　曾
島の御伽の泣ふせる月　翁
色〳〵の祈を花にこもりゐて　等
かなしき骨をつなぐ糸遊　曾
山鳥の尾にをくとしやむかふらん　翁
芹堀ばかり清水つめたき　等
薪引雪車一筋の跡有て　曾
をの〳〵武士の冬籠る宿　翁
筆とらぬ物ゆへ恋の世にあはず　等
宮にめされしうき名はづかし　曾
手枕にほそき肱《かいな》をさし入て　翁
何やら事のたらぬ七夕　等
住かへる宿の柱の月を見よ　曾
薄あからむ六条が髪　翁
切樒枝《きりしきみ》うるさゝに撰残し　等
太山つぐみの声ぞ時雨るゝ　曾
さびしさや湯守も寒くなるまゝに　翁
殺生石の下はしる水　等
花遠き馬に遊行を導て　曾
酒のまよひのさむる春風　翁
六十の後こそ人の正月なれ　等
蚕飼する屋に小袖かさなる　曾

元禄二年卯月廿三日

（表記は岩波文庫『芭蕉　おくのほそ道』による）

第8旅

浅香山・信夫の里（福島）

旅人　澤地久枝

さわち・ひさえ（作家）
一九三〇年、東京都生まれ。出版社勤務を経て作家活動に入る。『妻たちの二・二六事件』『火はわが胸中にあり』『昭和史のおんな』など、歴史の中の人間を書き続ける。

みちのく福島の遅い春を純白の梨の花が彩る。芭蕉が生きた江戸時代にも、梨の木は、里山や家々の庭先に見られただろう。芭蕉は四月の末（今の暦で六月半ば）、郡山へ入った。福島県のほぼ中央に位置する郡山市。ここを起点に古くから和歌に詠まれてきた歌枕の地を作家の澤地久枝さんが訪ねる。

澤地さんは一八歳のときに『奥の細道』を読み、芭蕉が旅に託した思いに深く共感したと語る。

――かつて四六歳の男性が、当時としてはかなりの年齢で歩いていった、もしかして死ぬかもしれないという覚悟で歩いていった道のあとがどう変わっているのか。あるいは変わってなくて、森も木もそのままで生きのび、花も咲いているのであるとしたら、それを確認しながら自分の心のなかで歩いてゆく。奥の細道のこ

郡山市

浅香山（安積山）

等窮《とうきゅう》が宅を出でて
五里ばかり
檜皮《ひわだ》の宿《しゅく》を離れて
浅香山《あさかやま》あり

のあたりは、何かの仕事で幾度か来たことがなくはないですが、肝心の所は訪ねないでとっておいたんです。芭蕉がたどった道を全部歩きたいと思ったんですね。でも夢が果たせないままに半世紀以上経ってしまって、やっと今日歩き始めることができて、とっても嬉しいです。

浅香山《あさかやま》・花かつみ

郡山で一夜の宿をとった芭蕉は、浅香山を訪ねた。浅香山は、万葉集にも登場する歌枕である。

ここで芭蕉は、一つの花を探している。昔から多くの和歌に詠み込まれた「花かつみ」である。花かつみとは、みちのくへ赴いた平安時代の貴族が、アヤメの代わりに愛でた花だった。

しかし芭蕉が訪れたときに、辺りに花かつみを知る人は、もういなかった。

花かつみが何の花であるかは、今もはっきりとわかっていない。しかし、郡山ではヒメシャガという植物を「花かつみ」とよび、市の花としている。

浅香山では、芭蕉が訪れたことを記念して、地域の人たちが毎年ヒメシャガの苗を植えている。そこで澤地さんも地域の人にヒメシャガを見せてもらった。

道より近し
このあたり沼多し
かつみ刈るころも
やや近うなれば
いづれの草を
花がつみとはいふぞと
人々に尋ねはべれども
さらに知る人なし
沼を尋ね、人に問ひ
「かつみかつみ」
と尋ね歩きて
日は山の端《は》にかかりぬ
二本松《にほんまつ》より右に切れて
黒塚《くろづか》の岩屋《いわや》一見し
福島に宿る

土地の人　これがヒメシャガといって、花かつみ。
澤地　これが花かつみですか。私は白いヒメシャガを見たことがありますけど、ここは紫なんですか。
土地の人　そうです。紫が多いんですね、白もありますけど。
澤地　見せていただいていいですか。かわいい花ですね。
土地の人　咲いたところは、何とも言えないですね。
澤地　何か楚々とした風情で。

　ヒメシャガは五月の中ごろ、アヤメに似た可憐な花を咲かせる。花かつみを愛でたいにしえびとに思いを寄せた芭蕉は、歌枕の地に何を求めようとしていたのだろうか。
――みちのくといえば、そのころは異境と言いたいぐらいの遠い場所。でも文学のことやら何やらでつながりはある。そこへ訪ねていって、そしてこの場所から呼びさまされる古い昔の歌人の恋心や郷愁をたどって、何を自分は感じるかということは、芭蕉にとってとても大事だったろうと思うんですね。自分の心のなかに何が呼び起こされるのか。その呼び起こされたものを、ここの風物や季節に託して、より凝縮された純粋に深いものとしてどのように俳句の形にするかということ、それが、芭蕉にとっての課題だったのじゃないかと私は思うんです。

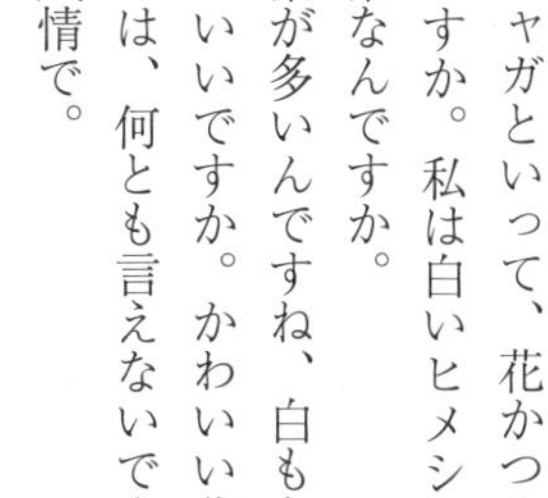
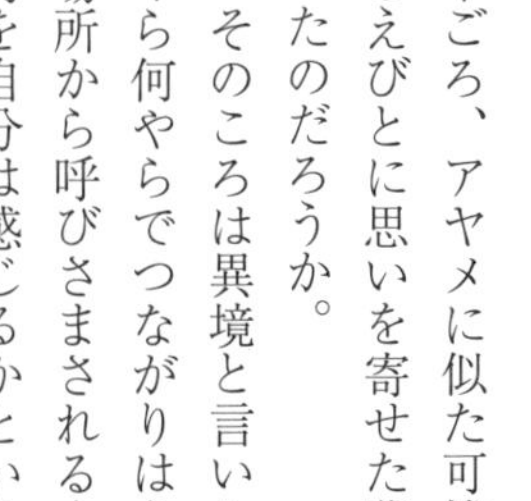
ヒメシャガを見る

鬼婆と化す「岩手」

奥州街道・田園風景

芭蕉がたどった奥州街道を、澤地さんもまた、歩いてみた。

――歩く習慣を失ってずいぶん時間が経っているなあ。私は仕事柄よくいろんな所を旅行してはいるけれども、自分の国のこういう田畑のなか、田園風景のなかをこんなふうに歩いたことは今までになかったかもしれない。

奥州街道を歩く澤地さん

黒塚・鬼婆伝説

浅香山をあとにした芭蕉は、二本松の城下を経て、次の歌枕「黒塚」を訪ねる。黒塚には、安達ヶ原の鬼婆伝説が残されている。

伝説によれば、鬼婆は公家に仕えた「岩手」という乳母だった。ある日、岩手が育てた姫が重い病に倒れてしまう。占い師から妊婦の肝を食べさせるとよいと聞かされた岩手は、ここ安達ヶ原で旅の妊婦を襲い、殺した。岩手は妊婦が持っていたお守り袋を見て、その女が幼いころ、生き別れになったわが子だと知る。実の娘を手にかけた悲しみのあまり、岩手は鬼と化したと言われている。

積み重なった巨大な石は、鬼婆が隠れ住んだという岩屋である。鬼婆は旅人を捕まえては殺し、その肉を食らうようになったと伝えられてきた。

鬼婆が隠れ住んだ岩屋

岩に触れてみる澤地さん。

「絶対動きもしないわね。これで動いたら危ないわね。ぐらりともしないけど、これ、よく乗ってますね。だって下は、そんなに頑丈じゃないですよ。よく転げ落ちなかったわね」

澤地さんは、岩によじ登って確かめる。

「やっぱり後ろがかなり大きいですよ。ここまで登ると上まで行けそうよ。私はおてんばなのよ、何でも見たいから」

いつのころからか、人々は三三体の磨崖仏《まがいぶつ》をこの岩屋に刻み、恐れ敬ってきた。

この岩屋に澤地さんは何を感じたのだろうか。

――ここへ来て初めて、松尾芭蕉が実際に手に触れ、その目で見、それからまたあの杉木立があるのも見たなという、まさに奥の細道に来たという感じがしましたね。

この岩屋には、いろいろ恐ろしい話がついてまわっているようですけれども、これは人間の手が組み立てることの不可能な岩であることも、来てみてよくわかりました。昔々、何かでこういう場所ができて、そして人々はきっと、何だろうって恐れたんでしょうね。恐れから自然と、鬼婆が生肝をとって食べるという恐ろしい伝説も生まれたんでしょうけど、同時にそれは、ここがある意味で聖地で、ここに願い事を託せばそれが叶う、というような

岩に登る澤地さん

明《あ》くれば
しのぶもぢ摺《ず》りの石を尋ねて
信夫《しのぶ》の里に行く
遙《はる》か山陰《やまかげ》の小里に
石半《なか》ば土に埋《うず》もれてあり
里のわらべの来りて
教へける
「昔はこの山の上に
はべりしを
往来《ゆきき》の人の
麦草を荒らして
この石を
試みはべるを憎みて
この谷に突き落とせば
石の面下《おもてした》ざまに伏したり」といふ
さもあるべきことにや

場所でもあったんじゃないかな、そういう実感があります。

信夫《しのぶ》の里・文知摺《もちずり》石

黒塚の岩屋から三里余り。峠を越えると、福島盆地が広がる。ここは古くから「信夫の里」とよばれてきた。

芭蕉は、この信夫の里で歌枕として知られた「文知摺石」を訪ねている。

文知摺石は、布を染めるために使われたと伝えられている。石の表面に布をあて、草の汁で独特の乱れ模様を摺り出したという。その布は「信夫の里」の名を取り「信夫文知摺」とよばれた。都の歌人たちは布の模様に「忍ぶ恋」に思い乱れる心の様を重ね合わせた。

しかし、芭蕉が訪れたとき、石は半ば土に埋もれ、昔の面影はなかった。芭蕉は、布を染めたいにしえびとの姿を田植えの準備をする娘たちに重ね、句を詠んだ。

文知摺石を守る寺、安洞院《あんとういん》に芭蕉が書いたと伝えられる書が残されている。住職・横山俊邦さんが、三〇〇年前に軸装された軸を取り出して、澤地さんに芭蕉の真筆を見せてくれた。

　早苗つかむ手もとや昔しのぶ摺

書には『奥の細道』に収められる前の形の句が記されている。

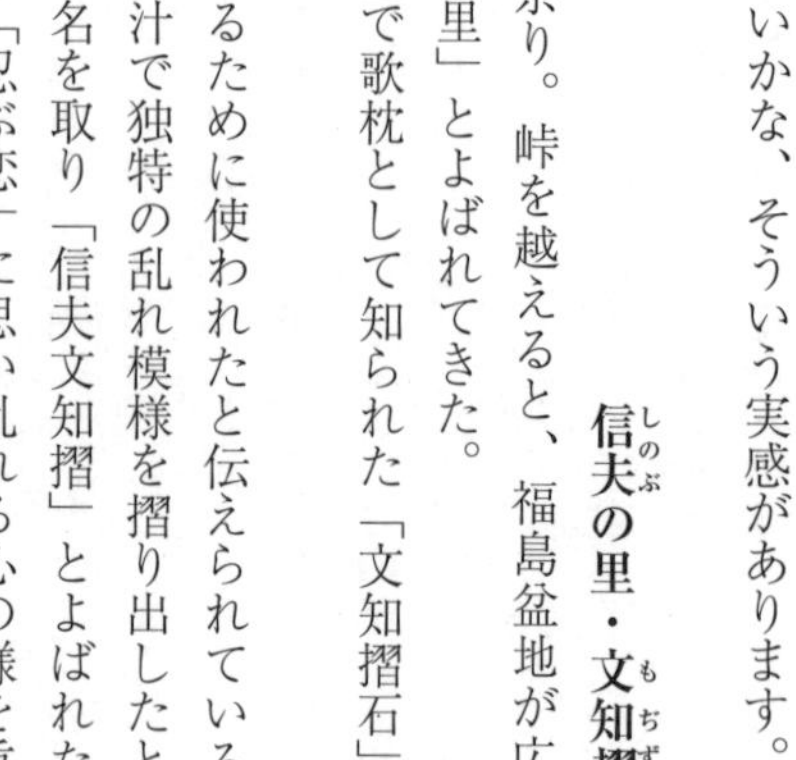
信夫の里を歩く

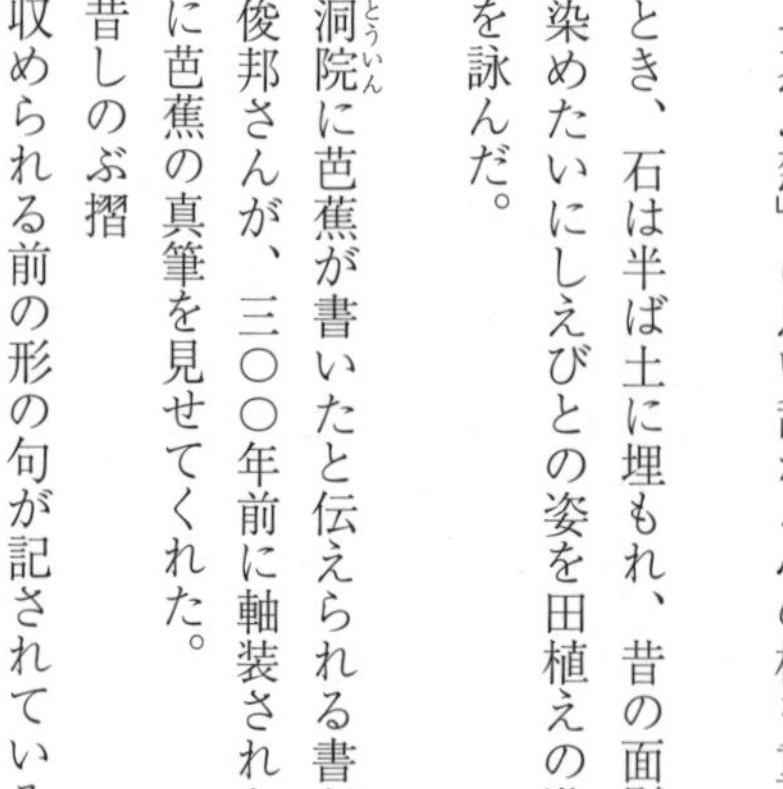
安洞院

文知摺石

早苗《さなえ》とる
手もとや昔
しのぶ摺《ず》り

澤地　これはまあ言ってみれば、絵描きさんのスケッチ。最初の印象でまとめられた句という感じですね。

横山　そうですね。

澤地　それから芭蕉の生前、作句の後で手を加えられた句がいろいろありますけど、これも「早苗をつかむ」というその目に映ったそのままではなくて「早苗とる」という言い方に変えてゆく。抽象化していったのですね。これは、現場で目にしたままの印象を書いたという感じがしますね。そういう意味でも、みちのくに残るのにふさわしい軸ですね。

――「早苗つかむ」。それを最終的には芭蕉自身が手を入れて、「早苗とる」という風に変えていった。旅をしながら、芭蕉の心のなかは、もっといい表現、もっといい言葉はないのかということでいっぱいだったかもしれない。俳句という、世界でもいちばん短い詩形のなかに万感を込めるためには、かなりの強い内的な力がなければ無理だと思うんです。特に芭蕉のすぐれた俳句のなかにはその力があると私は思うのね。そのためには、江戸や京にいて普通の生活の延長上にいるのではだめだ、という気持ちが彼にはあったのじゃないかと思いますね。

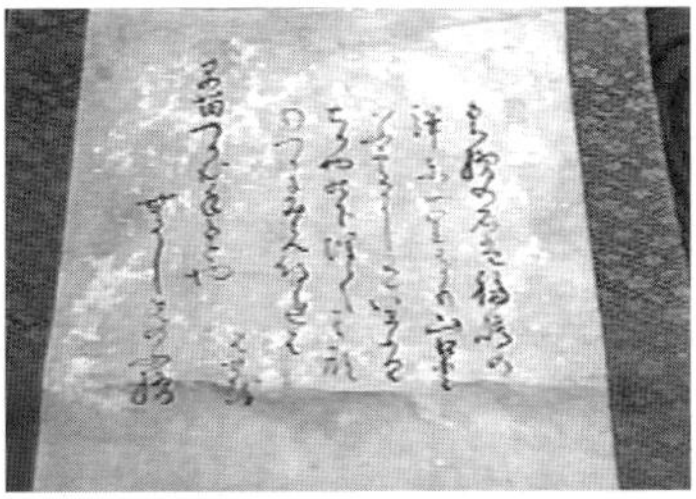

芭蕉の真筆

心のなかに道を持つ

初めて『奥の細道』に出会ってから五〇年余り。澤地さんは齢《よわい》を重ねるにつれて、芭蕉に対する考え方が変わってきたという。

――私も旅へ出てゆくときはいつも、旅先で死ぬかもしれないなと、心のなかでは密かにそう思って旅に出てゆきます。そうなるかもしれません。でも、それで後悔はないし、どんな死に方をするかはわからないですね。その人がいかに生きて死んでゆくかということ。それからその心映えというか、覚悟というものも、『奥の細道』を繰り返し読んでいると伝わってくるように松尾芭蕉は書いていると思います。芭蕉は、実はみちのくの道を歩いているだけではなくて、彼の人生の彼の心のなかにできている道を確認して歩いている。確認をしながら、さらにその道は終わることなく続いてゆく。現実の道は歳月のなかで消えてゆくけれども、人が歩いた心の道というものは消えない。一人ひとりの心のなかに道を持っているんだということを、私は『奥の細道』から感じとっているのです。

第9旅

飯塚の里（福島）

旅人　里中満智子

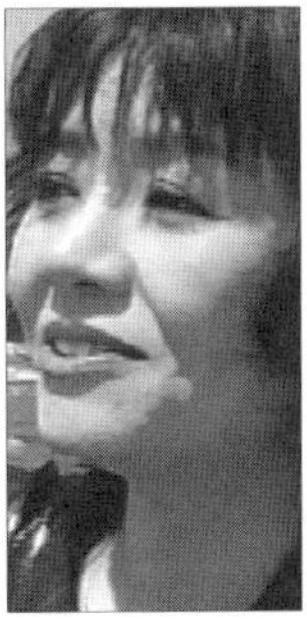

さとなか・まちこ（漫画家）
一九四八年、大阪府生まれ。高校在学中に受賞しデビュー。心理描写のきめ細やかさで女性の人気を獲得。作品『アリエスの乙女たち』『あすなろ坂』『天上の虹』他。

福島市・飯坂は、東北屈指の温泉町として、古くから知られている。温泉街の中心にある、湯かけ薬師如来は、湧き出る温泉を薬師様にかけ、体の悪い所をさすると、怪我や病気が良くなる、といわれてきた。

芭蕉は、五月二日（今の暦で六月一八日）、飯坂に入った。当時、飯坂一帯は、飯塚の里とよばれていた。

少女漫画の先駆者として活躍を続けている漫画家の里中満智子さんは、表現の手段こそ違うものの、同じ創作の世界に生きる者として、芭蕉に心を寄せて、この地を訪ねた。

——私たちの仕事でもね、最初はいろいろアイデアが湧きますよね。それで、こう動かしたい、ああ動かしたい、こんなことが言いたい……。でもその言いたいことを全部描いていると散漫にな

湯かけ薬師如来

月の輪の渡しを越えて
瀬の上といふ宿《しゆく》に出づ
佐藤庄司《さとうしょうじ》が旧跡は
左の山際《やまぎわ》
一里半ばかりにあり
飯塚《いいづか》の里鯖野《さばの》と聞きて
尋ねたづね行くに
丸山《まるやま》といふに尋ねあたる
これ、庄司が旧館なり

佐藤継信（右）・忠信（左）

っちゃうので、いかにして省いていくかなんですね。省くことによって、これだけは残しておきたいセリフとか表情が残っていくわけですよ。俳句の世界というのも似たような考え方、取り組み方を感じるんですね。たった一七文字。よくぞここまで凝縮したな、という世界観ですよね。日本人の感性というのは、省くことの美しさ、省略されたものの美しさにある。それは文学の世界だけじゃなくて、建築とか絵画の世界でもそうですよね。だから芭蕉の世界というのは、日本人の感性のいろんな面を集約した一つの宇宙のような気がするんですよ。

医王寺・佐藤一族の悲劇

福島県を南北に流れ、太平洋へと注ぐ、阿武隈川《あぶくまがわ》。この川に沿って北上してきた芭蕉は、いったん奥州街道を離れ、遠回りをして、飯坂に向かった。

芭蕉がわざわざ飯坂を訪れたのは、平安時代に飯坂一帯を治めていた佐藤一族がたどった運命に心引かれていたためだった。丸山は、その城があったところだ。

佐藤一族の菩提寺、医王寺《いおうじ》を里中さんは訪ねた。

――杉木立ってのは心が洗われる感じがしますね。芭蕉も、この道を歩いたんですけども、どうしてわざわざ遠回りをして、医王寺の奥の薬師堂に行ったか、どういう気持ちだったかと、あれこ

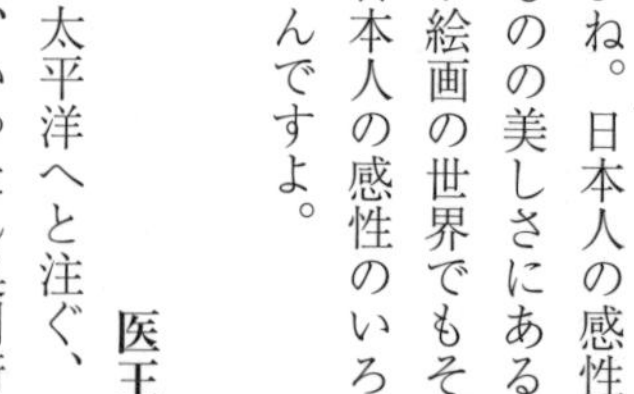
阿武隈川の川原で

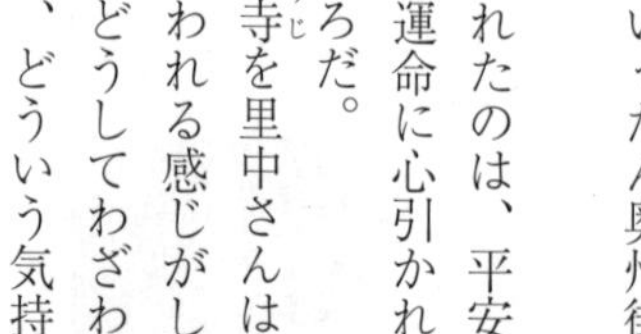
丸山

楓と初音の像

麓《ふもと》に大手の跡など
人の教ふるにまかせて
涙を落とし
またかたはらの古寺に
一家《いっけ》の石碑を残す
中にも
ふたりの嫁がしるし
まづあはれなり

れ想像させるのが、芭蕉のスター性なんでしょうけれども。

芭蕉が、どうしても立ち寄りたかったところは、佐藤継信《つぐのぶ》・忠信《ただのぶ》兄弟の墓だった。

佐藤継信・忠信は、平泉を拠点に栄華を誇っていた、奥州・藤原氏の家臣であった。源氏と平氏が争った戦乱の時代。二人は、藤原秀衡《ひでひら》の命を受け、源義経《みなもとのよしつね》に付き従い、平氏との戦いに向かう。しかし二人は戦のさなか、義経の楯となり身代わりとなって、命を落とす。共に二〇代という若さだった。

佐藤兄弟の悲運の死は、もう一つの物語を生んだ。

継信・忠信には、それぞれ、楓《かえで》と初音《はつね》という妻がいた。二人は、息子を亡くした悲しみに暮れる母親を慰めるため、亡き夫の甲冑を身につけ、無事凱旋した姿を演じた、といわれている。

また、医王寺には一本の椿の木がある。この木は、継信・忠信の母親の名をとって、乙和《おとわ》の椿とよばれている。若くして逝った息子を嘆くかのように、この椿の木は花を咲かせずに、つぼみのまま散っていく。

芭蕉は、佐藤一族の運命に、涙を落としている。

——自分が支えた大将が勝って天下を取った場合は、あっぱれと誉められる声は、もっともっと大きくなるんでしょう。ところが、

佐藤兄弟の墓

乙和の椿

女なれども
かひがひしき名の世に
聞こえつるものかなと
袂《たもと》をぬらしぬ
堕涙《だるい》の石碑も遠きにあらず
寺に入りて茶を乞へば
ここに義経《よしつね》の太刀《たち》
弁慶《べんけい》が笈《おい》をとどめて
什物《じゅうもつ》とす

笈も太刀も
五月《さつき》に飾れ
紙幟《かみのぼり》
五月朔日《さつきついたち》のことなり

佐藤兄弟が支えた義経は、結局負けちゃったわけですよね。彼らの死は何だったのか。その無念さに思いを馳せるのが詩人の心だし、芸術家の感性だと思うんですね。現代の私たちが負けた側とか滅びていくものに対して思い入れを込めて語るのは、わりと現代的な感覚だと思うんです、近世以降のね。でも芭蕉が生きた時代というのは、勝ったものが歴史を語ってずっと生きてきた時代ですよね。そのなかに時代を先取りしたと言うと変ですけれども、鋭い感性で、負けていくもの、結局無駄だったかもしれないもの、そういうものに目を向けることが、芭蕉の芸術性の真骨頂と言いますかね、そういうところじゃないかと思います。

さらに芭蕉は、義経の太刀と、弁慶の笈《おい》を題材に、その勇姿を讃え、句を詠んだ。

飯坂温泉・貧家の宿

芭蕉は、医王寺を後にして飯坂温泉へと向かった。飯坂温泉の歴史は古く、旅の歌人・西行法師も歌に詠んでいる。

芭蕉が訪れた当時を偲ばせる佇まいが、一軒の老舗旅館に残されている。そこを里中さんは訪ねた。

里中　ごめんください、失礼します。

女将　いらっしゃいませ。

その夜、飯塚に泊まる
温泉《いでゆ》あれば
湯に入りて宿を借るに
土座に筵《むしろ》を敷きて
あやしき貧家なり
灯《ともしび》もなければ
囲炉裏《いろり》の火《ほ》かげに
寝所《しんじょ》を設けて臥《ふ》す
夜に入りて雷鳴《かみな》り
雨しきりに降りて
臥《ふ》せる上より漏り
蚤《のみ》・蚊《か》にせせられて眠らず
持病さへおこりて
消え入るばかりになん
短夜《みじかよ》の空も
やうやう明くれば
また旅立ちぬ

里中　芭蕉がこちらの温泉に立ち寄った、ちょっと後ぐらいの建物だとか……。
女将　そうですね。芭蕉さんがこちらにお寄りになられたのは、約三〇〇年前だそうでございます。その後でございますが、江戸時代の建物そのままでございます。
里中　江戸時代はそんなに建築の方法が変わってませんから、芭蕉がこちらに立ち寄ったときと、ほぼ同じ雰囲気と思って間違いはないですね。じゃあ、昔旅人がこちらに腰を掛けて、わらじを脱いで……。
女将　はい。そうして里中さんが今お掛けになっていらっしゃるように、そこでわらじを脱いで、桶で足を洗って、それでお上がりになられたそうでございます。
里中　女将さんの眼鏡と指輪がなければ、時代劇そのまんまですね。

温泉街にある、九つの共同浴場のうち、最も古い鯖湖湯は、芭蕉もここで温泉に浸かった、といわれている。
温泉で、旅の疲れを癒した芭蕉は、その夜、飯坂に宿をとった。季節は梅雨のころ、芭蕉は寝苦しい一夜を過ごす。

女将・高橋武子さん

厚樫山

なほ夜のなごり
心進まず
馬借りて
桑折《こおり》の駅に出づる
遙かなる行末をかかへて

厚樫山《あつかしやま》・伊達の大木戸

あくる朝、芭蕉は飯坂を後にし、北へ向かった。宮城との県境にある厚樫山は、伊達の大木戸とよばれ、仙台領へ入る玄関口だった。芭蕉は病に苦しみながらも、旅を続ける気力をふるい起こし、この山を越えていった。

——私も若いときはね、芭蕉ってのは簡単に言ってしまうと渋好みで、脇役に徹するということを自分に課せられた宿命として受けとめていた、そういう人かなと思ったんですけど、最近ちょっと読み方が変わってきました。

　この『奥の細道』を書いたとき、彼なりの功名心と言ったらおかしいですけど、俺はこれだけのことをやってみせる、という意気込みを感じるんですよね。これまでにない作品をつくるのだと。それはこれまでの日本文学のジャンルでは語れない、そういうものを自分は書き留めるのだという。なんかそこには高揚する気持ち、それもあったような気がするんですね。

　芭蕉にとって、この四〇歳代後半はあとちょっとで人生五〇年に手が届く、そういうときにラストチャンスかもしれない。ここでまとめておきたい。何をまとめるか。自分の人生を通じて得た表現哲学のようなもの、それを何か人々がイメージしやすい素材を使ってまとめてみたい。そしてそのなかで新しい普遍的な表現

鯖湖湯

かかる病おぼつかなし
といへど
羇旅《きりょ》辺土《へんど》の行脚《あんぎゃ》
捨身無常《しゃしんむじょう》の観念
道路に死なん
これ天の命《めい》なりと
気力いささかとり直し
道縦横に踏んで
伊達《だて》の大木戸《おおきど》を越す

に取り組んでみたい、そう思ったんだと思います。芭蕉の人生のタイミングとしても芸術家としてのタイミングとしても、非常にいい時期に奥の細道というテーマと出会ったと思います。
　このテーマを生かすための脇役として、佐藤兄弟とか弁慶とか、もしかしたら義経までも脇役にして、自分が考えた実は壮大なドラマ哲学というものを書き留めたかったんだと、そう思わなければこの意気込みというのは理解できないですね。

　歴史の悲運に生きた人々に思いを馳せた芭蕉は、自らも旅を天命とする覚悟を深めていった。

参考資料　第7〜9旅

第7旅

行基菩薩　奈良時代の僧（六六八〜七四九）。一五歳で出家し、飛鳥寺の道昭に師事する。のちに生家を寺とし、仏教伝道とともに土木技術を指導し社会事業につとめる。政府は行基の信望を恐れ伝道の禁圧を行うが、のちに改め、行基は東大寺の造営にもかかわる。平安時代から中世にかけて行基を敬慕する民間説話が多く生まれ、伝説的な高僧としてしだいにその名が広まった。

第8旅

かつみ　平安時代、藤原実方が陸奥守として着任し、折ふし端午の節句に、軒にアヤメを葺かせようとしたところ、この地方にはアヤメがないというので、その代わりに「かつみ草」という水草を刈って葺かせたというエピソードがある。

黒塚「みちのくの安達の原の黒塚に鬼こもれりと聞くはまことか」（平兼盛）の古歌がある。

文知摺石「みちのくのしのぶもぢずりたれゆゑに乱れむと思ふわれならなくに」（河原左大臣）の古歌がある。

第9旅

佐藤継信・忠信　兄継信は一一八五年の屋島の戦いで戦死。弟忠信は一一八六年、京で糟谷有季の襲撃を受けて自害した。

厚樫山　一一八九年、奥州藤原氏が、源頼朝の大軍を迎えうって敗れた場所。

第10旅

笠島・武隈の松（宮城）

旅人　安部譲二

あべ・じょうじ（作家）
一九三七年、東京都生まれ。一四歳で仁侠の世界に入り、以後さまざまな職業を経て一九八三年より小説家を志す。獄中での人間体験をもとに一九八六年『塀の中の懲りない面々』でデビュー、以後作家活動。

白河の関、そして、伊達の大木戸を越えて、松尾芭蕉は、現在の宮城県へと足を踏み入れた。

この地の旅人は、安部譲二さんである。安部さんは中学校を卒業した後、職を転々としたが、四六歳で作家になった。芭蕉が奥の細道へ旅立ったのも、ちょうどその歳だった。

鐙摺《あぶみずり》・義経のあと

芭蕉はまず、福島との県境にある鐙摺の坂を通る。ここは、道の両側から岩が迫る難所である。かつて源義経が、兄・頼朝に追われて平泉へと落ちのびるとき、馬の鐙をこすったといわれている。

――この辺だな。これが義経の鐙をこすった鐙摺ですね。このみ

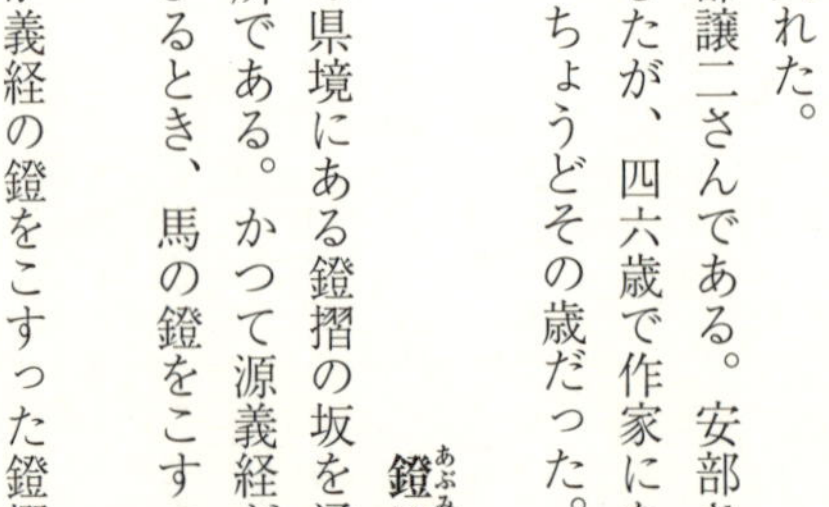

奥州街道

鐙摺《あぶみずり》・白石の城を過ぎ
笠島《かさしま》の郡《こおり》に入れば
藤中将実方《とうのちゅうじょうさねかた》の塚は
いづくのほどならんと
人に問へば
「これより遙か右に見ゆる
山際《やまぎわ》の里を
蓑輪《みのわ》・笠島といひ
道祖神《どうそじん》の社《やしろ》・形見《かたみ》の薄《すすき》
今にあり」と教ふ
このごろの五月雨《さみだれ》に
道いとあしく
身疲れはべれば
よそながら
眺めやりて過ぐるに
蓑輪・笠島も
五月雨のをりに触れたりと

ちのくの細い、鐙がこすれるほどの狭い道を一所懸命北へ落ちるんです。何という哀れでしょう。芭蕉はここに立って、何を思ったのでしょう。芭蕉は栄光の虚しさを、つくづく思ったに違いありません。しかし、虚しいから美しいかもしれないのです。『奥の細道』を読むと、いったんは、栄耀栄華を極めた男たちが人生が裏目に回り、没落し滅亡していくのを、芭蕉は悼み、そして想い、ひかれているのが僕にはよくわかります。この旅で松尾芭蕉が何を感じ、何を思ったのか。それを知ることで僕の文章に何かヒントを得るのか、いい変化があるのか。そんなことを、密かに期待してるんです。

芭蕉は、五月三日（今の暦で六月一九日）、白石に入る。安部さんは、白石から仙台まで、芭蕉が歩いた道筋を車でたどることにした。

——おお、奥州街道・斎川踏切。この奥州街道を、芭蕉と弟子の曾良は、三〇〇年前にここを通ったんだな。芭蕉も大変だったけれど、お弟子さんの曾良は、大変だったと思うな。師匠のペースに合わせて歩かなければいけないものな。

歌枕・武隈《たけくま》の松

芭蕉は、岩沼という土地で一つの歌枕を訪ねる。旅の歌人・能

鐙摺

笠島は
いづこ五月の
ぬかり道

岩沼に宿る
武隈《たけくま》の松にこそ
目さむる心地はすれ
根は土際《つちぎわ》より二木《ふたき》に分か
れて
昔の姿失はずと知らる
まづ能因法師《のういんほうし》思ひ出づ
往昔《そのかみ》
陸奥守《むつのかみ》にて下りし人
この木を伐《き》りて名取川の
橋杭《はしぐい》にせられたることな
どあればにや
「松はこのたび跡もなし」

因法師も和歌を詠んだ武隈の松である。根元から幹が分かれていることから、二木《ふたき》の松ともよばれてきた。

松は今までに何度も、枯れたり、伐られたりしている。その度に地元の人たちは、幹が二つに分かれた松を探して、植え継いできた。安部さんは、その松を守っている佐藤清三さんの案内で、七代目と八代目の松を見た。

安部　これが七代目だそうですね。
佐藤　そしてこれが八代目ですね。
安部　ほお、後継ぎの松ですな。へえ。これはどこで見つけられたものですか。
佐藤　亘理《わたり》郡の山元町ですね。
安部　ここに移植されて。
佐藤　ええ。五〇年来、私もここにおりますけども、二木の松はもう忘れられない。銭金じゃできませんから、こういうことは。
安部　もう、この木を育てて守るのが、佐藤さんのライフワークですね。
佐藤　そういえば良すぎますけど、そういう気持ちですね。

旅立ちから足かけ三か月。風流な姿を留める武隈の松を、ようやく見ることができたという感慨が、上の句には込められている。

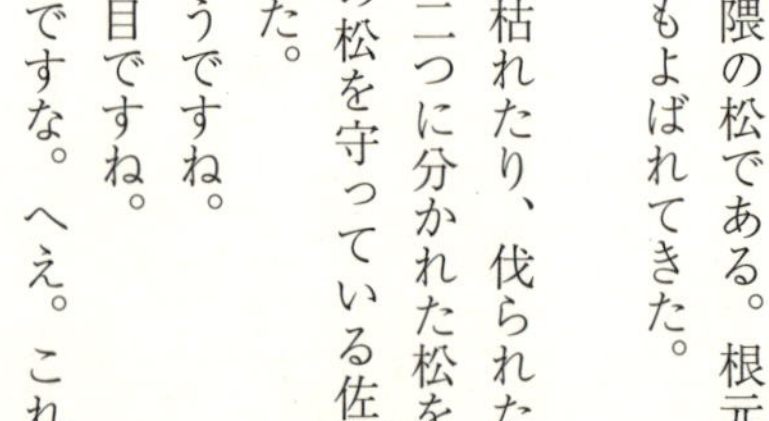

二木の松へ

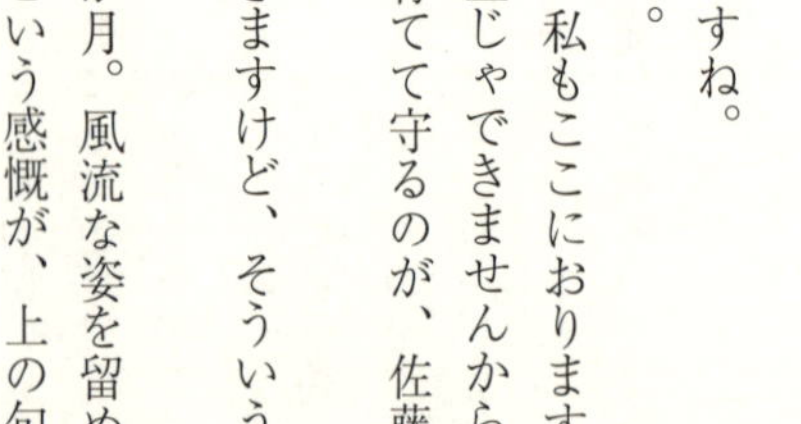
八代目の松

とはよみたり
代々《よよ》
あるは伐《き》り、あるいは植
ゑ継ぎなどせしと聞くに
今はた千歳《ちとせ》の形整ほひて
めでたき松の気色になん
はべりし

武隈の
　松見せ申せ
　　遅桜《おそざくら》
と、挙白《きよはく》といふ者の餞別
したりければ
　桜より
　　松は二木《ふたき》を
　　　三月越《みつきごし》シ

芭蕉は、いにしえの歌詠みたちと心を通わせることで、新たな境地を求めていた。白石から仙台まで、およそ五〇キロの道のりを、芭蕉は一日で駆け抜ける。

安部さんは、ラーメン屋さんを見つけて車を止めた。

安部　芭蕉はさぞ、お腹が空いたと思いますよ。一日歩きっぱなしだったんですから。こんにちは。ラーメンできますか。この辺を松尾芭蕉が通ったのをご存じですか。

店主　わかっております。

安部　そうですか。ご主人、素人の考えだけども、芭蕉というのは、バナナのことなんですよ。どうでしょう、よくフィリピン人なんかがやるんだけども、バナナをスライスして、それに衣をつけて揚げて、シナチクなんかといっしょに上に乗せて芭蕉ラーメンっていうのはどうですか。

店主　一回、トライしてみたいですね。

悲運の歌人・藤原実方《ふじわらさねかた》の墓

芭蕉は、現在の名取市に歩みを進めた。ここには、ぜひとも芭蕉が訪れたい場所があった。平安時代の歌人・藤原実方の墓だ。

実方は、自由奔放で、才気あふれる貴公子だった。光源氏のモデルだともいわれている。しかし、宮中で喧嘩をけしかけたかどで、みちのく行きを命じられる。

佐藤清三さん

道祖神社

実方は、ここ笠島《かさしま》で落馬して、命を失う。道祖神の前では馬を降りるという習わしを無視したからだといわれている。はるか異郷の地での、無念の最期だった。

都では、多くの歌人が実方の死を悼んだ。芭蕉が敬愛する西行法師も、その一人である。

芭蕉は、西行も詣でたという実方の墓を探した。しかし、その願いはついに叶わなかった。折悪しく、季節は梅雨を迎えていた。

実方を慕う心は、芭蕉の人生経験から生まれたと、安部さんは考えている。

――西行法師にも、そして芭蕉にも、以前お侍様で、町人に転じたという、二人には共通した経歴があります。そういうことも、突然人生が裏目に回ってしまった男たちを想う気持ち、同情する気持ち、そういうものがあったことの理由ではないか。それは僕の考えすぎでしょうか。

安部さんは、実方のお墓を訪ねた。その案内板に実方の像が描かれている。

――中将藤原実方朝臣の墓って書いてある。ここだ。さすがは平安時代の色男だな。僕よりずっと色男に描いてある。

――ほお、これが実方のお墓だ。男が眠るのには理想的な御墓所

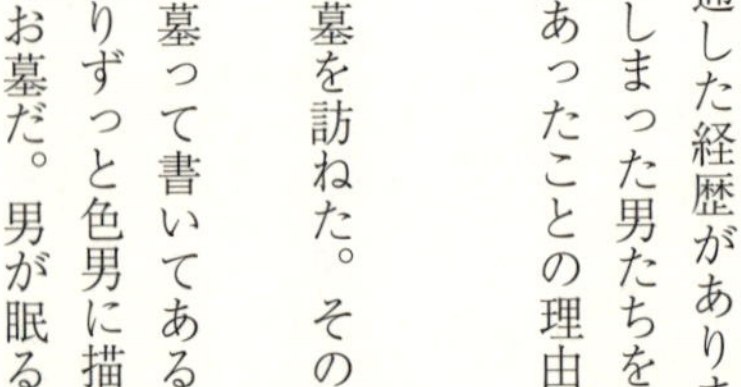

藤原実方（「百人一首画帖」）

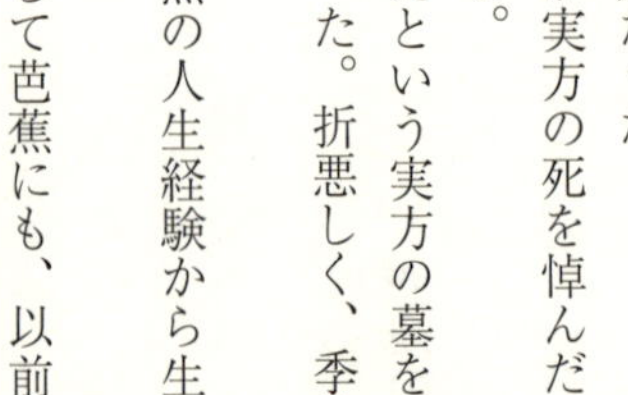

ですね。『奥の細道』によると、芭蕉はここをぬかるみで近づけずに、見落として仙台まで行ってしまった。けど安部譲二は来ました。こうやって実方のお墓を見ていて僕が思うのは、あれだけ華やかな人生だったのに、男が眠るときというのは、一人なんですね。周りに、女の方のお墓は一つもありません。それがいいんだと思いますよ。僕はどうなるんでしょう。

安部　あ、板橋さんだ。こんにちは。安部譲二です。毎日こうやってお掃除ですか？

板橋　はい、月に二回くらい。

安部　ちょっとお手伝いしましょう。

今でも多くの人が訪れるこの墓を、板橋芳治さんの家では、代々、守り続けてきた。

板橋　私も、もう八〇になるんですが、お陰様で、こうやって元気でいることなどもね、やっぱりお墓を守ってあげていることが、そういう幸せにつながっているんでないかな、と思っているんですよ。

奥の細道の旅は、自らの文学を高めるための挑戦だった。すでに名声を得ていた芭蕉にとって、それは一つの賭けだったと、安部さんは考えている。

藤原実方の墓へ

板橋芳治さんと

藤原実方の墓

——現代の旅人はとても楽です。飛行機でも飛べるし、新幹線にも乗れるし、僕みたいに車で旅することもできるんです。けど、三〇〇年前の芭蕉のころは違います。文学に対する素晴らしい熱意でもあり、そして何という勇気のあることでしょう。いや、僕はね、自分の怯懦《きょうだ》、臆病、勇気のなさ、そういうことを恥ずかしく思いますね。けど思っているばっかりじゃ、いずれ、悔やむときがまもなくきます。今日感じたことは、男というのは、いつまでも、自分のしている仕事に忠実な勇気を持たなければいけないということです。僕も東京に帰ったら、スケジュールをにらんで旅に出ましょう。

運命に翻弄《ほんろう》されて、みちのくに散った男たち。その魂を胸に、芭蕉は、仙台へと足を向ける。

第11旅

宮城野（宮城）

旅人　**河合雅雄**

かわい・まさを（動物生態学者）一九二四年、兵庫県生まれ。京都大学名誉教授。一九五六年の日本モンキーセンターの開設以来、犬山市に住む。著書『ニホンザルの生態』『少年動物誌』他。

五月四日（今の暦で六月二〇日）、端午の節句を前に、芭蕉は仙台に入った。当時、街の東には、一面ハギが生い茂る原野が広がっていた。古くからハギの名所として和歌に詠まれてきた「宮城野」である。

江戸を発って九三里。杜《もり》の都・仙台は四〇〇年前、伊達《だて》政宗《まさむね》によって開かれた城下町だ。芭蕉は仙台に五日間滞在した。

亀岡八幡宮

芭蕉は、城下を見下ろす高台に建つ亀岡八幡宮に参詣している。ここを訪れるのは、ゲラダヒヒやゴリラなどの研究で知られる、動物生態学者の河合雅雄さんである。

――これはしんどい。三三〇段あるそうですけど、僕にとっては

現在の仙台市

名取川《なとりがわ》を渡って
仙台に入る
あやめ葺《ふ》く日なり
旅宿《りょしゅく》を求めて
四五日逗留《とうりゅう》す

木立が繁る亀岡八幡宮のあった高台

地獄の坂ですね。

　わたしは子どものときからずーっと体が悪くて、ろくに学校に行かなかったんですが、旧制高校へ入ったとたんに、また結核がひどくなって寝込んでしまいました。で、その間本当に悩みましたね。こんな弱い体で、将来なにをやるのか。で、芭蕉のような偉大な人と比較するということじゃないんですけど、芭蕉は体が弱くって、僧の道を選ぶか、俳諧の道を選ぶか、迷いに迷ってた時代があるんですね。そして悩んだあげく、結局はやっぱり自分が本当に好きな道、自分の打ち込める道を選んだ。なんかその気持ちが、私には実体験としてすごくよくわかります。

　かつてその壮麗さを誇った亀岡八幡宮は、空襲で焼けてしまった。今では参道の石段などに、わずかにその面影を留めているにすぎない。

　芭蕉が訪れた当時、境内からは宮城野周辺の歌枕の地が一望できたといわれている。

――残念ですね。なにも見えない。芭蕉は、この有名な眺望台から、いろんな歌枕のところを俯瞰しようとしたのですけど、雨が降ってだめだったんですね。今は木立が繁って、そしてかすかに覗くと、スモッグで遠景が見えません。芭蕉さんと同じく、せっかく上がってきたけどもだめだった。

三三〇段を登る河合さん

ここに画工加右衛門《かえもん》
といふ者あり
いささか心ある者と聞きて
知る人になる
この者
年ごろ定かならぬ
名所《などころ》を考へ置き
はべればとて
一日《ひとひ》案内す
宮城野《みやぎの》の萩《はぎ》茂り合ひて
秋の気色思ひやらるる

画工・加右衛門

元禄年間、仙台は六二万石の城下町として栄えた。豊かになった町人たちは、書画や俳諧などの文化を担っていた。芭蕉はそうした町人の一人、加右衛門と出会う。

加右衛門は、地元の歌枕に詳しく、芭蕉のために案内役を買って出た。

宮城野の野守《のもり》

『奥の細道』の宮城野のくだりには、ハギやアヤメなど、植物の名前が多く登場する。河合さんはそのことに強い関心を抱いている。

「これはすごいイチョウの木だ。天然記念物ですね。ふーん」

江戸時代、仙台藩はハギなどの植物を保護するために、宮城野への立ち入りを制限した。藩主の命令で宮城野の管理をするために置かれたのが、野を守る人、野守である。

この大きなイチョウの木のたもとに、今も野守の子孫が暮らしている。河合さんは、その野守の子孫の永野さんを訪ねた。

河合　こんにちは。河合ですけども、野守のご子孫だとうかがったのですが。

永野　そうなんです。ちょっとおかけになりますか。こちらに。

永野ともさんの先祖が残した記録のなかに、ハギでうめ尽くさ

野守の子孫を訪ねる

イチョウの木

れた宮城野の様子が描かれている。
河合　ちょっと拝見します。ああ、なるほど。見渡すかぎり全部原っぱで、ハギが茂ってる。おそらく芭蕉が見たものと、ほとんど変わらないんでしょうね。向こうに海がちゃんと見えて……。
永野　そのころ殿様がいらしてハギを見たりスズムシを聞いたり。

　永野さんの庭の片隅には、今もハギが大切に残されている。

永野　これが宮城野のハギ。この株と、あともう一株だけ残っているんです。
河合　これ、毎年刈り取られるの？
永野　そう、刈ります。また春になってこのように出てくる。だいぶ高くなるんですよ。
河合　秋になったらきれいでしょうね。
永野　とてもきれいです。三メートルくらいまでになりますね。こちらへ枝を垂れて、花を一杯つけます。

　芭蕉は、ハギという植物を特別な思いで見つめていたのではないか。河合さんはそう考えている。
――命の強さってものをハギはいちばん教えてくれる、そういう植物だと思うんですね。だから芭蕉の「不易流行《ふえきりゅうこう》」という有名な言葉、これは『奥の細道』によって得られた彼のいちばんの結論なんですが、その前からその考えが固まっていて、――前章の

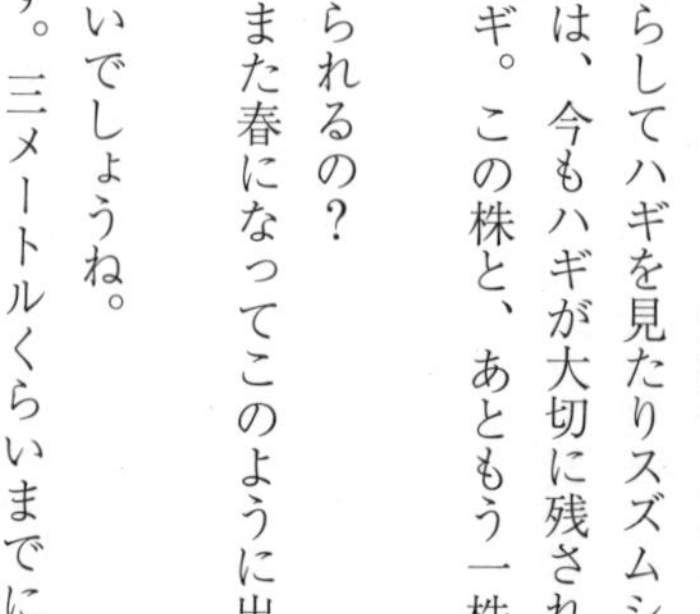
先祖が残した宮城野の絵

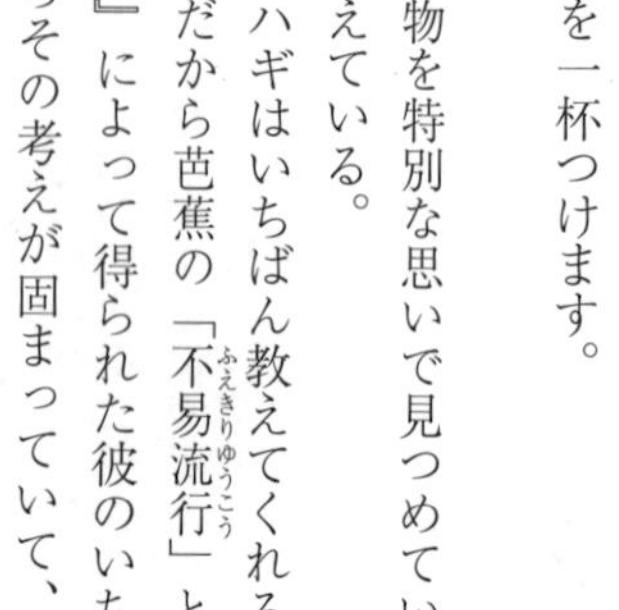
ハギを見る二人

玉田《たまだ》・横野《よこの》、躑躅《つつじ》が岡《おか》は
あせび咲くころなり
日影も漏らぬ
松の林に入りて
ここを木の下といふとぞ
昔もかく露深ければこそ
「みさぶらひみかさ」
とはよみたれ
薬師堂・天神の御社《みやしろ》
など拝みて
その日は暮れぬ

「武隈」と次章の「壺碑」とを対比すればよくわかるのですが――宮城野のなかで熟していったというふうに思います。それはハギというのはもともと生える芽、それをハギ、そこから来たといわれます。つまり、冬には木は枯れてしまうので、枯木を全部根元から切ってしまう。そして春になると新しい芽が生えるわけです。つまり命はずーっと続いていく。ハギという種の命は、枯れ、生え、花を咲かせ、種子を実らせ、また枯れして存続していく。それが芭蕉に不易流行という言葉を熟させる、大きなもとになったような気がいたします。

芭蕉は加右衛門に導かれて、緑深い宮城野の歌枕を巡った。「木の下」は、いにしえの和歌で、露が多く笠を着けよと歌われた場所だ。「木の下」の地名は、いまも薬師堂の界隈に残されている。春は桜、秋は紅葉。薬師堂の自然は身近な風景として人々の暮らしに溶け込んでいる。

宮城野のハギ・アヤメ

『奥の細道』のなかで、芭蕉はなぜ、植物の名を多く記したのか。河合さんは、宮城野の植物が集められている仙台市野草園を訪ねた。

――ショウジョウバカマだとか、いろんなものが植わっています。

陸奥国分寺薬師堂

仙台市野草園で

ハマナス

あ、これはミヤギノハギですね。この柵はなにかと思ったのですけどね、聞くところによると、このハギが両側から大きくなって、これを全部おおって、そして、ここが本当にハギの花のトンネルになるんだそうです。

野草園は、仙台周辺に自生する植物を保護しようと、一九五四(昭和二九)年に開園した。以来、五〇年近くにわたって運営に関わってきた名誉園長の菅野邦夫さんを河合さんは訪ねた。

河合　こんにちは。菅野さん？　河合です。

菅野　あ、どうもいらっしゃい。

河合　いい絵ですね。

菅野　ええ、ハナマスね。ちょうどいま満開ですものね。北国の花ですしね。近づいてこの花の香りを嗅いでごらんになると、いいバラの香りがしますよ。

河合　本当、いい匂いですね。この実は確か紅い実？

菅野　紅い実。ミニトマトのような実がなりますね。やっぱり、触ってみる。匂いを嗅いでみる。綺麗だなって見る見方。あとはここに来ると小鳥が鳴いておりますから、小鳥に耳を傾ける。そういう五感で自然と触れ合いを持ってもらうと、もっと心豊かな子どもたちが育つんじゃないかなあ、なんてことを思いながら、ここの運営をしているんですけどもね。

ハマナスを描く菅野邦夫さん

なほ
松島・塩竈《しおがま》の所々《ところどころ》
画に書きて贈る
かつ
紺《こん》の染緒《そめお》付けたる
草鞋《わらじ》二足餞《はなむけ》す
さればこそ、風流のしれ者
ここに至りて
その実《まこと》を顕《あら》はす

あやめ草
足に結ばん
草鞋の緒

ここでは、花を早く咲かせたり、遅く咲かせたり、人工的なことは一切しません。その季節の自然の花、自然の落ち葉を観察してもらう施設として、身近な野生の植物の植生を展示している植物園なんです。やっぱり、いい国土に住む我々は、もっと季節の移り変わりを大事にしたいですね。

河合　本当におっしゃる通りで、まさに俳句なんていうのは、歳時記というのが後ろにあって、季節の移り変わりなしには成立しないような一つの詩ですよね。で、芭蕉の偉大なところは、未知のところも全部自分で見て自分で感じて、そしてああいった芸術的な短詩型に昇華させていく。そこのところの大事さを、もう一度日本人は蘇らせてほしいと思うんです。

管野　ちょっと野草園からのお土産を差し上げたいと思いまして。こういう絵を描いたんですけども。これは、朴《ほお》の木です。ちょうど今、若葉できれいです。

河合　どうもありがとうございました。

　仙台滞在の最後の夜、芭蕉は加右衛門から土産を渡される。土産の草鞋《ぞうり》には、アヤメを連想させる紺の染緒がついていた。折しも端午の節句。マムシよけと言われるあやめ草を足に結び、勇んで出発しよう。芭蕉は、加右衛門の風流な心遣いに応えて上の句を詠み、仙台をあとにした。

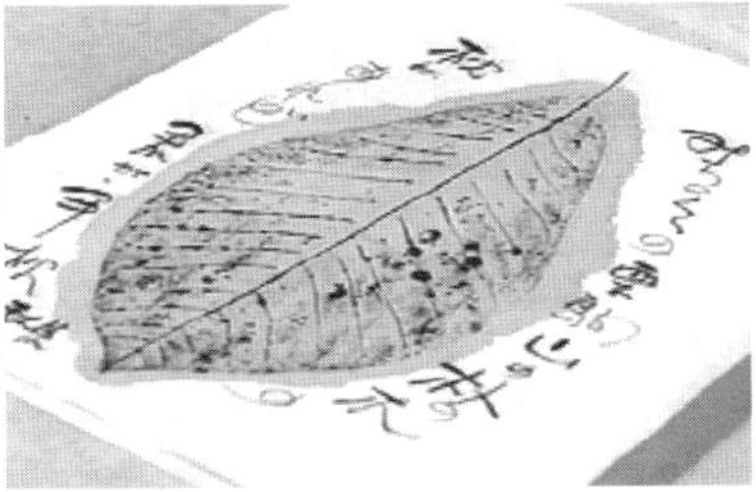

管野さんが描いた朴の木

アヤメ

北の森の優しさ

――美しい緑ですね。若葉が匂うといいますけども、見てると胸がドキドキするくらい、フレッシュなものが迫ってきます。私は北の森について思い出があるんです。私が生まれたのは兵庫県の山奥の篠山というところなんですが、その辺の林層はいわゆる照葉樹林なんですね。固い、緑の常緑樹が多い。それから、私のサルの調査はほとんどずっと南だったんです。ところが、初めて北の森に来たときに、なんという優しい、なんという温かい穏やかな森だろうと、びっくりしました。こんな森があったのか、と思ったんですね。そしてちょうど、今くらいの若葉のときだったんですが、風のそよぎに葉が揺れる、その揺れ方が、南の森とは全く違います。

芭蕉も伊賀の山奥の人です。植生は篠山と変わらない。子どものときから、私と同じような森の経験を持っておったと思うんですが、それが北の森になるとまた全然違う、新しい自然を森が見せてくれる。東北へ旅立とうと思った理由の一つは、そんな森の姿を見ようと思ったからじゃないかと思うんです。森は新しい命を吹き込んでくれる。芭蕉は、関西で見た森とはまるで違う、こういう優しい、そして穏やかに語りかけてくれる森のなかで、今までにない新しい世界をイメージし、新しい命を持ち得たんじゃないか、そんな感じがします。

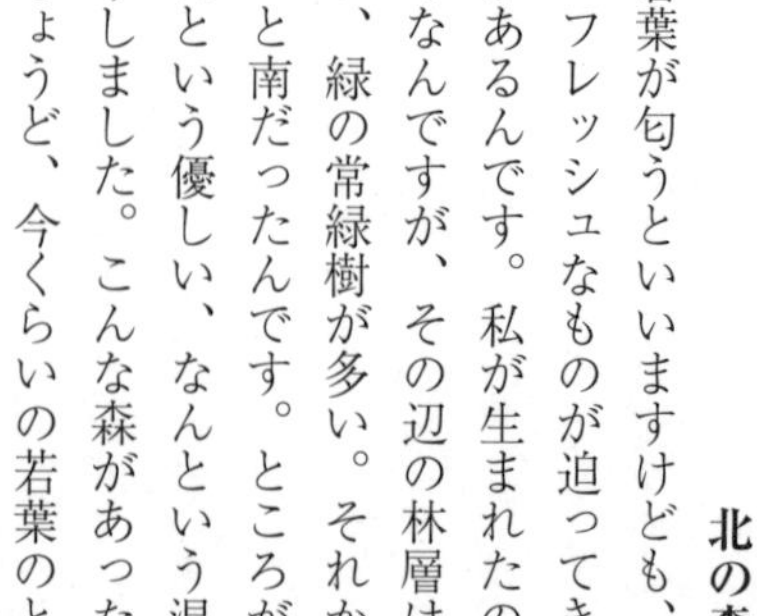

第12旅

壺の碑（宮城）

旅人　山折哲雄

やまおり・てつお（宗教学者）一九三一年、米国生まれ。父が浄土真宗の海外開教使だった。人間と宗教の関わりについて幅広く研究。著書『神と仏』『人間蓮如』『臨死の思想』他。

五月八日（今の暦で六月二四日）、仙台をあとにした芭蕉は、多賀城《たがじょう》をめざした。多賀城は、古代東北の歴史に重要な役割を果たした土地である。そこには、みちのくを代表する歌枕の一つ、壺の碑《いしぶみ》がある。

宗教学者の山折哲雄さんがこの地を旅する。山折さんはこれまで宗教との関わりを通して日本人の精神史を探ってきた。芭蕉にとって奥の細道への旅は、神や仏に出会うための旅でもあったと山折さんは、考えている。「奥の細道行脚之図」（森川許六画）を見て、山折さんは語る。

——出家僧のような姿をしておりますよね。これもよく知られた芭蕉の絵ですけれども、乞食をしながら行脚をしている、そういう修行僧の姿をしているわけですね。なんて言うかなあ、僧の世

かの画図《えず》にまかせてたど
り行けば
奥の細道の山際に
十符《とふ》の菅《すげ》あり
今も年々十符の菅菰《すがごも》を調《ととの》
へて
国守《こくしゆ》に献ずといへり

壺碑《つぼのいしぶみ》
市川村《いちかわむら》　多賀城《たがじょう》にあり
つぼの石ぶみは高サ六尺余
横三尺ばかりか
苔《こけ》を穿《うが》ちて文字幽《かす》かなり
四維国界《しゆいこつかい》の数里をしるす
「この城
神亀《じんき》元年、按察使鎮守府《あぜちちんじゆふ》
将軍大野朝臣東人《おおのあそんあずまひと》之所里也
天平宝字《てんぴようほうじ》六年、参議東海

界と俗人の世界を行ったり来たりしている。そういう、僧でもない俗でもないところに、本当の精神の自由があるんだと芭蕉は言っている、そう私は解釈してるんですね。そのような芭蕉の気持ちを訪ねて、この奥の細道に、私も今日やってきたわけで、果たしてどうでしょうか、その芭蕉の気持ちをたどって歩いてみたいと思っています。

多賀城政庁跡

西に仙台平野、東に太平洋を望む多賀城は、大和朝廷と蝦夷《えみし》が、激しい勢力争いを繰り返してきた場所である。奥州を支配する役所として、朝廷がこの地に置いたのが多賀城政庁だ。

――きれいな石積みになっている。いい風が吹いている。見晴らしがいいね。政庁がこの上に建っていて、土地の人民が下の方からずーっと登ってくる。すると、ここに威風堂々たる館が建てられていた。朱塗りの柱、屋根、白壁。今は、草茫々《ぼうぼう》、廃墟だね。多賀城における「兵どもが夢の跡」だ。

芭蕉が訪れた当時、多賀城の遺跡は、地下に埋もれたままだった。しかし、芭蕉はこの多賀城で「千歳《せんざい》の記念《かたみ》」に出会うことができた。江戸時代の初めに発掘され、これこそみちのくの歌枕とされた「壺《つぼ》の碑《いしぶみ》」である。

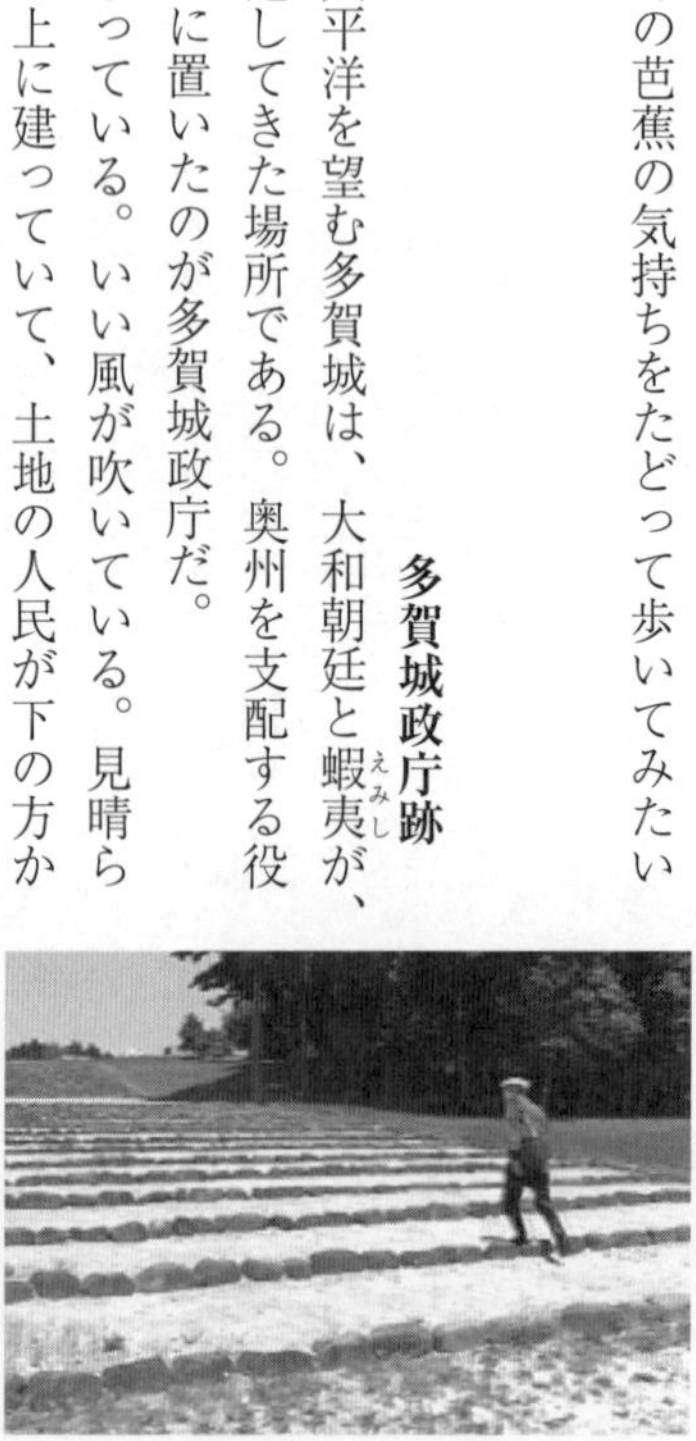
石積みの階段を昇る

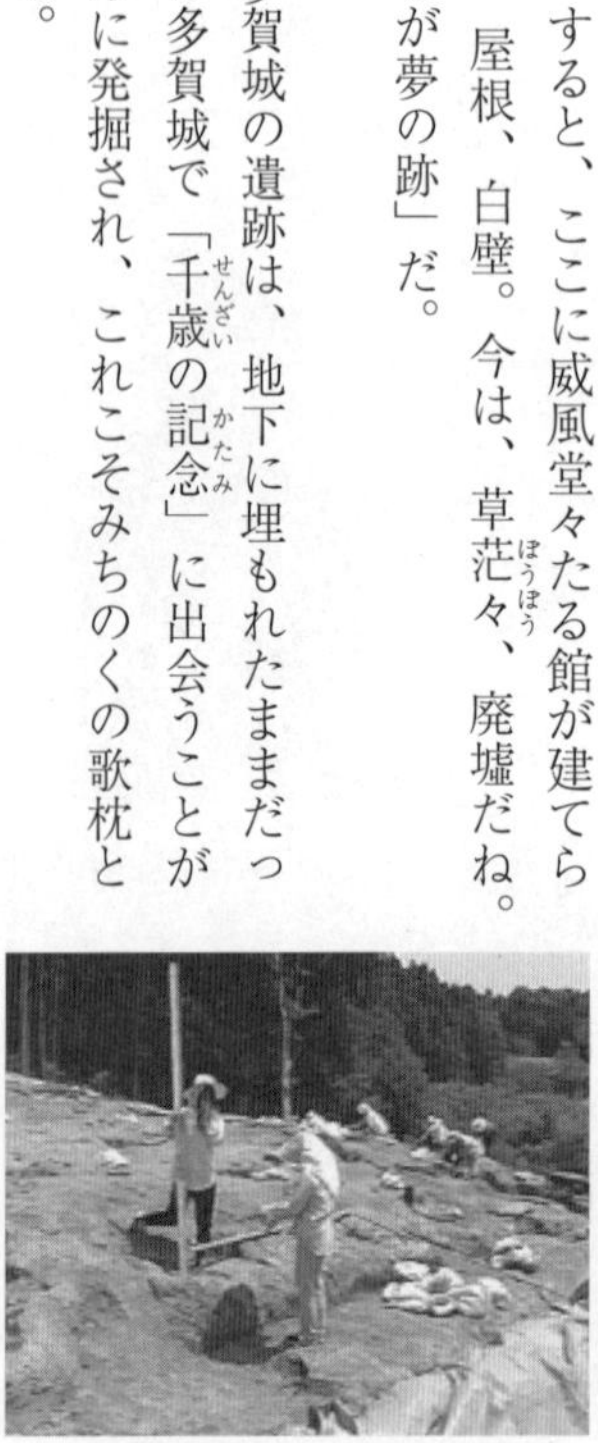
発掘をする人たち

東山節度使《とうざんのせつどし》　同《おなじく》　将軍
恵美朝臣《えみのあそん》　獦《あさかり》　修造《しゆうぞう》而
十二月朔日《ついたち》」
とあり
聖武《しょうむ》天皇の御時《おんとき》に当れり

昔よりよみ置ける歌枕
多く語り伝ふといへども
山崩れ川流れて道改まり
石は埋《うず》もれて土に隠れ
木は老いて若木に代はれば
時移り、代《よ》変じて
その跡
たしかならぬことのみを
ここに至りて
疑ひなき千歳《せんざい》の記念《かたみ》
今眼前に古人の心を閲《けみ》す
行脚《あんぎゃ》の一徳《いっとく》、存命の喜び

千歳《せんざい》の記念《かたみ》・壺の碑

山折さんも、壺の碑の前に案内してもらった。

案内人　これが、芭蕉が見た壺の碑です。

山折　はっきりは見えませんね。やっぱり千何百年経っているわけですからね。

案内人　芭蕉も〝苔を穿ちて文字幽かなり〟と書いていますね。この辺に苔が少し生えてますけど。雨ざらしで、もっともっとひどい状態だったんだろうと思いますね。

京を去ること一千五百里
蝦夷《えみし》の国の界を去ること一百二十里
常陸《ひたち》の国の界を去ること四百十二里
下野《しもつけ》の国の界を去ること二百七十四里
靺鞨《まっかつ》の国の界を去ること三千里

多賀城の位置と役割を内外に宣言する意気込みが、この碑には込められている。千年の時を超えて立つ壺の碑を見て、芭蕉は、深い感銘を覚えた。

――天平時代の碑と思うとやはりすごいな。歴史の重みというか、時間の流れの厚みというか、そういうものがひしひしと胸に迫ってくる思いです。この碑が西を向いて建てられているというのも、

壺の碑（多賀城碑）

羇旅《きりょ》の労を忘れて
涙も落つるばかりなり

それより野田の玉川・沖
の石を尋ぬ
末の松山は
寺を造りて末松山《まつしょうざん》といふ
松の間々《あいあい》皆墓原にて
翼《はね》を交《か》はし
枝を連ぬる契《ちぎ》りの末も
つひにはかくのごときと
悲しさもまさりて
塩竈《しおがま》の浦に入相《いりあい》の鐘を聞く
五月雨の空いささか晴れて

何か意味がありそうな感じがしますね。その西というのはひょっとすると、この地上をはるかに越えた、はるか彼方の西方浄土を意味していたのかもしれない。芭蕉の旅は、西行の旅をなぞるようなところがあったと私は思うんですけど、西行はまさに「西へ行く」と書く。旅は本質的に西方浄土をめざしてするものではないのか。そんな感覚が当時の人々の間にあったのではないかと思いますね。たとえ東国の旅、奥州の旅をしながらも、心は西を向いていた。ちょっとこれは深読みかもしれませんが、この西という字を見て、芭蕉の気持ち、さらにその彼方に西行に対する思いなんていうものを、ちょっと感じますね。これも旅の空で初めて出てくるような想像かもしれないし、妄想かもしれませんね。

歌枕・末の松山

芭蕉はさらに、多賀城周辺の歌枕を訪ね回った。その一つが、末の松山である。末の松山は、変わらない恋心の象徴として古くから歌に詠まれてきた。その松は、墓に囲まれるように今も、立っている。

――いい枝ぶりだ。この松を芭蕉も見たんだよな。素晴らしい松だ。言葉は、もうないね。

芭蕉もこの松を見て、ただならぬ思いを抱いて佇んでいたんだろうと思いますね。日本人と松の関係というのは、特別なものだ

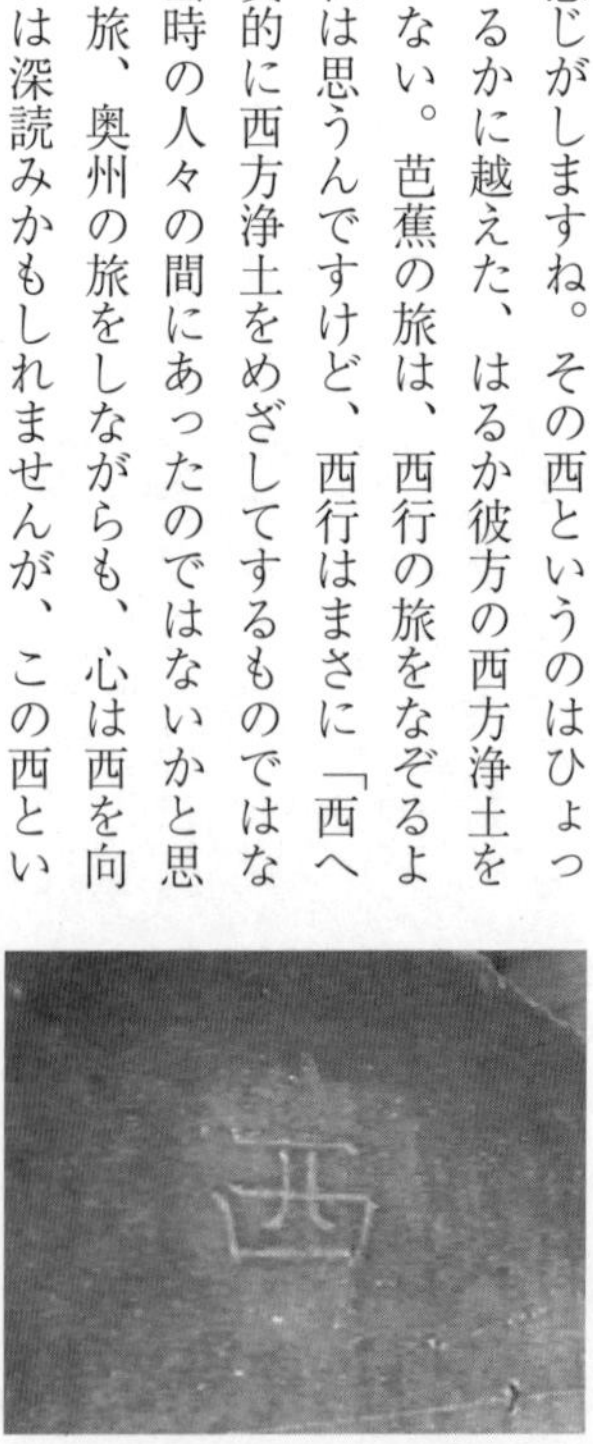

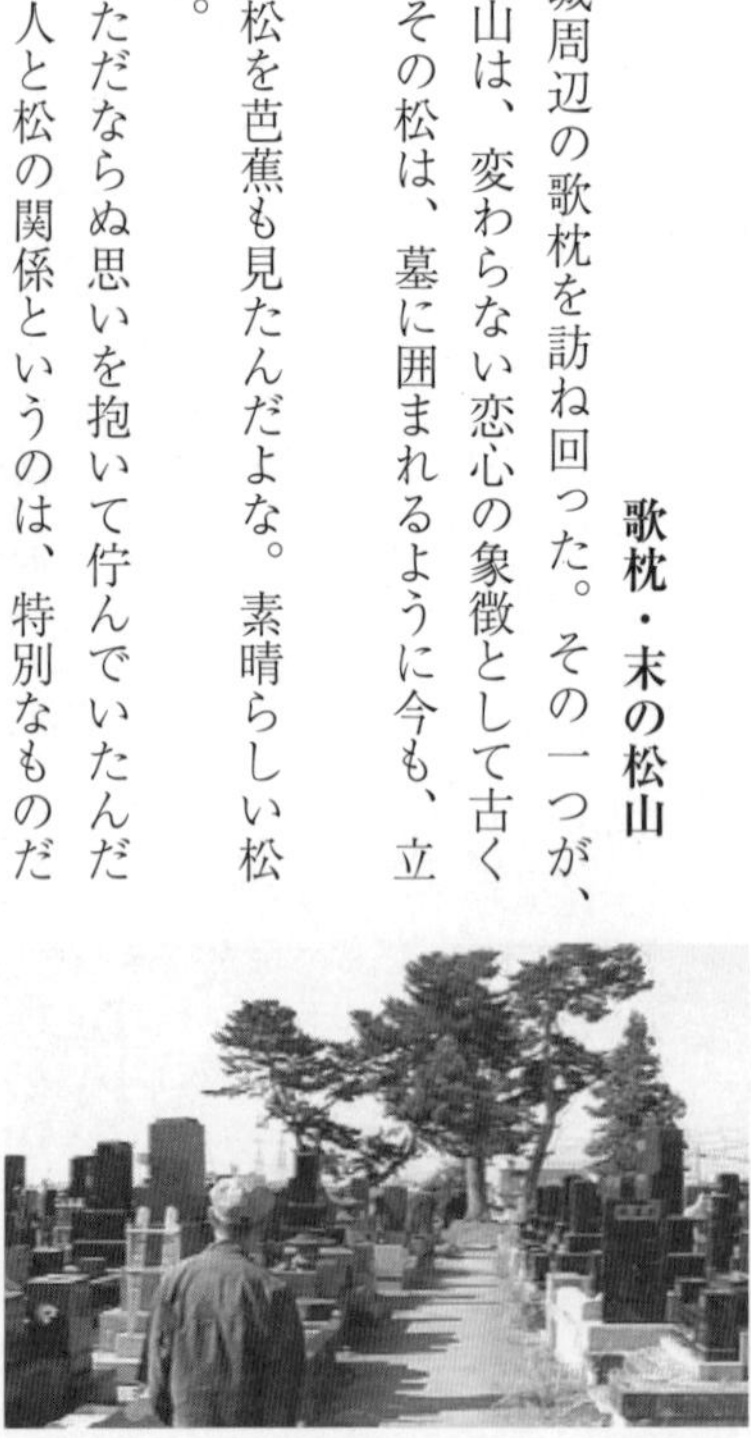
末の松山

夕月夜《ゆうづくよ》幽《かす》かに
籬《まがき》が島もほど近し
蜑《あま》の小舟《おぶね》漕ぎ連れて
肴《さかな》分かつ声々に
「つなでかなしも」と
よみけん心も知られて
いとどあはれなり
その夜、目盲《めくら》法師の琵琶《びわ》
を鳴らして
奥浄瑠璃《おくじょうるり》といふものを語る
平家にもあらず
舞にもあらず
ひなびたる調子うち上げて
枕近うかしましけれど
さすがに辺土《へんど》の遺風忘れ
ざるものから
殊勝《しゅしょう》におぼえらる

と私は思っています。素晴らしい松の生えている場所が、古来、歌枕として愛されてきた。そのことに、やはり芭蕉も心をときめかせていたような気がする。

それからもう一つ、その末の松山に墓原が一面並んでいたということですね。末を契った夫婦でも、最後はこの墓の下に葬られてしまう。人間すべて命あるものは必ず滅する。形あるもので永遠なるものは一つもない。そういう無常感といいますかね。これも非常に古い時代から、この日本列島に伝えられてきた日本人の根元的な宗教観だと思います。死生観を形作ったものだと思いますね。そういうことを、芭蕉はこの末の松山でまた深く感じたのではないでしょうか。とにかくここはすごいところですよ。この松は本当に歴史の重みを支えるようにして、天空に向かって聳え立っている。

奥浄瑠璃《おくじょうるり》・塩釜

芭蕉が、壺の碑や多賀城の歌枕を見て塩釜の宿に入ったのは、入相《いりあい》の鐘が鳴る夕刻だった。

その夜、芭蕉は、奥州に伝わる「奥浄瑠璃」を耳にした。奥浄瑠璃は、琵琶法師の弾き語りで、とりわけ、源義経のあずま下りが、人々に好まれていたという。

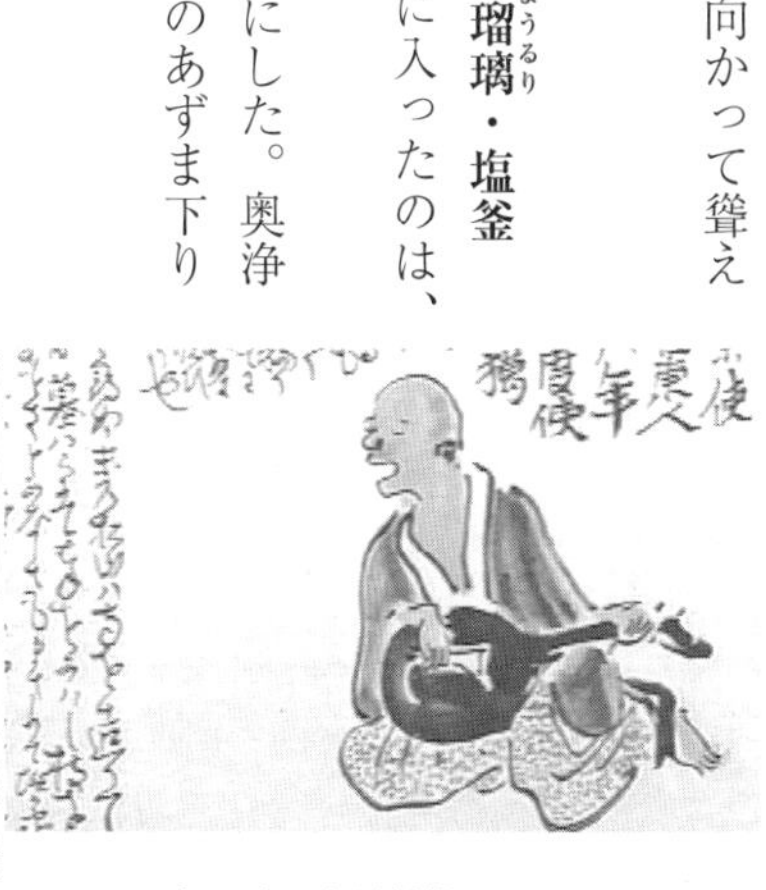

（「奥の細道図屏風」与謝蕪村筆）

塩釜《しおがま》神社・和泉三郎《いずみさぶろう》の灯籠

一夜明けて、芭蕉は、塩釜神社に参詣した。ここは海の守り神として今も信仰を集めている。

案内人　芭蕉もこうやって拝礼したと思いますね。

山折　そうですね。お詣りを終えて、今度はこの灯籠を見たんですね。

早朝、塩竈の明神に詣《もう》づ
国守《こくしゅ》再興せられて
宮柱《みやばしら》ふとしく
彩椽《さいてん》きらびやかに
石の階《きざはし》九仞《きゅうじん》に重なり
朝日朱《あけ》の玉垣《たまがき》をかかやかす
かかる道の果て
塵土《じんど》の境まで
神霊あらたにましますこそ
わが国の風俗なれと
いと貴けれ
神前に古き宝燈《ほうとう》あり

灯籠は、義経の後ろ盾となった奥州藤原氏の一人、和泉三郎忠衡《ただひら》が寄進したものだ。

平家を滅ぼした後、義経は、兄頼朝に追われ平泉に落ち延びる。やがて迎えた衣川の戦いで、和泉三郎は、最後まで義経を守り、討ち死にする。芭蕉は、悲劇の英雄、義経と運命を共にしたみちのくの武将に思いを馳せた。

――弱き者、敗れた者に対して無限の同情を注ぐ。そういう判官《ほうがん》贔屓《びいき》の感情を生み出したのは、私は東北だと思うんですね。しかもそれが義経という悲劇の英雄をめぐってそういう感情がしだいにつくりあげられていったのではないでしょうか。そういうものを象徴的に示すのが、この和泉三郎の生き方、死に方だと思います。最後まで主人に殉じて、そして死んでいく。その和泉三郎がこの塩釜神社にお詣りして、この灯籠を寄進したという。その歴史の真実と言いますか、そういうものを芭蕉は、心のうちに感じ

塩釜神社

鉄《かね》の扉の面《おもて》に
「文治三年和泉三郎寄進」
とあり
五百年来の俤《おもかげ》
今目の前に浮かびて
そぞろに珍し
かれは勇義忠孝の士なり
佳名《かめい》今に至りて
慕はずといふことなし
まことに
「人よく道を勤め
義を守るべし
名もまたこれに従ふ」
といへり
日すでに午《ご》に近し
船を借りて松島に渡る
その間二里余、雄島《おじま》の磯
に着く

ていたのではないでしょうか。

多賀城そして塩釜。それは、芭蕉にとって、東北が経てきた歴史と時間を発見する旅になった。

——芭蕉の旅というのは、たんなる行者の旅とは違う、さりとて普通の慰安を求めての旅とも違う。聖なる世界と俗なる世界を行ったり来たりする、そういう旅だったような気がします。芭蕉は一面では、歌枕を訪ねながら旅をしているわけですけれども、気が向けばその旅先で細い道や脇道に入っていく。曲がりくねった道にも入っていく。そこで思わぬ発見をしたり、自分の感動を新たにしたりする。そういう旅だったような気がしますね。奥の細道、と彼はこの旅を命名しましたけれども、そうするところに無類の楽しみを彼は感じていたはずです。そのことで自分の精神が広く解放されていくことを体験したのではないでしょうか。私は、芭蕉がたどったわずかの道のりを歩くことによって、そういう芭蕉の気持ちがわかったような気がしました。

和泉三郎寄進の灯籠

第13旅

松島・瑞巌寺（宮城）

旅人　日比野克彦

ひびの・かつひこ（アーティスト）一九五八年、岐阜県生まれ。絵画、立体作品や舞台美術など、多彩な芸術活動を展開。自然保護運動にも取り組む。作品集『KATSUHIKO HIBINO』『HIBINO LINE』他。

五月九日（今の暦で六月二五日）、塩釜神社参詣を終えた芭蕉は、船で松島へ向かう。

日本三景の一つ、松島は、青い海とそこに浮かぶ島々、そして岩肌を被う緑の松が、一つの宇宙を形作っている。

日本人の美意識を象徴する風景、松島に、芭蕉は深い憧れを抱いていた。

アーティストの日比野克彦さんがこの地を訪ねた。日比野さんは、絵やデザイン、パフォーマンスなど、様々な方法で、自己表現している。

——塩釜港にやってきました。芭蕉はここから船で、松島に移動していったわけですけれども、まさか私が奥の細道を訪ねて歩くなんてことは思いもしませんでした。なぜ、今回ふと来てみたい

そもそも
ことふりにたれど
松島は
扶桑《ふそう》第一の好風《こうふう》にして
およそ洞庭《どうてい》・西湖《せいこ》を恥ぢず
東南より海を入れて
江の中《うち》三里
浙江《せっこう》の潮《うしお》を湛《たた》ふ
島々の数を尽くして
欹《そばだ》つものは天を指さし
伏すものは波に匍匐《はらば》ふ
あるは二重に重なり
三重に畳みて
左に分かれ右に連なる
負へるあり、抱けるあり
児孫《じそん》愛すがごとし
松の緑こまやかに
枝葉《しょう》潮風《しおかぜ》に吹きたわめて

気になったかというと、私は日頃俳句を詠んだりするような人間ではないんですけれども、芭蕉という、創造・ものをつくる人間が、刺激を求めて旅に出たという、そのアクションに興味をひかれました。私もものづくりをしているなかでいつも思うんですけれども、いくら想像力があっても、まったくゼロからものが生まれるわけじゃなくて、空を見たり海を見たり船で渡って知らないところに行ったりすると、自分の思ってたことが引っ張り出されて形になっていく。芭蕉も、より自分の想像力を引き出すために自分の足で、そのころにしたらけっこうな冒険だったと思うんですけれども、旅に出た。そのクリエイタースピリットに触れたくてやってきました。

神のわざ・松島

塩釜から松島へは、定期船が就航している。湾内を巡る一時間の船旅である。日比野さんも船で渡る。

芭蕉も松島湾に浮かぶ島々を、海から眺めながら旅した。

芭蕉が松島へと向かった日は、梅雨時とは思えないほど晴れ渡り、松の緑が映えていたという。

——自然というと、雄大だとか、神がかりだとかと例えたがるけれども、この松島の風景というのはけっこう、無邪気な感じの子どもっぽい遊び心のある風景のような感じがしますよね。自然と

屈曲おのづから
矯《た》めたるがごとし
その気色《けしき》窅然《きょうぜん》として
美人の顔《かんばせ》を粧ふ
ちはやぶる神の昔
大山祇《ずみ》のなせるわざにや
造化《ぞうか》の天工
いづれの人か筆をふるひ
詞《ことば》を尽くさむ

雄島

いう、人間の力では何ともならないものに怖れをいつも持っているんだけれども、誰かがつくった、神様がつくった形にしてみれば、ずいぶん遊び心のある風景だな。子どもが散らかしたまんま、早く片づけないと叱られますよ、と言われたまんま、どこかへ遊びに行っちゃったようなね。ポコポコポコッとちっちゃな島。島というには小さすぎるから、何だろうな、ちっちゃな山から落ちてきた積み木みたいなものが海の上に浮かんでいる、そういう何となくホッとするというか、ちょっとクスクス笑えるような風景だな。

芭蕉は正午ごろ、松島の港に到着した。

日比野さんは、松島の印象を、五七五の一七文字で表した。携帯電話を使って、自分の心の動きをその場その場で記録し、電子メールで送る。

――今、ここ松島に着いてパッと見ると、ちっちゃな島々が松の木を背中に従えて。それが何か、鯨のね、よく僕らがちっちゃいころ絵に書いたような、海に鯨がいます、というそんなようなフォルムに見えたんで、あれを松鯨というふうに見立てました。松の生えている鯨。「松鯨港詣でや瑞巌寺」というのを短冊代わりに、携帯で東京の日比野庵に送信しました。そうするともうズダ袋はいらなくて、東京に帰ってから、また旅の思い出を自分で推

電子メールを送る日比野さん

雄島が磯は
地続きて
海に出でたる島なり
雲居《うんご》禅師《ぜんじ》の別室の跡
坐禅石《ざぜんせき》などあり
はた
松の木陰に世をいとふ人も
まれまれ見えはべりて
落穂《おちぼ》・松笠《まつかさ》など
うち煙りたる草の庵《いおり》
閑《しず》かに住みなし
いかなる人とは知られず
ながら
まづなつかしく
立ち寄るほどに
月、海に映りて
昼の眺めまた改む

敵できます。芭蕉も、その時代に携帯電話があったら絶対持ってたと思いますよ。

禅僧修行の地・雄島《おしま》

松島の海に浮かぶ島の数は、およそ二六〇。そのなかで、芭蕉が訪れたころの面影を、今も色濃く残す場所がある。

当時禅宗の修行の場として知られていた、雄島である。松島瑞《ずい》巌寺《がんじ》中興の祖・雲居禅師《うんごぜんじ》も、ここに庵を構えていた。

島には至るところに、数多くの穴が穿《うが》たれている。全国各地から集まった僧たちは、手で掘った穴のなかで、厳しい修行を重ねていた。

俗世を離れて暮らす僧の姿に、芭蕉は強く心をひかれた。そして旅に生きる自分と重ね合わせ、しばしの時をここで過ごした。『奥の細道』の上の文章には、芭蕉の深い感慨が記されている。

松島の月

その日、芭蕉は、松島に一夜の宿をとった。芭蕉の泊まった宿も、当時には珍しい、二階建ての建物だった。

窓を開け放った部屋で、芭蕉は松島の一日を思い返し、興奮で寝つけなかったという。奥の細道の旅を思い立ったとき、芭蕉の心にまず浮かんだ、「松島の月」が輝いていた。

修行のための穴

二階から外を見る

瑞巌寺

江上《こうしよう》に帰りて宿を求むれば、窓を開き二階を作りて風雲の中に旅寝するこそ、あやしきまで妙《たえ》なる心地はせらるれ。

　松島や鶴に身を借れほととぎす　曾良

予は口を閉ぢて眠らんとしていねられず。旧庵を別るる時、素堂、松島の詩あり。原安適《はらあんてき》、松が浦島の和歌を贈らる。袋を解きてこよひの友とす。かつ、杉風《さんぷう》・濁子《じょくし》が発句《ほつく》あり。

奥州名刹・瑞巌寺《ずいがんじ》

芭蕉がもう一つ、松島で見たいと切望していたところがある。奥州の名刹・瑞巌寺だ。瑞巌寺は、奥州の高野山ともよばれ、平安時代初めにまで、その歴史を遡ることができる古い寺である。江戸時代の初め、仙台藩主・伊達政宗は、四年の歳月と六二万石の富を持って瑞巌寺を復興し、菩提寺とした。

芭蕉が訪れたとき、瑞巌寺には、三〇もの堂塔伽藍《がらん》が立ち並び、一つの町を形作っていた。

寺の本堂は、今も桃山様式をそのまま残している。当時日本一の匠と言われた、紀州の刑部左衛門国次による透かし彫りや、狩野派の面々が筆を振るった襖絵が、伊達家の威光を示している。

巨大な建築と、それを飾る豪華絢爛たる彫刻・彩色。しかし芭蕉が求めていたものは、寺が開山したころの素朴な面影だった。

堀野さんに案内してもらう

十一日、瑞巌寺《ずいがんじ》に詣《もう》づ
当寺三十二世の昔
真壁《まかべ》の平四郎《へいしろう》
出家して入唐
帰朝の後《のち》開山す
その後に
雲居禅師《うんごぜんじ》の徳化《とくげ》によりて
七堂甍《いらか》改まりて
金壁荘厳光をかかやかし
仏土成就《ぶつどじょうじゅ》の大伽藍《がらん》
とはなれりける
かの見仏聖《けんぶつひじり》の寺は
いづくにやと慕はる

芭蕉に同行した曾良の日記には、瑞巌寺に詣で、残らず見物した、と書かれている。日比野さんは、その言葉の意味を瑞巌寺の堀野宗俊さんに問いかけた。

日比野　瑞巌寺のような、ある意味でしっかりとした権力の権化的なものはあったわけですよね。そういうものに対して芭蕉はどういう印象を持っていたんでしょうね。

堀野　そうですね。『奥の細道』の内容を見ますと、今の瑞巌寺を見て失望した、というところが見えますね。平安時代の見仏上人とか鎌倉時代の法心禅師の建てたお堂とかお寺はどこにいってしまったんだろう、というような懐旧を述べていますけれども、やはり幻滅を感じたと同時に、腹立たしさとノスタルジアと、けっこう複雑な思いだったんじゃないかと思いますね。

日比野　自分の期待していた東北のイメージとはあまりにも違っていた、というか、それは曾良の言葉ではあるけれども、金箔を見て、もうわかった、すべて見た、というふうな……。

堀野　そうですね。

旅を志したときから一心に思い焦がれた松島。しかし芭蕉は『奥の細道』には、松島で自分の句を残さなかった。

日比野さんは自分が旅した松島の印象をスケッチにすることによって、芭蕉の気持ちを探りだそうとする。

――風景を描くというのは、ある瞬間を切り取っていく創造活動だと思うんですよ。きっと、芭蕉の言葉のスケッチも、絵で言ったら、四角い紙に一個風景を切り取っていくことと、似ていると思うんですよ。一枚のスケッチだけですべてこの風景が言い切れるかというと、それはやはり困難なことで、そこには当然、自分という思い込みの激しい媒体が一個入るわけだから。芭蕉がここで詠み切れなかった、残さなかった、書いたけれどもそれを発表しなかった、というのは、やはり、芭蕉にとっての松島は強すぎたと言いますかね、強烈なものを思い続けてここまでたどり着いた、というのがあったから、五七五の一つの形のなかに切り取ることをしなかった、できなかったのかな、と思いますね。

芭蕉は句に詠み得ぬ思いを、松島に留めた。

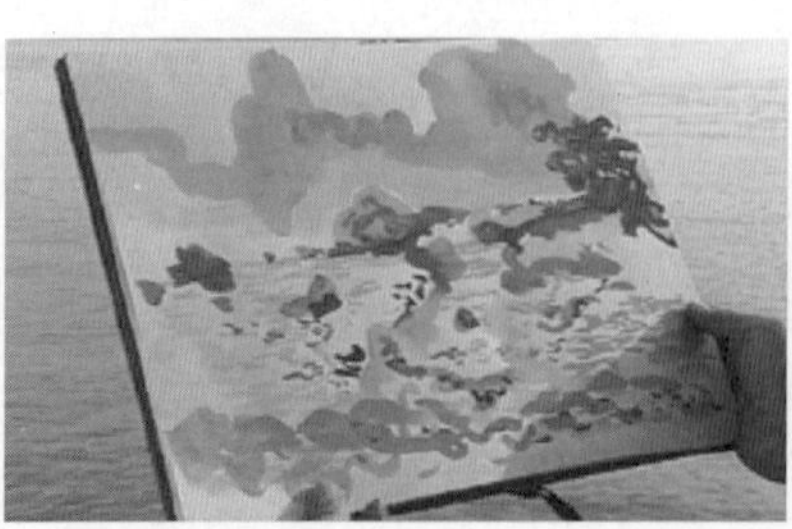

スケッチする日比野さん

第14旅

石巻（宮城）

旅人　大林宣彦

おおばやし・のぶひこ（映画監督）一九三七年、広島県生まれ。CMディレクターを経て、映画界に進出。作品「時をかける少女」「青春デンデケデケデケ」他。著書『ぼくのアメリカン・ムービー』他。

宮城県石巻港《いしのまきこう》は、カツオ・サバ・イワシなど、年間一四万トンの水揚げを誇る。

芭蕉がこの石巻を訪れたのは、五月一〇日（今の暦で六月二六日）のことである。芭蕉は、松島をあとにして平泉をめざした。しかし途中、道に迷ってしまう。さまよい歩いた末に、たどり着いた町、それが石巻だった。

映画監督の大林宣彦さんがここを訪ねる。大林さんは、独自の演出で、人間の内面を見つめた作品を数多く手がけてきた。尾道という港町に生まれた大林さんは、芭蕉の石巻の旅に深い関心を持っている。

——なるほど。水が石と出会って渦になって巻いてますね。これは巻石《まきいし》というんだそうですけど。これが実は港町石巻の名の由来

魚の水揚げ

十二日、平泉と志し
姉歯《あねは》の松・緒絶《おだ》えの橋な
ど聞き伝へて
人跡まれに
雉《ち》兎《と》蒭蕘《すうじよう》の行きかふ道
そことも分かず
つひに道踏みたがへて
石の巻といふ港に出づ
「こがね花咲く」とよみて
奉りたる金華山《きんかざん》
海上《かいしよう》に見わたし
数百の廻船《かいせん》入江につどひ
人家地をあらそひて
竈《かまど》の煙立ち続けたり

なんだそうですね。面白いですね。港町の賑わいのように元気な渦になってますね。奥の細道の旅のなかで、この賑わいのある石巻がどんなふうに見えたんでしょうか。私も目に見える事実ではなく、心のまことを訪ねてみようと思います。

仙台藩の海運基地・石巻

石巻は、江戸時代の初め、仙台藩主・伊達政宗が、北上川の河口に開いた港町である。

芭蕉が訪れた当時、石巻は、仙台領内の米を江戸に運ぶ、一大海運基地だった。江戸でまかなわれる米の三分の二が、この石巻から積み出されていた、といわれている。

当時の繁栄ぶりを描いた絵馬が、港を見下ろす鳥屋神社に残されている。鳥屋神社は、江戸時代に、海の守り神として人々の深い信仰を集めていた。大林さんは、鳥屋神社を訪れた。

大林　風に運ばれているようで気持ちいいですねえ。こちらに石巻の古い絵馬があるとうかがって、見せていただければと……。

宮司　はい。どうぞ。こちらが、江戸文化年間の石巻の、北上川の河口の様子を描いたものです。

大林　今、戸を開けていただいて光が射した瞬間に、芭蕉の気持ちが見えました。道を踏み違えて迷子になっていたとき、目の前にいきなりこういう見事な港の繁栄が見えて驚いたでしょうね。

石と出会って水が巻く「巻石」

鳥屋神社を訪ねる

鳥屋神社の絵馬

米蔵がありますね、見事に立ち並んで。船に積んであるのは米俵ですね。本当の千石船《せんごくぶね》ですね。こういう風景を前にすると、あまりの賑わい、人々の暮らしの豊かさのなかで、旅を続けようとする芭蕉としては、かえって迷子になってしまったような気がしたかもしれませんね。群衆のなかの孤独というんでしょうか。この賑わいは、芭蕉にとっては現実の風景というよりは、何か幻を見た、幻のような華やかさ明るさ、そのなかで自分の存在は何なんだろう、ときっと考えたのではないでしょうか。

芭蕉は、石巻を一望できる、日和山《ひよりやま》に登っている。大林さんも登ってみることにした。

——芭蕉は、きっとのどの渇きを訴えながら旅をしたことでしょうに、今はお茶屋さんが構えてらっしゃって。本当にいい風ですねえ。この風は三〇〇年前から同じ風が吹いているんでしょうねえ。素敵な海風だ。こうして三〇〇年前と同じ風を味わっていると、風に運ばれて芭蕉の夢が立ち昇ってくるように思えますね。それにしても、あのときは船の文化。たくさんの船が北上川を上り下り、賑わった船の港が、今はなんと車の町になってますね。ここに三〇〇年という時代の移り変わりを感じざるを得ません。

日和山で

思ひかけず
かかる所にも来《きた》れるかなと
宿借らんとすれど
さらに宿貸す人なし
やうやうまどしき小家に
一夜を明かして
明くれば
また知らぬ道迷ひ行く

「宿貸す人なし」の嘘

『奥の細道』で芭蕉は、「宿を貸す人もなく、ようやく貧しい民家で一夜を明かした」と記している。しかし、同行した曾良の日記によれば、道中出会った親切な武士に石巻の宿を紹介してもらっていた。

なぜ、芭蕉は、事実と異なる記述をしたのか。大林さんは、そこから芭蕉の心情を読みとることができる、と考えている。

——そもそも旅の初めから夢であった松島の旅を終えて、次はいよいよ平泉。これはもう言うまでもなく有名な歌枕の地ですから、ここできっと素晴らしい句が生まれるだろうという高ぶりが、すでにあったと思うんですね。そしてその高ぶりの予感というのは、実は創作活動にとっては谷間になるところでしてね。谷間であるにもかかわらず、ここは芭蕉の旅のなかでもいちばんと言っていいぐらいの賑わいの町でしてね。この落差が芭蕉に嘘をつかせてしまった。この賑わいのなかで自分は孤独である、一人ぼっちである、迷子なんだ寂しいんだという気持ちを訴えたかった。嘘のまこと。これは、実はそんなに旅が多くなかった芭蕉の心象風景としての旅ですよね。そのなかで、心細さ、さまよう寂しさというものをここに描きたかったんだと思います。

真野の萱原

袖《そで》の渡り・尾ぶちの牧
真野《まの》の萱原《かやはら》など
よそ目に見て
遙かなる堤《つつみ》を行く
心細き長沼に添うて
戸伊摩《といま》といふ所に一宿して
平泉に到る
その間二十余里ほどとお
ぼゆ

真野《まの》の萱原《かやはら》・北上川

あくる朝、芭蕉は石巻をあとにした。この辺りには、多くの歌の名所がある。その一つ、「真野の萱原」は万葉集に詠まれた歌枕である。笠女郎《かさのいらつめ》が、大伴家持《おおとものやかもち》に贈った、恋の歌だ。

みちのくの真野の萱原遠けども
　面影にして見ゆといふものを

芭蕉は、北上川を舟で渡った。大林さんは川辺で舟に出会った。

「こんにちは。私は今日、芭蕉翁の奥の細道の旅をしておりまして。ちょっと乗せていただけますか」

「ああ、そうですか。どうぞ」

六月は北上川でウナギ漁が始まる季節だ。

「これがそうですか。ウナギはいますか」

「いたような気がしますね。風のない日がいいんですね」

「あ、いましたねえ。大きなウナギだ。これは大きい」

「一回捕れたところは、あと一〇日くらいだめなんですね」

俳句文化を継承する登米《とよま》の人々

平泉に向かう途中、芭蕉は、登米の町で宿をとった。ここは江戸時代、仙台藩の支藩が置かれていた。今も町には、城下町の佇まいが残っている。

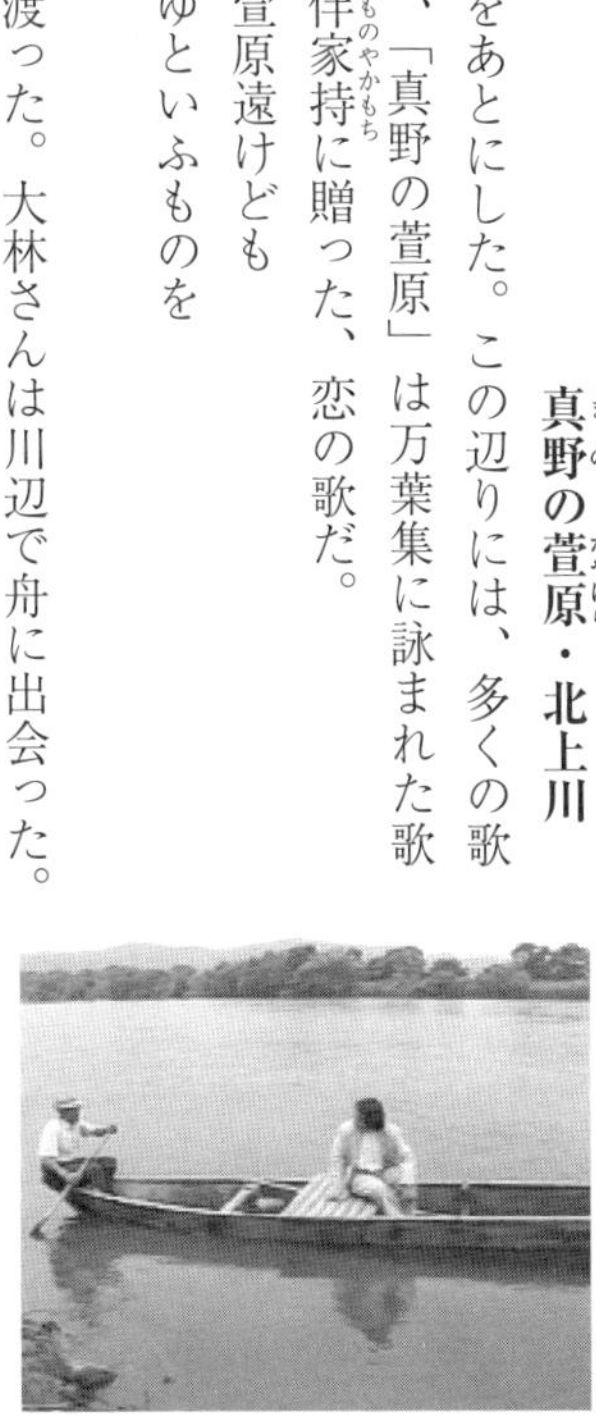
大泉繁治さんの舟に乗る

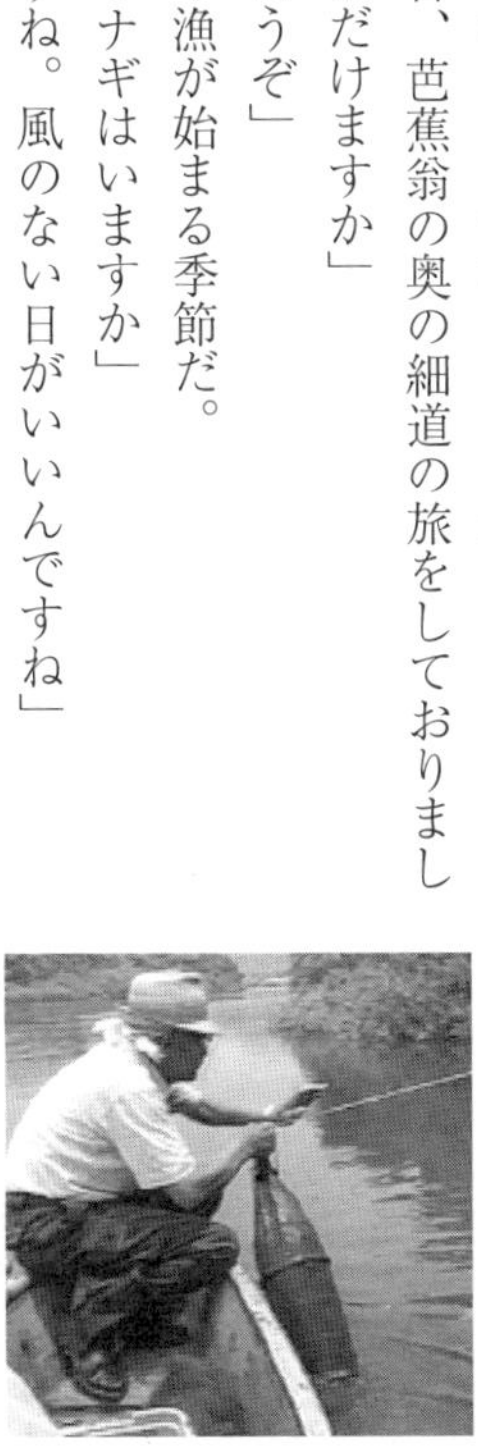

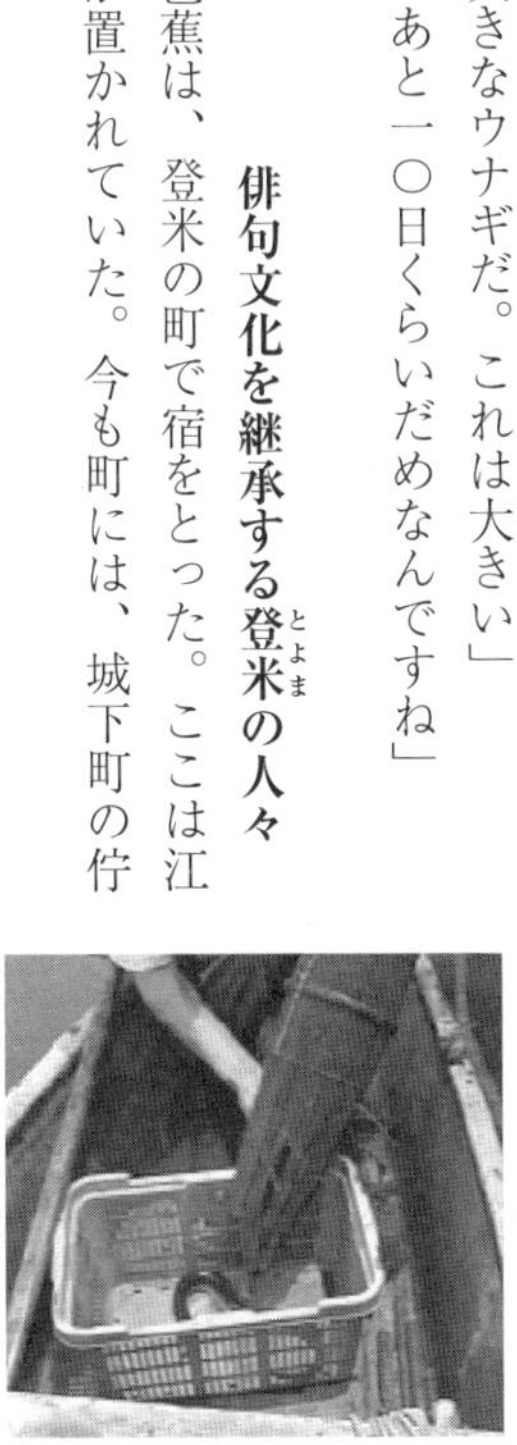
ウナギ漁

登米町

町では、芭蕉のゆかりで年一度、「芭蕉俳句大会」が開かれ、今年で四九回を重ねる。地元俳句会の片平彰《かたひらあきら》さんは、大会の主催者の一人だ。大会には毎年、町内はもとより、全国から三〇〇〇を超える俳句が寄せられる。

大林　「飛魚のスポンスポンと着水す」なんて面白いですねえ。片平さんの今年のご推薦はどれでしょうか。

片平　そうですねえ。「北上川を一気に渡る夏燕」これなんかは、北上川を一気に渡るという夏燕の様子がよく表れているんじゃないかと思います。あと、これも面白いんじゃないかと思うんですよ。「雷鳴に兄弟喧嘩はたと止み」。

大林　ははははは。目に浮かびますね。しかしこの北上川の水の流れといい、雷鳴の轟きといい、自然が呼びかけてくる言葉と人間の暮らしがいっしょになってね。兄弟喧嘩まで雷さんといっしょになってというのは非常に豊かな感じがしますね。そういう風土の良さを、俳句をつくることによって発見していくことが、やはり素晴らしいですね。五七五という非常に少ない数の言葉に凝縮されることによって、何か行間に滲む思いというんでしょうかね、言葉にならない思いやりや慈しみの気持ちが育ってくる。芭蕉さんはいい遺産をこの町に残されましたね。

片平　そうですね。芭蕉さんが登米を通った、そして一泊したということで、町民の方々の俳句に対する熱意が非常に高いんじゃ

片平彰さん

ないかと思います。

石巻を経て、登米をあとにするまで、芭蕉は、一句も残さなかった。

――道を踏み違えてさまよい出た石巻の旅。そして明くればまた、知らぬ道を迷い行く。奥の細道のなかで、この石巻の旅くらい心細さ、旅の寂しさを描いたものはありません。そういう意味では、石巻は芭蕉があえて、心のなかに迸《ほとばし》り出る五七五の言葉に託す韻律、うたいあげることを押さえて、我慢に我慢して、己の心のなかにある闇をつかみとって、だからこそ闇を照らす明かりのような五七五の一句にたどりつこうとした。

思えば俳句の言葉は現代の情報社会から考えれば、量も数も大変少ない言葉ですよね。でもそのなかに言葉を選りすぐって封じ込めるからこそ、思いは無限に広く長く伝わっていく。言葉というものは目を閉じたときに生まれる。芭蕉はきっと、石巻の金華山さえ見えるという賑わいの風景のなかで、目を閉じた暗闇のなかにこそ明かりを求めて、己が文芸を育ててきたのだと思います。そしてそれは次なる歌枕、平泉において、迸り出るように、わが文芸が花開くことになっていたんだと思います。芭蕉の旅はその自らの心に導かれるようにして続いていったことでしょう。

「芭蕉翁一宿之跡」の碑

第15旅

平泉（岩手）

旅人　**森本哲郎**

平泉の中尊寺金色堂は、仏像はもとより屋根も壁も、すべてがまばゆいばかりの黄金に覆われていたといわれる。

平安時代末期、平泉を拠点に東北一円を支配していた奥州藤原氏は、全国支配をめざす源頼朝の野望の前に滅び去る。その繁栄はわずか三代、一〇〇年を待たずに終わりを告げたのだった。

江戸・深川を出発して一月半。芭蕉は平泉に到達した。奥の細道のなかで、この平泉は、旅の大きな目的の一つだった。

芭蕉が平泉を訪ねたのは、五月一三日（今の暦で六月二九日）。中尊寺では毎年この日に芭蕉を供養する法要が行われ、各地から芭蕉を慕う人たちが数多く集まる。

世界各地を旅し、文明の興亡の跡を見てきた評論家の森本哲郎さんは、奥の細道のなかで平泉が他にはない、際立った特徴を持

もりもと・てつろう（評論家）
一九二五年、東京都生まれ。新聞記者を経て評論・著述活動に入り、一年の半分近くを旅に過ごす。主な著書『文明の旅』『詩人与謝蕪村の世界』『サハラ幻想行』。

中尊寺の法要

三代の栄耀《えよう》一睡《いっすい》の中《うち》にして
大門の跡は
一里こなたにあり
秀衡《ひでひら》が跡は田野《でんや》になりて
金鶏山《きんけいざん》のみ形を残す

藤原三代（清衡・基衡・秀衡）

っていると考えている。

秀衡《ひでひら》が跡・無量光院《むりょうこういん》跡

――ここが藤原三代目・秀衡の建てた無量光院跡。この辺り一帯は池だったようですね。ここが中の島。……なるほど、ここら辺に島があったんですね。

　芭蕉が奥の細道に旅立ったのは、歌枕を訪ねたい、あるいは西行の跡をたどりたい、という思いに衝き動かされてのことでした。その旅の途上で、彼が「歴史」に思いを馳せ、その感慨を託したのは、おそらく平泉のくだりが唯一と言っていいんじゃないでしょうか。

　藤原三代の栄耀が一睡のうちに消え去っていく。秀衡の寺院の跡は田野になってしまっている。そのような無常の時の移りが彼の心を激しく打ち、芭蕉は「笠うち敷」いて、旧懐の念に浸っています。人間の営みのはかなさ、夏草のように繋ってもあっという間に枯れてしまう……。そうした想いというのは、このような場所に立って、初めて実感できるんですね。

伽羅御所《きゃらのごしょ》跡は住宅地に

　芭蕉の目に映ったのは、さびれた寒村と化した平泉の姿だった。「この辺りに伽羅御所があったといわれています。しかし、それ

無量光院跡・中の島

無量光院跡

毛越寺庭園

まづ高館《たかだち》に登れば
北上川
南部より流るる大河なり
衣川《ころもがわ》は和泉が城を巡りて
高館の下《もと》にて
大河に落ち入る

らしいものはほとんど見当たらない。新しい家がどんどん建って、昔の様子はまったく想像できませんね」

今は住宅地となっているこの辺りには、かつて三代秀衡の館・伽羅御所や、きらびやかな寺院が立ち並んでいた。

みちのくを支配し、平泉に黄金の文化を築いた奥州藤原氏。初代・清衡《きよひら》がその礎を築き、二代・基衡《もとひら》は東北の豊富な物資をもとに富を集め、体制を磐石なものとした。

そして、三代・秀衡《ひでひら》のとき、繁栄は絶頂期を迎え、その勢力は都からも恐れられるようになっていた。

藤原氏はまた、京都から多くの僧侶や職人などを呼び入れ、熱心に都の仏教文化を取り込んだ。

基衡が跡・毛越寺《もうつうじ》

二代・基衡が建立したとされる毛越寺。その庭園は当時の姿そのままに復元されている。かつてはこの庭を取り囲むように、四〇を超える堂塔伽藍が立ち並び、色鮮やかな姿を水面に映し出していた。

――極楽浄土をイメージしてこの庭を造らせたんでしょう。見事な庭園ですね。こういう広々とした庭園は京都にもなかなか見られない。造園家や仏師をよんで、庭を造らせたり、仏を刻ませたり、大変なお金がかかっていると思いますよ。それだけ奥州藤原

伽羅御所があったあたり

毛越寺庭園で

泰衡《やすひら》らが旧跡は
衣《ころも》が関《せき》を隔てて
南部口をさし固め
夷《えぞ》を防ぐと見えたり
さても、義臣《ぎしん》すぐつて
この城にこもり
功名一時の叢《くさむら》となる
「国破れて山河あり
城春にして草青みたり」と
笠うち敷きて
時の移るまで
涙を落としはべりぬ

夏草や
兵《つわもの》どもが
夢の跡

卯《う》の花に
兼房《かねふさ》見ゆる
白毛《しらが》かな　曾良

氏というのは莫大な財力を持っていたんですね。

高館《たかだち》・義経の館

しかし、栄華を誇った藤原氏も滅亡のときを迎える。平家を倒した源頼朝は、残された最大の勢力藤原氏を攻め滅ぼし、鎌倉幕府の基礎を築いた。三代・秀衡の死後、わずか二年のことだった。

芭蕉が平泉で真っ先に訪れたのは、町を見下ろす小高い丘、高館である。ここには、兄頼朝に追われた源義経が、藤原氏の庇護のもと、館を構えていたといわれている。

「川というのは、なんとなく歴史を想像させる。あのときと変わらずに、水だけは流れている……」

義経は三代・秀衡の死後、その子・泰衡《やすひら》の奇襲に遭い、三一歳の若さで壮絶な最期を遂げる。江戸時代、義経は既に悲劇の武将として、広く語り継がれていた。芭蕉はここで五〇〇年前の出来事に思いを馳せ、しばらくの時を過ごした。

――芭蕉は、悲劇の武将、木曾義仲《きそよしなか》や源義朝《みなもとのよしとも》、そして義経にことのほか心を寄せていますね。ことに義仲。自分の墓は義仲の隣に建ててくれと遺言までしていたわけですから。当然、義経に対しても、深い同情を禁じ得なかった。

ですから、芭蕉がこの高館に立ったときには、まさに万感胸にあふれる思いだったんじゃないでしょうか。義経は天才的な武将

高館

義経堂

かねて耳驚かしたる
二堂開帳す
経堂は三将の像を残し
光堂は三代の棺《ひつぎ》を納め
三尊《さんぞん》の仏を安置す
七宝散り失せて
珠《たま》の扉《とぼそ》風に破れ
金《こがね》の柱霜雪《そうせつ》に朽ちて
すでに頽廃空虚《たいはいくうきょ》の
叢《くさむら》　となるべきを
四面新たに囲みて
甍《いらか》を覆ひて風雨を凌《しの》ぎ
しばらく
千歳《せんざい》の記念《かたみ》とはなれり

五月雨《さみだれ》の
降り残してや
光堂

であり、才人でもあった。そういう人たちが若くして消え去ってしまう、こうした歴史の無残さに、彼はしみじみ考えさせられたんじゃないかと思います。

私は『奥の細道』全編を通して、このくだりがクライマックスと考えます。彼の文章にはそれだけの力がこもっている。「夏草や……」の名句が生まれたのもここです。そういうことを考えますと、やはり『奥の細道』の最大のハイライトは、この衣川、北上川、そして高館、そう思いますね。

藤原文化の結晶・光堂《ひかりどう》

芭蕉が次に向かったのは、その燦然と輝く姿が江戸にも聞こえた中尊寺金色堂、別名「光堂」である。

芭蕉はここでも、時の流れのはかなさに思いを馳せている。

初代・清衡が、戦の戦死者を弔い、奥州の安泰を願って造営した中尊寺。金色堂は、当時最高の職人を全国から集めて作らせた、平安時代の美術と工芸の結晶である。

——ここへ来て、この素晴らしい阿弥陀像を見るたびに、私は不思議な気がします。都からはるか遠く離れたこの地に、絢爛たる平泉文化が忽然《こつぜん》と花開いて、これほどの寺院が軒を並べるというのは……。

何より不思議なのは、なぜこの素晴らしい奥州藤原氏の文化が

中尊寺金色堂（光堂）

阿弥陀如来像

後世に受け継がれなかったか、ということですね。今の日本をこの奥州藤原時代に置きかえて考えてみたとき、確かに我々には世界でもトップクラスの経済力があり、文化もそれなりにつくり出してきた。しかしそれもいつ急激に衰えていくかわからない――そんな歴史的な黙示を与えてくれているんじゃないか、という気がしてならない。

結局、文化というものは根強く、根を張っていかなければ伝承されないということです。そういう意味で、いろいろな教訓がここから汲み出せるんじゃないでしょうか。

衣川《ころもがわ》古戦場跡

森本さんは、衣川の古戦場跡を訪ねた。

――ここが古戦場ですね。まさしく、「夏草や兵どもが夢の跡」だ。弁慶はどのあたりで立ち往生したんだろう……。

私には、芭蕉がここで抱いた思いというのは、「無常」という一言に尽きるんじゃないかという気がしますね。彼が「諸行無常」をいちばん痛切に感じたのは、この地だったと思います。並ぶもののないほど華やかな文化が、わずかの間に急速に衰退していく――。一つの文明の縮図、文化の運命、その圧縮された模型がここにある。

芭蕉がそうした感慨を見事に結晶させたのが、あの有名な「兵

どもが夢の跡」という句ではないでしょうか。

藤原三代の栄枯盛衰に心を寄せ、義経の悲劇に涙した芭蕉は、滅び去るものへの思いを胸に、平泉をあとにした。

衣川古戦場跡を歩く

参考資料　第10〜15旅

第10旅

武隈の松　「武隈の松はこのたび跡もなし千年を経てやわれは来つらむ」（能因）の古歌がある。

藤原実方　藤原実方（九九八年没）は、藤中将とも呼ばれ、和歌の世界では第二の業平ともいうべき人物。あるとき、殿上で藤原行成と口論し相手の冠を取って庭に投げ捨てたのを、天皇が見て立腹し「歌枕見てまいれ」と陸奥守に左遷された。陸奥では歌枕の調査に努力したが、天皇の許しがないまま、道祖神の前で落馬し横死した。西行が実方の墓を詠んだ歌「朽ちもせぬその名ばかりをとどめ置きて枯野の薄形見にぞ見る」がある。

第11旅

宮城野　古くは仙台付近一帯をさした。古歌が多い。「宮城野のもとあらの小萩露を重み風を待つごと君をこそ待て」（古今集・よみ人しらず）

画工加右衛門　加右衛門は、北野屋という俳諧専門の書店の主人で、加之と称する俳人。ちょうど仙台藩で進める歌枕の設定事業の調査に当たっていた。

第12旅

多賀城政庁　多賀城は七二四年に陸奥の国府及び鎮守府として置かれ、約二〇〇年の間、東北地方の政治の中心であった。都から国府に赴任した人々が、周辺の美しい自然を歌に詠みこんだため、歌枕として都人のあこがれの地となった。平安時代中頃に国府は別の場所に移転したため、歴史のなかで荒廃していく。

壺の碑　壺の碑＝多賀城碑は、七六二年に建立された。国府の創建及び改築について示したとされる一四一文字が刻まれている。源頼朝、寂蓮、和泉式部などの歌に詠まれている。芭蕉が訪れたころ、碑は野ざらしのままだったが、まもなく仙台藩によって覆堂がつくられた。

末の松山「君をおきてあだし心をわがもたば末の松山波も越えなむ」（古今大歌所御歌）「契りきなかたみに袖をしぼりつつ末の松山波越さじとは」（清原元輔）の古歌がある。

和泉三郎　和泉三郎忠衡は、義経を庇護した藤原秀衡の三男。秀衡没後、兄泰衡が、父の遺命に背いて頼朝方についたとき、義経に忠節の心を寄せて兄に従わず、そのため兄泰衡と戦い自害して果てた。

第13旅

松島瑞巌寺　八二八年に慈覚大師円仁が開基した天台宗の寺を、鎌倉時代に北条時頼が法心禅師（真壁平四郎）を住持として臨済宗に改宗。青竜山瑞巌円福寺。

第14旅

石巻　石巻は、「奥州第一の湊」といわれた仙台藩の港町。江戸初期に伊達政宗が家臣の川村孫兵衛に命じ北上川の流路を付け替えて、石巻を北上川の河口として大きく発達した。仙台藩だけでなく、盛岡藩、八戸藩などの米、材木、銅などが千石船に積み替えられ江戸に運ばれた。

袖の渡り・尾ぶちの牧　ともに歌枕である。「陸奥の袖の渡りの涙川心のうちに流れてぞすむ」（相模）「陸奥のをぶちの駒も野飼ふには荒れこそまされなつくものかは」（後撰集・よみ人知らず）

第15旅

平泉文化　藤原清衡が江刺郡の豊田館から平泉に居を移したのは、一〇九四～九六年ころといわれている。奥州に仏教文化を中心とした理想郷の建設をめざし、その子の基衡、孫の秀衡の三代、およそ一〇〇年にわたって黄金の平泉文化を築いた。

無量光院　藤原秀衡が、宇治の平等院を模し「みちのく平等院」をめざして造ったとされている。

毛越寺　八五〇年に円仁が開基した天台宗の寺を、一一〇八年に藤原基衡が再建した。諸堂は寝殿造り、庭園は浄土式庭園で、中尊寺を凌ぐ壮観であったという。

中尊寺　清衡が、前九年の役・後三年の役での戦死者の霊を浄土に導くために建立したとされる。天台宗の東北総本山。藤原氏滅亡後も寺領を許されたが、南北朝期に焼失し、金色堂と経堂の一階のみが残った。

源義経　源義朝の子。平治の乱後、鞍馬寺に流され、後に藤原秀衡の庇護を受ける。一一八〇年に異母兄の頼朝が挙兵するとその軍に加わり、源義仲や平氏と戦い滅亡させた。「鵯越の奇襲」など鮮やかな戦法による連戦連勝で名をあげたが、後白河上皇の策にはまって兄頼朝と不和を生じ、奥州へ逃れた。秀衡の死後、父の遺言に背いて頼朝に従った泰衡に襲われ、高館で最期をとげたとされる。

第16旅

尿前の関（宮城）

旅人　篠原勝之

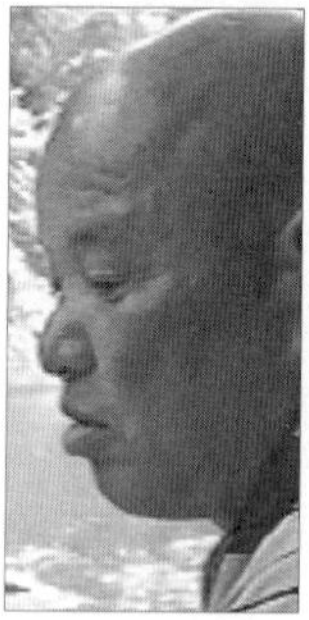

しのはら・かつゆき（ゲージツ家）一九四二年、北海道生まれ。高校中退後、画家をめざして様々な職業を遍歴し、創作活動に入る。一九八六年から鉄のオブジェの制作で話題をよぶ。通称「クマさん」。

赤松の並木が続く陸奥上街道《むつかみかいどう》。奥州平泉をあとにした芭蕉は、この道を急いだ。行く手には、道中最大の難所、奥羽山脈が待っていた。

この道を旅するのは、鉄や硝子を素材にダイナミックな創作に取り組む篠原勝之さん。篠原さんは、芭蕉にとっての旅すること、歩くことの意味を、問い直したいと考えている。

——あの人どうして、奥の細道だとかに相当じじいになってから旅立ったのかな。すごい速さで長い距離を歩いたとか、踏破しながら句をいくつも詠んだというね、俺はああいう創作方法には何となく興味があるな。俺、モンゴルに何年か前に行ったんだ。草原で大きな彫刻を建てたときに、そこに日本軍のヘルメット、鉄兜だとか戦車の残骸とか、そういうのが草原に散らばっていたん

赤松の並木

南部道遥かに見やりて
岩手《いわで》の里に泊まる
小黒崎《おぐろさき》・みづの小島を過
ぎて
鳴子《なるご》の湯より
尿前《しとまえ》の関にかかりて
出羽《でわ》の国に越えんとす
この道
旅人まれなる所なれば
関守《せきもり》に怪しめられて
やうやうとして関を越す

だよ。それを見たときに、あの「夏草や兵どもが夢の跡」という、いつの間にか俺の脳味噌に刻み込まれているやつがふっと出てきた。俺も芭蕉が通った道をちょっと横切りながら、芭蕉と同じ空間のなかに自分の頭蓋骨を置くことによって、何か感じるものがあったらいいなと思うんだ。

国境・尿前《しとまえ》の関

五月一五日（今の暦で七月一日）、芭蕉は、奥羽山脈の登り口にあたる鳴子へと差し掛かった。

江戸時代、陸奥《むつ》と出羽《でわ》との国境に置かれたのが「尿前の関」である。ここで芭蕉たち旅人は、厳しい取り調べを受けた。

――今でいう国境警備隊の事務所みたいなもんだ。にょうまえの関じゃないんだ、しとまえの関だな。

俺もいろんな国をね、砂漠だとか草原もそうだけど、歩いて国境を渡るときってのはけっこうドキドキしてね。悪いことしてないんだけど、越えるときってのはドキドキするんだな。何でも日常から非日常に入るときって、ワクワクしながらちょっと恐怖心があってね。

こうくぐると、役人が来て、手帳を出せとかなんか言うんだろうな。

バッタが跳んでるね。バッタとかアリンコとか鳥なんかは、国

尿前の関

境なんかひとっ跳びだからな。芭蕉も俺らも、人間がつくったシステムの前にはやっぱりしょうがないんだよ。

　関の跡の近くには、旅人を迎える小さな茶屋がある。茶屋を営んでいるのは、尿前で生まれ育った三人の姉妹だ。

「こんにちは。やってるの？」

「どうぞー」

　山菜などを使った手料理。そして飾らないおしゃべり。素朴なもてなしが旅人たちの心をなごませる。

「こういうところに茶屋なんかやってると、芭蕉のことを訪ねてくる人が多いでしょ」

「ほとんどそうなんです。芭蕉さんはみすぼらしい支度して、つらい思いをして行ったというんで、外見で人を見てはだめだよって、親が……。やっぱりこれからも、訪ねてきた人には優しくしたいなあ」

山脈越えのすごい速さ

　尿前の関をあとに、篠原さんもまた芭蕉が歩いた道をたどり始めた。奥羽山脈越えの街道は、今は歴史の道として整備されている。当時の面影を残す道が、山襞《やまひだ》を縫うように続く。

「こりゃ、杖かなんかいるな。相当、足が丈夫じゃないといかん

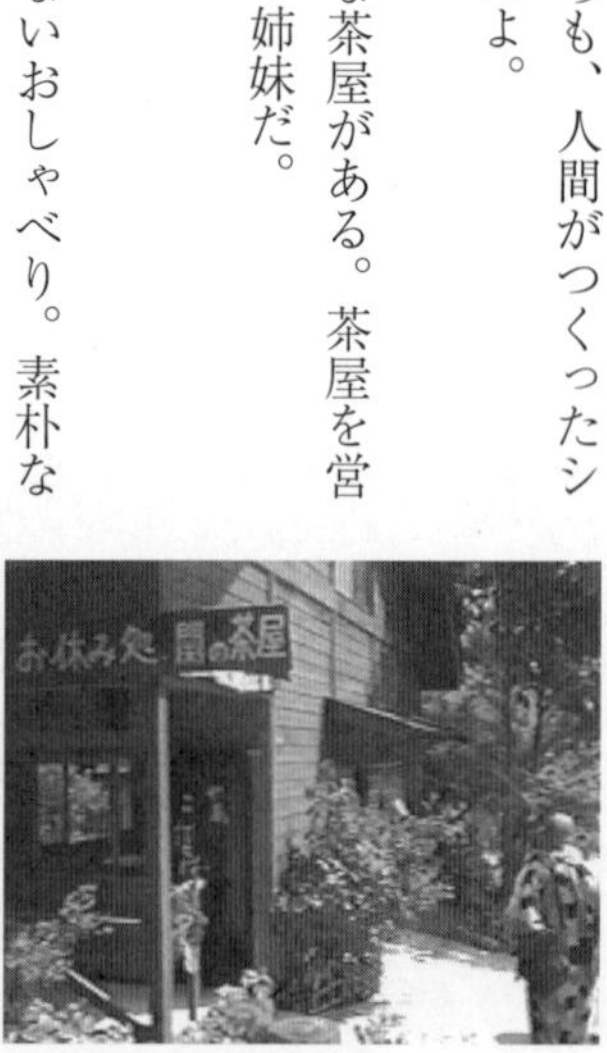

関の茶屋

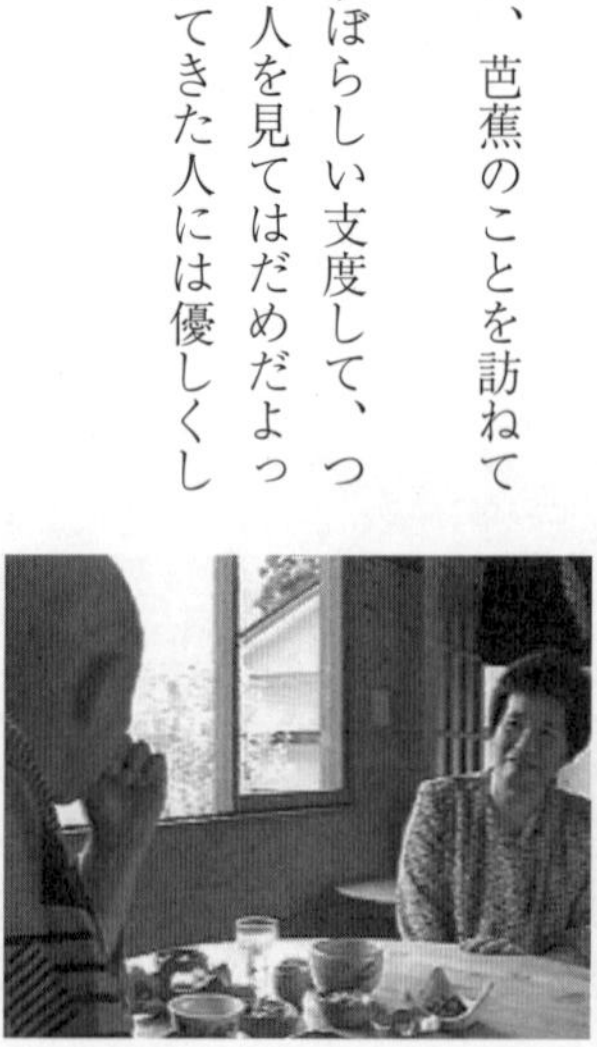
遊佐妙子さんとおしゃべり

大山《たいざん》を登つて
日すでに暮れければ
封人《ほうじん》の家を見かけて
宿りを求む
三日風雨荒れて
よしなき山中に逗留《とうりゅう》す

な。また登りだ。やっと水辺に来た。暑い暑い。ちょっと一休みだ」

篠原さんは、芭蕉の歩く距離や速さに注目している。これまで「漂泊」とたとえられてきた芭蕉の旅を、篠原さんは、別の視点で読み解こうとしている。

――記録によると五〇キロから六〇キロを一日に歩いたというんだけどね。普通夜道は歩かないわけだから、昼間歩くとしたら一〇時間ぐらい。そうすると一時間を五、六キロの速度で歩くわけだろ。けっこう急ぎ足で歩く。山道で平地じゃないからな、休みなく歩く。歩きながらすごい速度で次の目的地へ行くということは、止まることを知らんというかね。その速度のなかでものを考えて、自然のいろんな息吹とか、そういうものを感じていくわけだな。芭蕉は実際は漂泊しようと思って出発したんじゃねえと思うんだよね。そこだな。俺の目から見ると、後世の人が漂泊という言葉をつけただけで、芭蕉はそういう意識はなかったと思う。一生懸命、前へ前へ時をずっと追い続けていって、そういう人だったんじゃないかな。そういう意味で俺は共感するね。

封人《ほうじん》の家・馬の尿《ばり》

芭蕉は、山越えの道を歩き続け、ようやく出羽の国へと足を踏

水辺で休憩

封人の家

蚤虱《のみしらみ》
馬の尿《ばり》する
枕もと

み入れた。

激しい雨に遭い、芭蕉は、封人（国境を守る役人）の家に、宿を借りる。そのときの情景を詠んだのが上の句である。

かつてこの地方は、出羽一番の馬の産地だった。人々は馬を家族のように大切に扱い、馬屋を家のなかに作っていた。

篠原さんは、封人の家を訪ね、管理人の渡辺陞悦《しょうえつ》さんの話を聞いた。

管理人　これをとって、日中は子馬が馬屋から出てくるんです。くぐれますから。このへんで、ピンピンはねて遊んでるんです。二頭いれば二頭ね。運動場ですよ。そうして、糞もすれば尿もするわけですよね。だから芭蕉でも、この馬産地でなければ、この句は詠めなかった。だから馬産地のイメージを表してくれたんだという気持ちがこの土地の人にあるもんですから、その句はあったかい句です。

篠原　俺もまず、音を感じるんだな。水の音、馬の音ね。蚤虱の跳ねる音ね。それから臭いね、気配ね。なんか、生きてるって感じがするから、俺は芭蕉の句のなかでもあの句は好きな方。いいやね。万物がこんなになってね、カオスの状態で生きてる感じがしてね。あれはいい句だよ。

山脈越えの難所・山刀伐《なたぎり》峠

封人の家

山刀伐峠

雨があがると、芭蕉は、また歩き始めた。しかし、その先には、越えなければならないもう一つの難所が待ちかまえていた。山刀伐峠である。
全山鬱蒼とした木々に覆われ、峠までは二七曲がりとよばれる険しい道が続いていた。

あるじのいはく、これより出羽の国に大山を隔てて、道定かならざれば、道しるべの人を頼みて越ゆべきよしを申す。さらばといひて人を頼みはべれば、究竟《くつきよう》の若者、反脇指《そりわきざし》を横たへ、樫《かし》の杖を携へて、われわれが先に立ちて行く。今日こそ必ず危きめにもあふべき日なれと、辛《から》き思ひをなして後に付いて行く。あるじのいふにたがはず、高山森々として一鳥声聞かず、木の下闇茂り合ひて、夜行くがごとし。雲端につちふる心地して、篠の中踏み分け踏み分け、水を渡り岩に蹶《つまず》いて、肌に冷たき汗を流して、最上の庄に出づ。かの案内《あない》せし男《おのこ》のいふやう、「この道必ず不用《ぶよう》のことあり。恙《つつが》なう送りまゐらせて、仕合はせしたり」と、喜びて別れぬ。後に聞きてさへ、胸とどろくのみなり。

――やっと、これが峠の頂上かな。あの山向こうはもう、日本海なんだな。なんだってまた芭蕉さんはこう先を急ぐのかね。

山刀伐峠を歩く

峠の頂上

峠の頂上の眺め

歩く、ひたすら歩く、過剰なくらい歩く。日常から超えた速度で歩き続けるということは、生きているという感じをすごくストレートに実感する行為なんじゃないかと思うんだよ。芭蕉のころはね、旅行するということは、ここから別の所、彼岸に行く旅なんだと思うんだよね。だから、旅立つときというのは、死をどこかに抱えながら出発するわけだ。今みたいに、行って帰ってくるという、確実に安全が保証されている旅ではないわけだな。

だから芭蕉は、生きるということをもう一度実感しようとしたんじゃないかな。芭蕉の句も幾つか好きだけど、それよりも芭蕉の生きる様子というかな、そういうことがいいね。でも俺は別の意味の歩くということをやり続けて、俺にとって歩くということは、ゲージツすることだから、ゲージツを作り続けて、行けるとこまでいって、今回の人生、どこまで行けるかということだと思う。

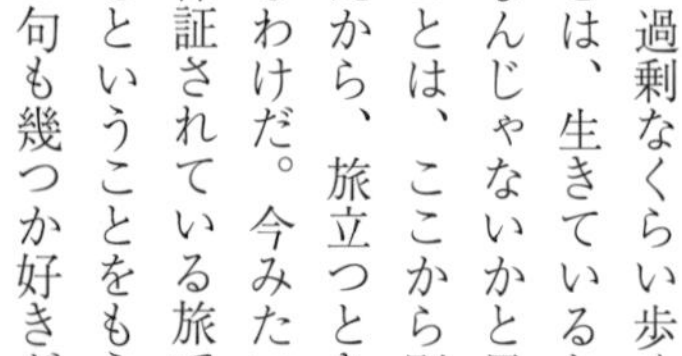

大きな難所を越えて、芭蕉の道行きは出羽の国へと入った。

第17旅

尾花沢（山形）

旅人　ねじめ正一

ねじめ・しょういち（作家・詩人）一九四八年、東京都生まれ。詩集『ふ』で詩の芥川賞といわれるH氏賞を受賞。『高円寺純情商店街』で直木賞受賞。作品は他に『熊谷突撃商店』など。

奥羽山脈の麓の山形県尾花沢《おばなざわ》市は、江戸時代、貴重な染料だった紅花《べにばな》の集積地として栄えた。

「眉掃《まゆは》きを 俤《おもかげ》にして紅粉《べに》の花」。眉についたお白粉を落とす眉掃き。芭蕉は尾花沢で、紅花の形を女性の化粧道具に見立てた。

今回の旅人、作家・詩人のねじめ正一さんは、この地を訪ね、こうした艶やかな句を手掛かりに、芭蕉が描く女性像を探ろうとしている。

「どうも、こんにちは。これが紅花ですか。初めて見るんですけど、紅花というから赤いって感じがあったんですけど、違うんですね」

「黄色なんですね、咲き始めは淡いこんな黄色で……」

「黄色でも強い黄色じゃないですね、ナイーブな感じですよね」

尾花沢にて
清風といふ者を尋ぬ
かれは富める者なれども
志卑しからず
都にもをりをり通ひて
さすがに
旅の情をも知りたれば
日ごろとどめて
長途《ちょうど》のいたはり
さまざまにもてなしはべる

——芭蕉は尾花沢に来るまでに、大変な旅をしてきたわけです。憧れの松島とか平泉とかあったんですけど、その後はかなりきつい旅だったと思うんですね。きつい旅でやっとホッとする場所がこの尾花沢だったと思います。そういう意味ではこの尾花沢で、紅花という言葉、あるいは紅花そのものから、口紅のイメージとか、女性のイメージとか、女性のもつ人肌恋しさとか、艶やかさ、そういうものを芭蕉は感じ、句にし、安らいだのだと思います。

紅花大尽《べにばなだいじん》・鈴木清風《せいふう》

五月一七日（今の暦で七月三日）、芭蕉は奥羽山脈を越えて尾花沢に入った。咲き誇る紅花が、芭蕉を迎えた。

尾花沢の鈴木清風は、芭蕉の俳句仲間である。紅花の取引で財を築き、紅花大尽ともよばれていた。その儲けで、吉原をまるごと三日間、借り切りにしたともいわれる。ねじめさんは、鈴木清風邸跡に鈴木正一郎さんを訪ねた。

ねじめ　はじめまして。ねじめといいます。今、紅花を初めて見てきたんですが……。

鈴木　うちの裏にもありますので、ご覧になりますか？

ねじめ　見せてください。紅花といえば、鈴木清風というくらいですからね。

清風の豪遊ぶりは、多くの逸話を残した。そのゆかりの品が、

鈴木正一郎さんを訪ねる

柿本人麻呂像

養泉寺

鈴木家には、代々伝えられている。

鈴木　柿本人麻呂像です。どうぞご覧になってください。

ねじめ　これはまた、何でここに？

鈴木　一説によりますと、吉原の名妓・高尾太夫《たかおだゆう》からもらったという伝説もあります。

ねじめ　吉原のナンバーワンですね。

鈴木　そうです。彫刻自体は鎌倉時代のものです。

ねじめ　相当やっぱり遊んでたわけですよね。当然、芭蕉とも。

鈴木　芭蕉とは俳諧を通してですね。

ねじめ　芭蕉ってそういうイメージが、僕らにはないんですけども、やっぱり遊ぶときはちゃんと遊んでたんですね。

鈴木　まあそれが、江戸時代の理想の生き方じゃありませんか。

芭蕉宿泊の地・養泉寺《ようせんじ》

芭蕉は、一一日にわたって尾花沢に逗留した。清風の勧めで、養泉寺に七泊している。俳人たちと交流を深め、多くの行事にも参加した。

養泉寺では、毎月一回、観音講《かんのんこう》が続いている。家事や仕事に追われる女性が集い、ハネを伸ばす一日でもある。

「どうもこんにちは」

「ねまらっしゃい」

観音講

涼しさを
わが宿にして
ねまるなり

這《は》ひ出でよ
飼屋《かいや》が下の
蟾《ひき》の声

「ねまらっしゃいって、何ですか？」

「座ってください」

「ねまらっしゃいっていう前に、私は座ってしまったんですけど、そうなんだ。要するに、ゆっくりしてくださいとか、くつろいでくださいとか」

「ナス漬でも、食べて」

蚕・万葉集

芭蕉は、温かいもてなしを受け、旅の疲れを癒した。当時盛んだった養蚕も見ている。ねじめさんも、大貫麗子さんに養蚕を見せてもらった。

ねじめ　大貫さんは何代目？
大貫　三代目。ばあちゃんから、蚕を始めたから。
ねじめ　今は蚕の時期じゃないんですね。
大貫　ちょっと外れてしまった。
ねじめ　でも蚕って不思議だよね。あのグロテスクな奴が繭になって、真っ白になって、やがて、絹になっていくわけでしょ。

朝霞かひやが下に鳴くかはづ
　声だに聞かばあれ恋ひめやも

床下の蛙の鳴き声のように、恋しいあなたの声だけでも聞けたら。万葉集のこの歌が、芭蕉の脳裏に浮かんだ。『奥の細道』に

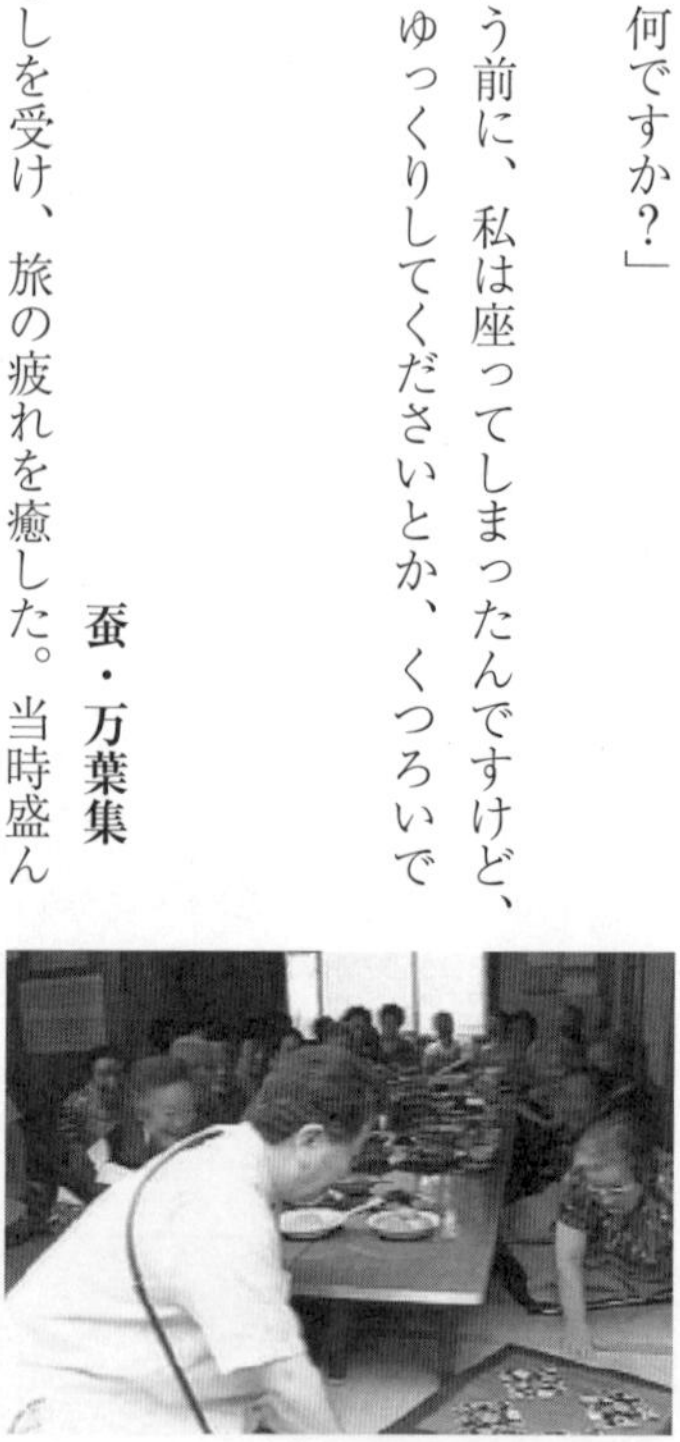

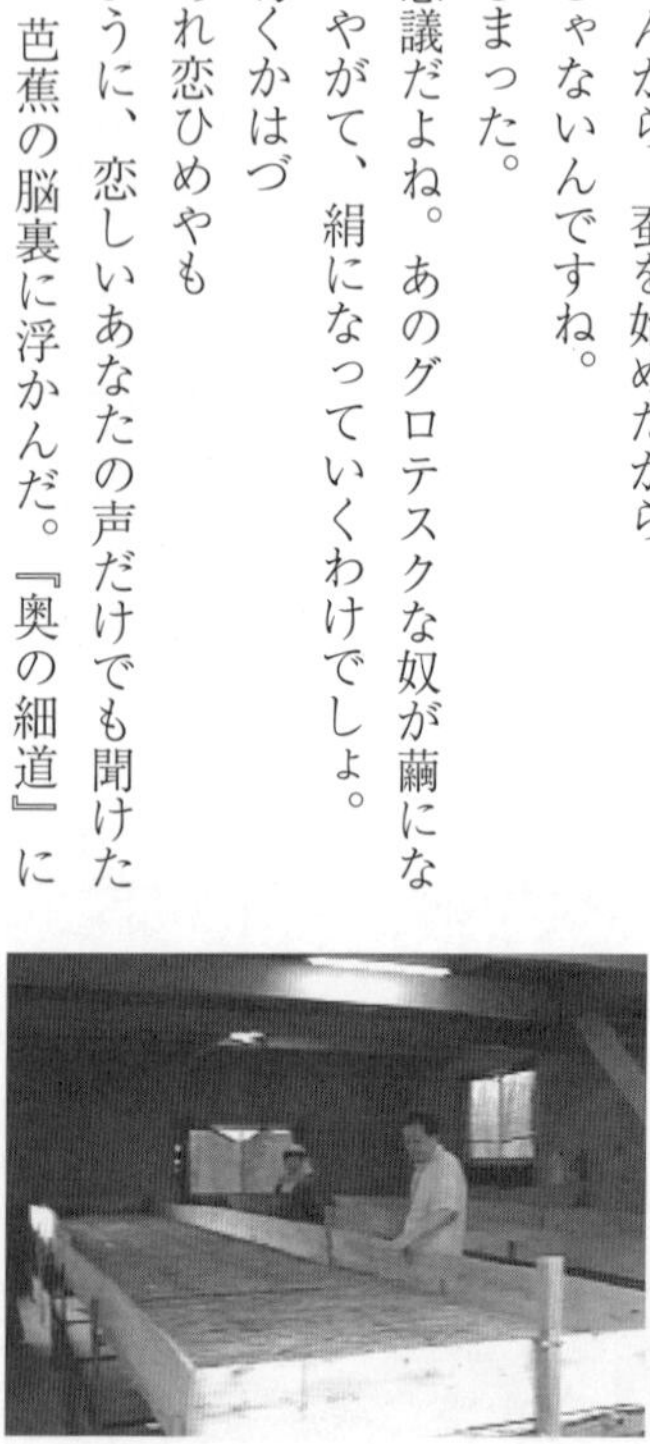

大貫さんの養蚕場

山形市高瀬地区

上の句を記している。
――芭蕉はどういう女性が好きだったのかなと、前から考えているんですけど。僕は、すごく艶やかな感じの女性が好きだったと思うんです。遊女のイメージというのかな。瞬間、瞬間を生きてる。ある意味では地に足がついていないんだけど、芭蕉は物書きだから、孤独とか旅とか言うんだけど、そんなことを言わなくても、現実に生きている場面で、いつも孤独を背負ってるような女性が好きだったんじゃないかなと、私は思ってるんですけどね。

山寺への道・紅花畑

七月一三日、芭蕉は尾花沢の人たちの勧めで、山寺・立石寺に向かった。その道筋は、当時、全国一の紅花の産地だった。
山形市高瀬地区は、今でも多くの農家が、紅花の栽培を続けている。花の摘み取りは、夜明けとともに始まる。
その工程を見ようと、ねじめさんは遠藤みよさんを訪ねた。
ねじめ　どうもおはようございます。朝早くから大変ですね。
遠藤　朝早くでないとね、刺が痛くてよ。朝露があるうちだとね。
ねじめ　ああそうか、朝露で刺が少し柔らかくなるんですね。
いにしえより、紅花は着物を美しく染め上げ、女の唇を艶やかに彩ってきた。その紅花の姿かたちが、芭蕉の詩心を掻き立てた。
ねじめ　何してるんですか、今。

紅花を摘んで紅もちをつくる

眉掃《まゆは》きを
俤《おもかげ》にして
紅粉《べに》の花

蚕飼《こが》ひする
人は古代の
姿かな　曾良

遠藤　これ、洗って、花粉を取ってるの。
ねじめ　時間は長くつけるの？
遠藤　二、三回洗ってよ。でないと、黒くなるから。ちょっと絞った程度にして、それでよ、そこの機械に入れて絞るんです。
ねじめ　あ、出てきた、すごい。ここに出てくるとさらに赤みを帯びている感じですよね。おばさんは、紅花の着物持ってるの？
遠藤　高くて、紅花の着物なんか着れませんよ。

　摘み取った花びらは、紅もちに加工される。女性たちの手を経るごとに、紅は、色を濃くしてゆく。

――僕は、紅色というのは非常に微妙な色であり、危険な感じがするんですよ。古い言葉ですけど、よろめくというか、判断が中止せざるを得ないというか、引っ張り込まれるというか、前向きな色ではないような気がするんです。日々ボーッとしていたいとか、恋に走りたいとか、愛に走りたい色。だからきっと、そんな気分に芭蕉はこだわったという、粋な感じがよくわかりました。

　ねじめさんは「やまがた紅の会」の舞妓の柚花さんを訪ねた。
柚花　いらっしゃいませ。
ねじめ　緊張しますね、その色が。この赤って、なかなか日常生活で会うことないですよね。普通、赤は闘争本能を掻き立てるとかあるんだけど、これはちょっと黒ずんでる感じで、燃えるもの

機械で絞る

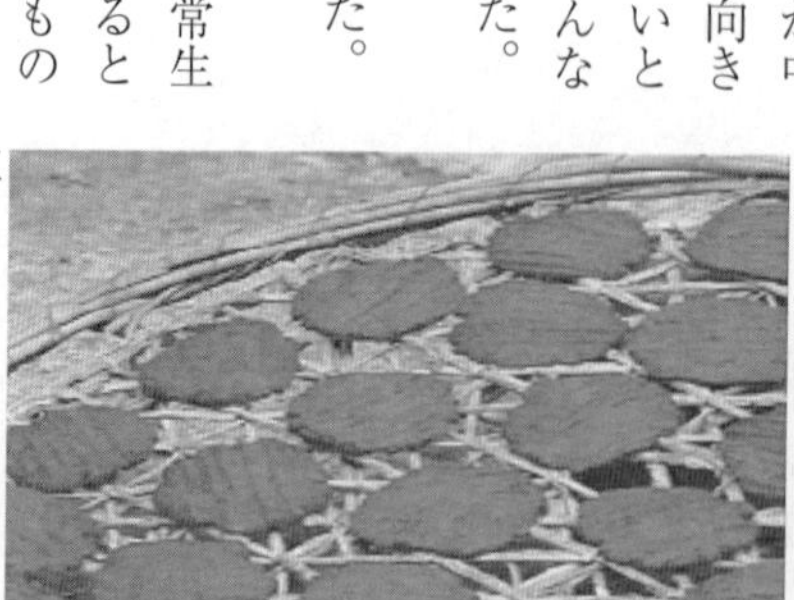
紅もち

を押さえ込むっていうの？

柚花　そうですね。落ち着いた赤ですね。

ねじめ　ずっと、紅花を摘んでるところを見てきて、おばさんが頑張ってとってるんだけど。紅花に関しては、工程や手続きが全部女性ですよね。全部女性の手を経てるっていうのが魅力ですよね。着てみて責任を感じません？　最終ランナーでしょ。

柚花　そうですね。

　芭蕉が、この道中で詠みながら、『奥の細道』に入れなかった一つの句がある。

　　行くすゑは誰が肌ふれむ紅の花

――この句を読んで、芭蕉がつき合ってた女性、その女性が今どうしてるんだろうという、芭蕉の濃厚さがすごく出ている句だと思ったんですよね。有名な、眉掃きと紅の花がダブってくる句もあるけど、普通、男の場合は眉掃きというのは浮かんでこない。芭蕉もつき合ってた女性がいて、眉掃きをしている姿を見ている、恋も知ってるし、愛も知っているというのが、この句を読んでの感想ですね。この句があることによって、僕は、芭蕉の人間的な幅を感じるんです。それを引っ張り出したのが、尾花沢の人々の温かいもてなし方、それから、穏やかで豊かな自然。こういうものが重なって、芭蕉はすごくリラックスしたんだと思います。

柚花さんを訪ねる

第18旅

山寺（山形）

旅人　**浅井愼平**

あさい・しんぺい（写真家）一九三七年、愛知県生まれ。広告制作会社を経てフリーカメラマンに。ビートルズ来日時の撮影で脚光を浴び、以後広告写真で活躍。写俳集『二十世紀最終汽笛』他。

山形市にある宝珠山立石寺《ほうしゅざんりつしゃくじ》は、古くから「山寺」の名で親しまれている。長年の風雨によって削られた凝灰岩の山肌。切り立った岩に貼り付くように仏閣が点在している。

芭蕉はここで、降りしきる蟬しぐれに耳を澄ました。

道中最大の難所、奥羽山脈を越えて出羽の国へ入った芭蕉は、尾花沢で足を休めた。五月二七日（今の暦で七月一三日）、芭蕉は尾花沢の人たちに勧められ、予定にはなかった山寺へと向かう。

今回の旅人は写真家の浅井愼平さん。なぜ芭蕉はたまたま立ち寄った山寺で「閑かさや岩にしみ入る蟬の声」の優れた句を残すことができたのか、浅井さんはその秘密を探りたいと考えている。

山寺の駅に降り立つと、山水画のような景色が目に入ってくる。

——山寺はまるで時が止められたままで、芭蕉の時代と違わない

駅から見る山寺

山形領に
立石寺《りゆうしやくじ》といふ山寺あり
慈覚大師《じかくだいし》の開基《かいき》にして
殊《こと》に清閑《せいかん》の地なり
一見すべきよし
人々の勧むるによりて
尾花沢《おばなざわ》よりとつて返し
その間七里ばかりなり
日いまだ暮れず
麓《ふもと》の坊に宿借り置きて
山上の堂に登る

ところが残っているというのがすごいですね。「閑かさ」の句というのは、芭蕉のなかでも傑作なんです。僕もものづくりのはしくれで、あるレベルでいつもは仕事してるんだけども、傑作が生まれるというのは、あるとき、まるで自分を超えた世界が、神の啓示のように、あるいは天使が舞い降りたようにやってくるときがあるんですね。それが、ある人と会う、あるいはある風景に出会ったということから生まれる。表現者にとってそれが人生のうちに何度来るかということが、その人の天才ぶりにつながっていくわけなんでしょう。たぶん、この情景のなかにその秘密が隠されていたんだろうと思うんですね。僕もそれが感じられるかどうかわかりませんが、これから山寺へ行って、芭蕉を追ってみたい、芭蕉の心境にちょっと触れてみたいなと、考えます。

山寺には今、年間およそ八〇万人の観光客がやってくる。

江戸時代に宿坊《しゆくぼう》が立ち並んでいた門前の通りには、みやげ物屋や飲食店が軒を連ねている。

「いらっしゃいませー、お客さん」

「ああ、こんにちはー、なんですかそれは」

「山寺名物、力こんにゃくなんですよ」

「どうして力っていうんですか。珍しいですね、串に刺して」

「丸いのを串に刺して、これをみんな食べていくんです」

門前通り

根本中堂

「これは芭蕉さんが来たころもあったんですかねえ？」

「そんな昔はなかったと思うけど」

「そうか、芭蕉さんが食べたわけではないか。でもいただきましょう。どうですか、芭蕉はお好きですか？」

「ええ、芭蕉さんといえば、やっぱり『奥の細道』が有名ですから。山寺はそれでまた有名になってるからね」

「じゃあ、俳句を作る方もいらっしゃるんですか」

「いますよ。私なんかはできないけど、よく俳句大会とかあります。山寺俳句大会」

「ああそうですか」

根本中堂《こんぽんちゅうどう》・不滅の法燈《ほうとう》

門前の喧騒を抜けると、山寺の登り口へとさしかかる。山頂までは、一〇一五段の石段が続く。

山寺は、平安時代初期に慈覚大師《じかくだいし》・円仁《えんにん》が開いたとされる天台宗の寺である。

根本中堂のなかでは、天台宗の総本山・比叡山延暦寺《ひえいざんえんりゃくじ》から分けられた不滅の法燈が燃え続けている。開山以来、一一〇〇年余りの間、一度も途絶えたことがないといわれている。

芭蕉が訪れた当時、ここでは僧侶たちが厳しい修行に励んでいた。お堂には、今も静寂を求める人たちが集まる。

力こんにゃくを売る女性

山寺の登り口

不滅の法燈

姥堂の奪衣婆

座禅を組んでいた女性が語ってくれた。

「考えようによってはとても贅沢な空間ですからね。恵まれてますよね。なんちゅうのかな、日々忙しいとか、急げとか、そういうのが全然、頭から抜けて、なんにも考えなくていい空間なんです、ここは。家のことは何も考えないで、ボーッとしてるときもあるし、私なんか熟睡してるときもあるし、そういう時間はやっぱり大切だなあと、日々思うようになりました」

姥堂《うばどう》・奪衣婆《だつえば》

山寺は、亡くなった人たちの霊が帰る山として、信仰を集めてきた霊山でもある。

石段を登っていくと、やがて小さな姥堂が現れる。山寺では、この姥堂から下が現世で、上に登るにつれて極楽浄土へ近づくとされている。かつて人々はここで着物を着替え、古い着物をお堂に奉納した。

本尊として祀られているのは、三途の川で死者の衣を剥ぎ取るという奪衣婆である。

――この奪衣婆は大きくはないけれども迫力がありますよね。字で書くと、衣を奪うということなんだけれども、いってみれば世俗の衣を奪うという意味であって、着るものというよりも、人が生きていく上に身につけたさまざまな欲望や汚れや、そういった

座禅を組む人たち

姥堂

百丈岩

ものをここで捨てて、そして汚れのない山に入っていく。なかなか良くできた仕掛けですよねえ。しかもここには山の水が流れていて、これで身を清めながら上がっていくわけですね。芭蕉もきっとここで何かを感じたんでしょうねえ。旅のなかには世俗と、世俗を離れた心の旅が同居しているということがあって、ここへきたときの芭蕉は、昨日、一昨日までの人々のなかにいた感じとまったく違う感じをそろそろ持ち始めたんじゃないかな。

後生車《ごしょうぐるま》・百丈岩《ひゃくじょうがん》・せみ塚

道の傍らに石仏がひっそりと佇んでいる。浄土への入り口である姥堂を過ぎると、山寺は霊山の趣を強くしていく。

死者を弔うための木の柱、後生車には、「南無阿弥陀仏」と念仏が書かれている。これをたくさんの人に回してもらうことで、亡くなった人の輪廻転生がかなうという。

やがて道は、修行者の参道へとさしかかる。かつては僧侶たちが修行のためにこの道を行き来した。石段を一段一段登るごとに、煩悩を消し、無我の境地へと自らを近づけていった。

樹齢五〇〇年を超える杉木立。その間から巨大な凝灰岩、百丈岩が姿を現す。この岩には、山寺の開祖、慈覚大師・円仁の骨が納められていると伝えられている。山寺の風景は、三〇〇年前、芭蕉が訪れたころとほとんど姿を変えていない。

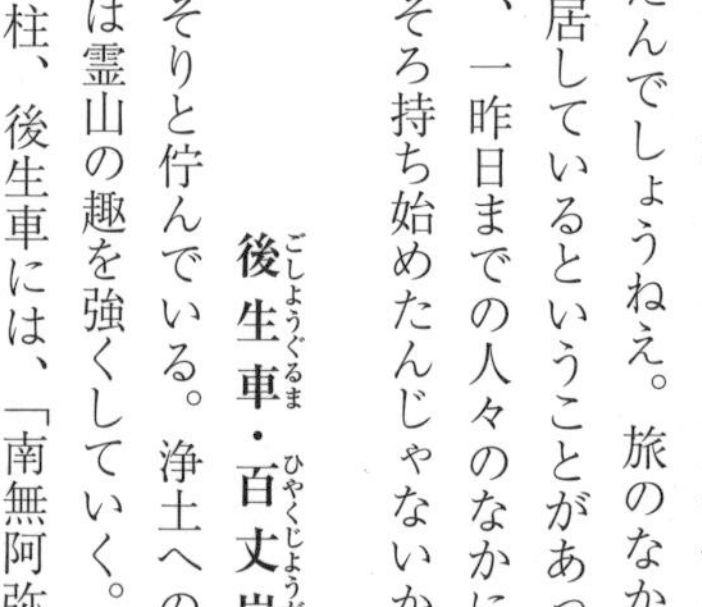
後生車

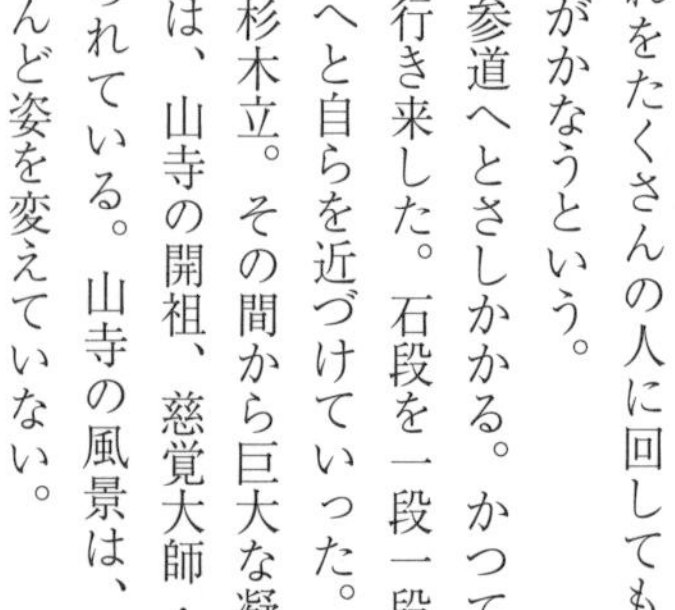
修行者の参道

岩に巌《いわお》を重ねて山とし
松栢《しょうはく》年旧《としふ》り
土石老いて苔滑《こけなめ》らかに
岩上の院々扉を閉ぢて
物の音聞こえず
岸を巡り、岩を這《は》ひて
仏閣《ぶっかく》を拝し
佳景寂寞《かけいじゃくまく》として
心澄みゆくのみおぼゆ

閑《しず》かさや
岩にしみ入る
蟬《せみ》の声

「閑かさや岩にしみ入る蟬の声」。この句にゆかりのある場所が山の中腹にある。せみ塚である。芭蕉が亡くなった五〇年ほど後に、芭蕉に心酔していた山形の俳人が建てたものだ。ここには芭蕉直筆の短冊が埋められているといわれている。

――日本人の感性のなかに、川の音がしていながら、あるいは海の音が聞こえながら、蟬の声が聞こえながら、それを静寂と感じる力がある。それは、宇宙全体が、ときとして音がありながら静寂であるというようなことを、芭蕉はすごく感じる力を持っていた。自分の死生観というか、生きていく自分、そしてやがて死すべき自分、あるいはそうした人生を過ごした人々というものと自然の関係を、ここへ来たときにすごく研ぎ澄まされて、理屈っぽくいえば岩に蟬の声がしみ入るわけはないんですけども、岩と同化する蟬の音、声、あるいは静けさを感じる力、そういったものをどんどん、このなかに入っていくうちに感じていったんだろうなあ。

奥の院・五大堂《ごだいどう》

一〇一五段の石段を登り切ったところに奥の院がある。人々は古くから、亡くなった人の骨の一部をここに納め、死者を弔ってきた。

せみ塚

奥の院

五大堂からの眺め

奥の院をあとにした浅井さんは、眼下の景色を一望できる五大堂へ向かった。

――山に上がる間にずっと芭蕉のことを考えながら来たわけですけど、この山のなかに入ってきて、芭蕉が蟬の声を聞いたり、森の風に触れたり、あるいは霊界のさまざまな記号のようなシンボルをいろいろ見たりしていく間に、どんどん世俗から離れていったんだと思うんですね。世俗から離れたなかで、芭蕉の持ってる、ある種の無常観のようなもの、宇宙観のようなものがだんだん研ぎ澄まされて浄化されたというのか、純なものになっていって、もう、芭蕉の姿は見えなくなった。そのときにできた句が「閑かさや」の句になったんではないかなと。つまり、彼は蟬でもあり、岩でもあり、静けさでもあった。宇宙と同化している自分というものをここで発見したんではないかな。だからこそ現代人の我々がその句を読んでもある感慨が湧いてくる。自然と自分が一体感を持つことが人間にはできるし、まさにそのこと自体が、生きていく、あるいは死んでいくことであるということを表しているんだと、そんなふうに感じますね。

閑かさのなかに降りしきる蟬しぐれ。芭蕉は思いがけず訪れた山寺で、自然に溶け込み、一つの宇宙を一七字にとどめた。

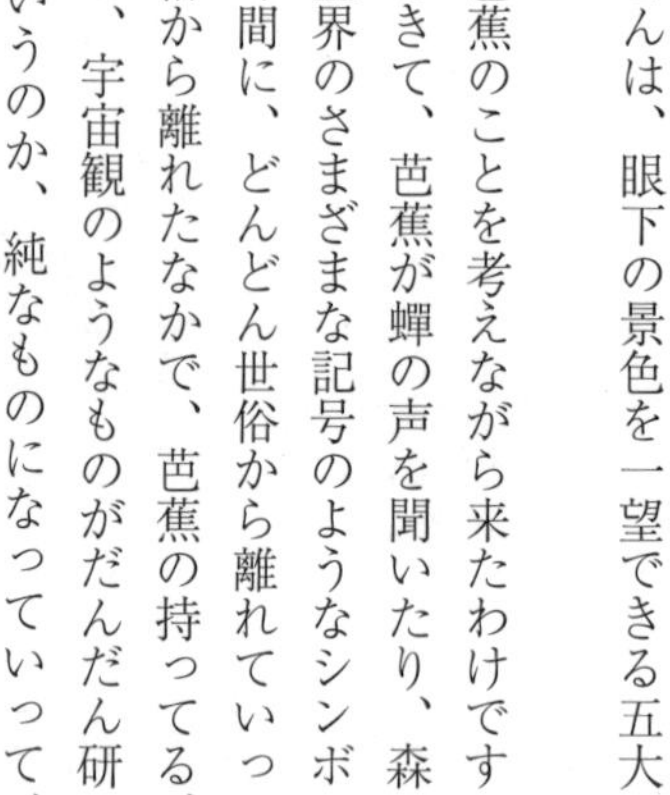

第19旅

最上川（山形）

旅人　林　望

はやし・のぞむ（作家）
一九四九年、東京都生まれ。著書『イギリスはおいしい』（日本エッセイストクラブ賞）『ケンブリッジ大学所蔵和漢古書総合目録』（共著）他。能楽解説も多数執筆。

豊かな水を湛えて流れる最上《もがみ》川。全長二二九キロメートル、吾妻連峰を源とし、山形県を縦断して日本海に注ぐ。最上川では観光の舟下りが盛んで、年間およそ三三万人が訪れる。

古くから歌枕として詠まれてきた最上川を、三〇〇年前に芭蕉も船で旅した。

五月二八日（今の暦で七月一四日）、山寺をあとにした芭蕉は、最上川の中流にある港町、大石田《おおいしだ》に入る。

この行程の旅人は、旅を題材にしたエッセイを数多く手掛けてきた作家の林望さん。林さんは芭蕉が目にした風景を、文学としてどのように練り上げ表現したのか、興味を持っている。

――初めて最上川というものを目にしましたが、「五月雨《さみだれ》を集めて早し最上川」というけれど、今見る最上川は「早し」という感

大石田河岸絵図

じでもなく、おっとりという感じなので、やや意外な感じがありました。最上川は日本一の急流だ、なんて書いた本もあるけれど、芭蕉の「集めて早し最上川」の句の、実際に見た景色はどうだったのか、またそれが作品のなかでどう描かれているのか、そこら辺がとても興味のあるところ。第一印象として、かなり句の印象を裏切っている、というのが正直なところじゃないかと思います。

交易の町・大石田

芭蕉が訪れた当時、大石田は最上川を行き来する船の交易で栄えていた。

——なにか向こう岸に昔の蔵屋敷の風情を再現したような、芝居の書き割りのような堤防ができていますが、おそらく江戸時代、元禄時代にはもっともっと本物の蔵が立ち並んでいて、この前に帆をかけた船がずらっと並んでいた。きっとそういうような景色だったろうなと思います。

江戸時代の大石田は、上流から運ばれてきた米や紅花の一大集積地だった。積荷はここで大きな船に乗せられ、京や大阪などに運ばれた。

当時の名残をとどめる寺が町の中心にある。乗船寺《じょうせんじ》である。最上川の水運が盛んだったころに建てられた。住職の安達良昭さん

蔵屋敷を模した堤防

乗船寺

釈迦涅槃像

最上川《もがみがわ》乗らんと
大石田といふ所に日和を
待つ
ここに古き俳諧の種こぼ
れて
忘れぬ花の昔を慕ひ
芦角《ろかく》一声の心をやはらげ
この道にさぐり足して

が林さんを案内してくれた。お堂に安置されている釈迦涅槃《しゃかねはん》像は、京都からもたらされたものである。

林　これは江戸時代の中期ぐらいでしょうか。

住職　この寺へ安置されましたのが元禄七年の年ですから。

林　三〇〇年前でございますね。だいぶ大きいですけども。

住職　二メートルちょっとございまして、これだけのものを運んできたのですから、当時としては大変だったろうと思います。

林　海を通って川を通って、船だから運べるんですね。

住職　船運で栄えた関係もありまして、ここへ収まったということだと思いますね。

林　ご縁ということもございますね。やっぱり船を抜いては、この辺の文化は語れないんでしょうね。

安達良昭さん

高野一栄《たかのいちえい》の句会

当時流行していた俳諧も船の交易によってもたらされた。芭蕉は大石田の人々に熱心に誘われ、俳諧を指導したと記している。芭蕉は、船問屋を営む商人、高野一栄の家に招かれた。

当時一栄が住んでいた場所に建つ板垣一雄さんの家には、芭蕉ゆかりの品が残されている。板垣さんの家を林さんは訪ねた。

林　ごめんください。はじめまして、林です。

板垣　あ、どうぞ、板垣です。今日はほんと暑いところを。

新古二道《ふたみち》に
踏み迷ふといへども
道しるべする人しなけれ
ばと
わりなき一巻残しぬ
このたびの風流ここに至
れり

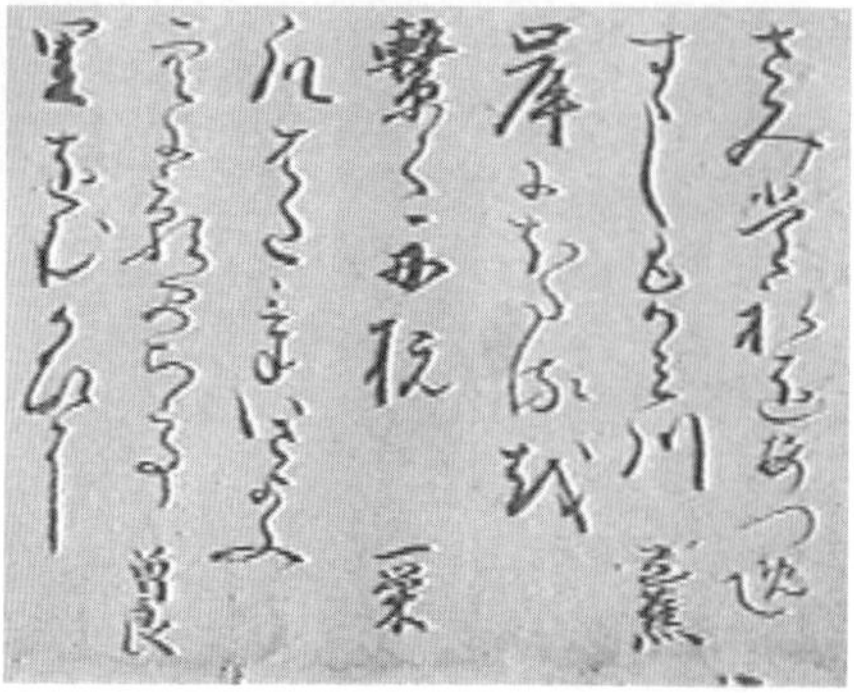
歌仙の複製

林　いかにも古風な、京の町家みたいなつくりですね。

ここで句会を開いた芭蕉は、自ら筆をとって句を記し、一栄に贈った。句会は芭蕉、一栄、曾良、そして一栄の俳諧仲間、高桑川水の四人で開かれた。

句会はまず、主人の一栄に対しあいさつの気持ちを込めた芭蕉の句から始まった。そのときの「五月雨を集めて涼し最上川」は、後に、『奥の細道』に記された句のもとになったものだ。

季節は梅雨。一栄の屋敷からは最上川が一望できたという。芭蕉の句を受け、一栄は「岸にほたるをつなぐ舟杭」と詠んだ。

板垣　これが「五月雨を」の歌仙の複製なんですよ。（上図）

林　元々私は、こういう古いものを取り扱うのが本職なんです。これが有名な「五月雨を」の歌仙の初めのところですね。実際にこちらにお住まいになっていて、梅雨どきに最上川からの風で、すっと涼しいなというのは、実感としておありですか。

板垣　あります。堤防ができてからはこちらへ来る風はあまりなくなりましたね。でも堤防のない時代は風が入ってきましたから。

林　この芭蕉自筆の巻物なんだけど、こういうものを芭蕉が書いて与えた。それも奥書までつけて。真筆に間違いなしという、言ってみれば保証を付けて、この一栄に残したわけでしょ。それは一栄とか川水とか大石田の人たちに、芭蕉が大変に手厚くもてなしてもらった、ということを示していると思いますね。船待ちを

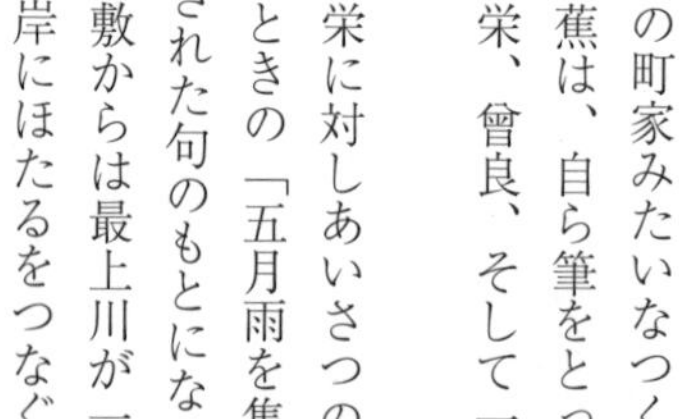
板垣一雄さんの家へ

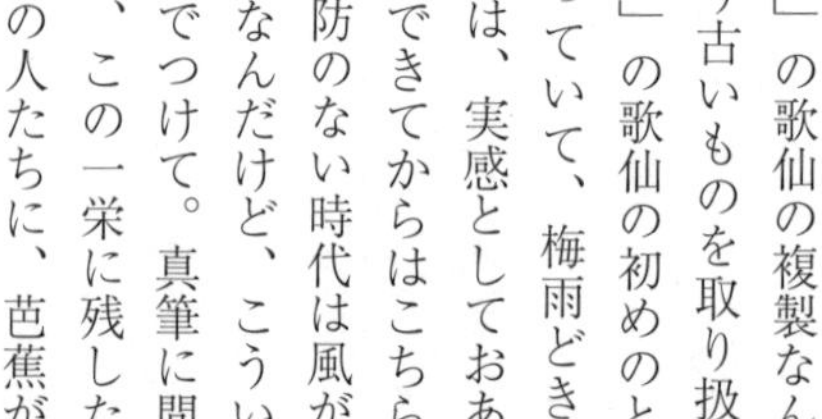

最上川は陸奥《みちのく》より出でて
山形を水上とす
碁点《ごてん》・隼《はやぶさ》などいふ
恐ろしき難所《なんじょ》あり
板敷山《いたじきやま》の北を流れて
果ては酒田の海に入る
左右山覆ひ
茂みの中に船を下す
これに稲積みたるをや
稲船といふならし
白糸の滝は
青葉の隙々《ひまひま》に落ちて
仙人堂《せんじんどう》、岸に臨みて立つ
水みなぎつて舟危し
五月雨《さみだれ》を
集めて早し
最上川

している間に無聊《ぶりょう》を慰めるためにこんなものを書いた、みたいなことを言ってますけど、これは脚色でね。本当に、事実の芭蕉はさぞ心ゆかしい、楽しい数日間を、ここ大石田で送ったんじゃないかなあということは、この文字からも伺い知ることができるような気がしますね。

歌枕・最上川

大石田で四日間過ごした後、芭蕉は陸路新庄《しんじょう》へ入り、ここ本合《もとあい》海《かい》で最上川を下る船に乗り込んだ。

出羽の国を南から北へ貫いてきた最上川は、ここ本合海で西へと流れを変え、日本海へ向かう。

林さんは『奥の細道』のなかで、最上川を下る部分に芭蕉の表現の真髄が最もよく表れていると考えている。

――『奥の細道』は決して嘘偽りを書いているわけじゃない。現実をより理想的に現実らしく書くために、夾雑物はすべて消してしまった。実際に船に乗って追体験してみれば、芭蕉がそこでまた、どういう虚構というか脚色というか、文学化をほどこして『奥の細道』という紀行文学をつくっているか、ということがわかってくるんじゃないか。

林さんも船に乗ってみた。船頭は加藤甚五郎さん。

船に乗る林さん

林　ほんとに見事な、今時なかなかこんなに見事な原生林は残ってないですよ。みな植林になってしまって。秋はさぞ見事でしょうね、紅葉が。

加藤　紅葉がきれいなんですよ。

林　だいたいいつもこのぐらいなもんですか、急流といっても。

加藤　そうですね。ここは酒田まであと四〇キロの地点で海に近いですから、川幅も広いし水量も豊富なもんですから。

林　はあ。急流で、逆巻く波を行くって感じじゃないんですね。

加藤　そういう場所は少ないです。

――「水みなぎって舟危うし」という、ここら辺はやっぱり虚構だろうと思うんです。ちょっと途中やや危うい感じはあったかもしれないけど、ずっと大半はこういうふうにのんびりした川だったと思うんですよ、当時もね。だけどそれを言ってはおしまいなんで、芭蕉としては、あくまでも日本三大急流の一つである、あるいは日本随一といわれている急流の最上川を、飛ぶが如く、濁流の逆巻くなかを、命がけで下ったみたいに書く。すると、歌枕としての急流の最上川が鮮やかに読者の目に映ってくるわけだから、そのためには、やっぱりこういうさまざまな虚構を構えて、最後に「五月雨を集めて早し最上川」と言った、これがピシリと決まっているわけです。

舟唄を歌う加藤さん

船頭たちの間で歌い継がれてきた最上川舟唄を、加藤さんが歌ってくれた。

川を下ること二〇キロ。芭蕉は関所があった清川で船を降りる。

――僕は、芭蕉はそんなに感動していなかったと思いますよ。芭蕉がすごく感動して書いたといえば簡単だけど、そんなことじゃないと思う。芭蕉はもっと冷静に、冷徹にすべてのものを見尽くしていた。そして、そのなかで、どれを選び出したらいちばん美しい文学になるのか、という操作をしていると思いますね。『奥の細道』というものは、いわば冷凍された文学のようなもので、それを解凍して読まないとだめなんです。ギューッと濃縮されたものは、読むほうが薄めてやらなければ、濃縮されたジュースをそのまま飲んでも味がわからないでしょ。読むほうで、ははー、この表現はいったいどういうことなのかなあ、ということをね。ぼんやりと文字だけから読むのじゃなくて、その濃縮された表現のなかに、つきつめられた風景みたいなものを、こちらの頭のなかで解凍して、実体化したときに初めて読めてくる。『奥の細道』って短い文学ですよね、文字にしたらほんのこれっぽっちのものだけども、それを解凍して読んでいけば、非常に豊かな文学になっていく。そういうふうに私は表現としての芭蕉の作品を読みました。

第20旅

羽黒山（山形）

旅人　**緒川たまき**

おがわ・たまき（女優）
一九七二年、広島県出身。映画「プ」にて女優デビュー。女優業以外にもＮＨＫ教育「新日曜美術館」等でパーソナリティを務める。また、本人撮りおろし写真集『またたび紀行・ブルガリア篇』も発表。

最上川の下流に広がる庄内平野は、日本有数の米どころである。庄内平野の南東にそびえる出羽三山は、羽黒山《はぐろさん》・月山《がっさん》・湯殿山《ゆどのさん》の三つの山の総称だ。古くから修験道の山として知られている。そのなかで、芭蕉が最初に訪れたのは羽黒山だった。

その地を女優の緒川たまきさんが訪ねる。出羽三山の険しい峰々を、芭蕉は自らの足で登った。緒川さんは芭蕉を引きつけたこの山の魅力を感じたいと考えている。

――今日私は、出羽三山の一つ、羽黒山を訪ねます。ふだんの生活を断ち切って旅に出るにはたくさんの理由が必要なこともありますけど、松尾芭蕉の『奥の細道』という本を開くと、理由はともかく旅に出てみなさい、と背中を押されるような気がします。あの羽黒山は松尾芭蕉が訪ねるよりもずっと昔から霊験あらたか

六月三日、羽黒山《はぐろさん》に登る
図司左吉《ずしさきち》といふ者を尋ねて
別当代会覚阿闍梨《べっとうだいえがくあじゃり》に謁《えつ》す
南谷《みなみだに》の別院に宿《やど》して
憐愍《れんみん》の情こまやかに
あるじせらる
四日、本坊《ほんぼう》において
俳諧興行

ありがたや
雪をかをらす
南谷

な場所として多くの人に愛されていたそうですけど、二一世紀を目前に控えたこの時代に生きる私にも、あの山の神聖な空気というものをちゃんと感じられるんだろうか、そんなことを今日は楽しみに登ってみようと思います。あの山で松尾芭蕉がそうしたであろうように、気持ちのいい深呼吸ができるでしょうか。

手向《とうげ》・修験者たちの宿

芭蕉が羽黒山を訪れたのは、六月三日（今の暦で七月一九日）。江戸を出発してすでに二か月が過ぎていた。

芭蕉は、羽黒山の麓にある門前町の手向《とうげ》に住む俳句愛好家を訪ねている。緒川さんも手向に来た。

「宿坊《しゅくぼう》がたくさんある街というふうには聞いていたんですけど、こんなに昔ながらの雰囲気を残しているとは思いませんでしたね。ここにも小さな神社でしょうか。茅葺き屋根ですね。手入れ大変でしょうけど。すごいなあ」

宿坊は、出羽三山参拝の信者が泊まる宿である。手向には、今も三〇軒余りが軒を連ねている。その一軒を訪れる。

「ごめんください。はじめまして緒川と申します。なかを見せていただいてもよろしいでしょうか？」

「どうぞ。お上がりください」

羽黒町手向

峰入りの女性たち

宿坊は、信者が寝泊まりするだけの場所ではない。ほとんどの宿坊には神殿が設けられている。訪れた人たちは、ここでお祓いを受け、身を清めてから山に入る。

この宿坊には、江戸時代、出羽三山に参拝した人の記録が残されている。

その記録を見ながら緒川さんは、「芭蕉以前からこんなにたくさんの方がねえ。ひょっとしたら、先祖が芭蕉と同じ日に羽黒山に行ってたなんてことまでわかるわけですね」と感心した。

峰《みね》入《い》り

羽黒山への登り口にある随神門には、山に入ってさまざまな修行を行う峰入りの参加者が集まっていた。女性を対象にした修行が七年前から行われている。参加者に話をきいてみた。

「今までいろんなことがあったけど、子どもたちも結婚し、やっとお陰様で、という人生を送らせていただいているので、自分の気持ちのなかにもう少し人に感謝するとか思いやりとか、そういう気持ちが出てくればありがたいなと思って参加しました」

「メンタルな部分で自分が磨かれることと、私は東京に住んでいるんですけど、こういった機会が都会にはないんです」

「二回目です。つらいよりも充実感とか、やったという感動、そういうほうが大きかったです」

宿坊

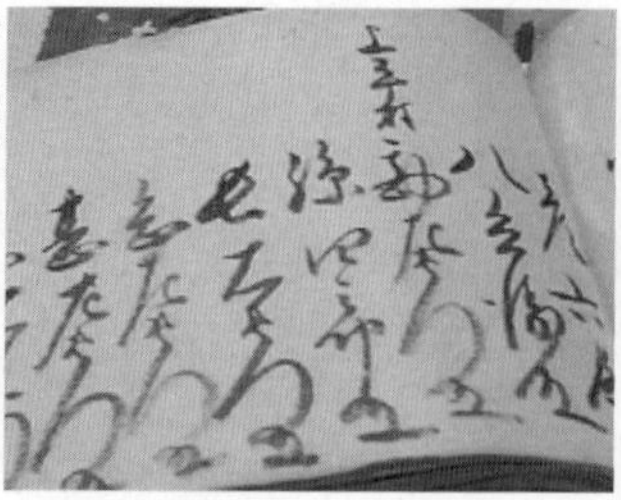

参拝記録

五重塔

門をくぐってほどなく、祓川《はらいがわ》にさしかかる。修行者たちはここで俗世間に別れを告げる。心身をともに清め、聖なる山へ向かう。

――峰入りした女性たちを初めて見ましたけど、人はいつの時代も物質的に恵まれるのとは違って、精神的に強くなることを望んでいるんですね。それは旅人が旅に期待することと近いかもしれませんね。私は短い旅ですけど、どこまで近づけるか挑戦です。

石段・杉木立

江戸時代の初めに作られた石段の数は、山頂まで二四四六段。夕刻、羽黒山の麓に着いた芭蕉は、その日のうちに、山の中腹の南谷まで一気に登った。

杉木立の間から姿を見せる五重塔。およそ一〇〇〇年前、平将《たいらのまさ》門《かど》によって創建されたと伝えられている。

――この樹齢何百年を超える杉に囲まれている五重塔というのは、確かに立派な建物ですけど、どこか一本一本の木と一体化しているような気がしませんか？　この風情は杉の林のなかに見えたときから私には一本の木に見えました。こうやって、じっと立っていても聞こえてくるのは虫の鳴き声と川のせせらぎと、それから、むずーっと杉のいい香りが漂ってきて気持ちいい空気です。この気持ちよさというのは、きっと芭蕉が生きていた三〇〇年昔の人にとってよりも、現代の私たちのほうがありがたみというのはあ

石段を登る緒川さん

茶屋にたどりつく

茶屋からの眺め

五日、権現《ごんげん》に詣《もう》ず
当山開闢《かいびゃく》 能除大師《のうじょだいし》は
いづれの代《よ》の人といふこ
とを知らず
延喜式《えんぎしき》に
「羽州里山《うしゅうさとやま》の神社」とあり
書写、「黒」の字を「里
山」となせるにや

るんじゃないでしょうか。

　最も急な石段を登り切ったところに一軒の茶屋があって、緒川さんはそこに立ち寄った。

「こんにちは。天国ですね。こんないい場所があるなんてびっくりしました」

「どうもー、いらっしゃいませ。日本海が見えてます。ちょうどいま田んぼも黄金色になりまして、きれいな時期です。稲穂を刈り取る前で。こちらは名物の力餅です」

「ほんとに近ごろいただいた餅のなかでいちばん力強い。さすが力餅」

　芭蕉の時代から、一杯のお茶とつきたての餅が、多くの旅人の疲れを癒してきた。

南谷別院《みなみだにべついん》跡

　石段を離れ、下草の生い茂る道を分け入ったところに、芭蕉が泊まった南谷の別院跡がある。

　ここには、芭蕉が訪れた当時、三〇〇坪を超える大きな建物が建っていたと伝えられる。

――立派な岩ですね。ちょうど樹齢何百年という杉と同じくらいの太さですけど、いくつもあるこの岩は、かつて別院を支えていた礎石だと思うんですが。ほんとうに岩だけがありますけど、地

力餅

南谷別院跡

羽州黒山を中略して羽黒
山といふにや
出羽といへるは
「鳥の毛羽をこの国の 貢《みつぎもの》
に献《たてまつ》る」と
風土記《ふどき》にはべるとやらん
月山《がつさん》・湯殿《ゆどの》を合はせて
三山《さんざん》とす
当寺、武江東叡《ぶこうとうえい》に属して
天台止観《てんだいしかん》の月明らかに
円頓融通《えんどんゆづう》の法《のり》の灯
かかげそひて
僧坊棟《そうぼうむね》を並べ
修験行法《しゆげんぎようほう》を励まし
霊山霊地の験効《げんこう》
人貴びかつ恐る
繁栄 長《とこしなえ》にして
めでたき御山《おやま》と謂《い》ひつべし

面を見ても、あれだけ周りにはたくさんの雑草が生えているのに、ここだけはいまだに苔むして雑草が生い茂ることはない。きっとそれは芭蕉がここで何泊かしていたときにあった姿というのが、人々の手で大切に大切にされてきた場所だから、こうしてその当時の手入れされている様子が偲ばれるんでしょうね。不思議なくらいの差がありますよ。この場所と、ここから一歩外に出た草ぼうぼうの世界とでは。

芭蕉は南谷に六日間滞在し、修験者たちから手厚いもてなしを受けた。

ここは、夏でも雪を抱く月山から、風が吹き込んでいた。芭蕉は山の端にかかった月の様子も句に詠み残している。「涼しさやほの三日月の羽黒山」。

山頂・三神合祭殿

山頂に向けて芭蕉は、一段一段歩みを進めた。

羽黒山の頂には、出羽三山の祭神を合わせて祀る合祭殿が鎮座している。緒川さんも頂にたどりついた。

――二四四六段、登り切りました。ちょっと疲れますけど、疲れたなと思えば、力餅は待ってるし、くじけそうだなと思うとすごく大きな杉の木がいつも横にあるので励まされますね。

合祭殿へ

出羽三山合祭殿

――羽黒山というところは、日常生活のなかでの消そうにも消せないいろんなドロドロとしたものを消すためにはぴったりな場所で、松尾芭蕉にとってもここを一歩踏み出すと、優しい人の接待であったり杉並木であったり、いろんなものが消していってくれる、そのことへの感謝の気持ちが絶えない、そんな旅だったんではないかな。

私自身もこの羽黒山に登ってみてそんなに意識していたわけではないんですけども、いろんなことをすっきり忘れている自分に気が付いて、かつての松尾芭蕉もそうだったのかなと思いました。深呼吸するのを目的にこの山に来ましたけど、都会で緊張して一つひとつする深呼吸ではなくって、今まさに自然に息をしている一つひとつが、ここに来ることによって深くなったような気がします。本物の深呼吸ですよね。

私も次の一歩を踏み出してみようと思います。

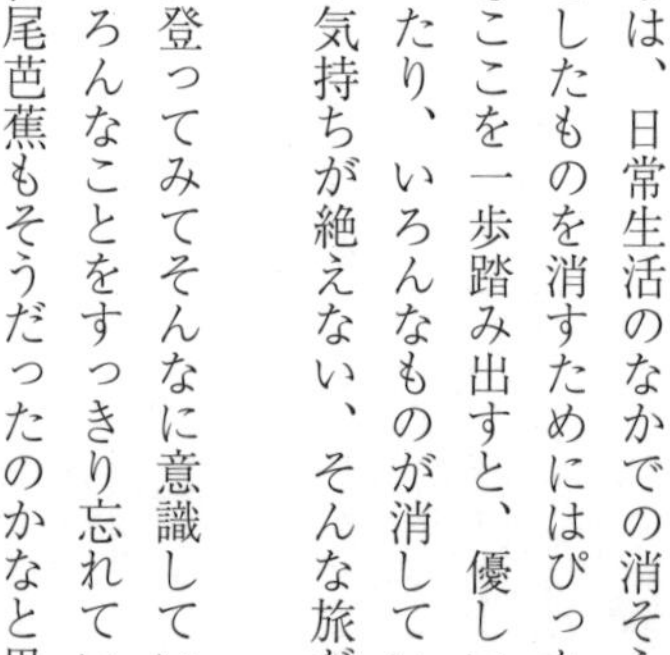

第21旅

月山・湯殿山（山形）

旅人　立松和平

たてまつ・わへい（作家）
一九四七年、栃木県生まれ。土工・運転手・公務員などを経て執筆活動に入る。『遠雷』で野間文芸新人賞受賞。主な作品『光の雨』『毒―風聞田中正造』。

白装束に身を包んだ修行者の列が出羽三山を巡る。羽黒山、月山、湯殿山は、古くから山岳信仰の霊場として知られてきた。六月六日（今の暦で七月二一日）。芭蕉は、羽黒山から、月山・湯殿山に足をのばした。

出羽三山の主峰、月山に登る道は、現在は八合目まではバスが通っている。この地を旅する作家の立松和平さんにとって、月山と湯殿山を訪ねるのは、初めてだ。

――どこまでも続く山並みだよね。芭蕉の奥の細道の旅で、この月山がいちばん険しいところだね。芭蕉はこの月山に来たかったんだと思うね。江戸から見ればこの月山は、まさに月に行くようなもんだよねえ。この月山に自分の俳諧が向き合えるかどうか、きっと試したかったんだろう。

修行者の列

遠くに見える鳥海山

僕もこの月山にいつか来たかった。こうして来ることができて、僕自身、その月山の山頂で何を感じられるか、何を表現できるか、試してみたいね。

八合目で

死者の山・月山

登山道の入り口に立つ、出羽三山神社の月山中之宮。ここから先は月山の霊域である。

出羽三山の信仰では、月山は、死者の魂が集まる山だとされている。人々は月山に登ることで一度死に、その後、湯殿山に参ることで再び生き返るとされてきた。

——お祓いをしてもらった途端、空が明るくなって、山が見えてきた。あれは鳥海山だね。神様はいるなあ、この自然のなかに。神様は我々を見ているんだよね、さあ月山をめざして登ろう。

月山中之宮でお祓いをしてもらう

八日、月山《がつさん》に登る
木綿《ゆう》しめ身に引きかけ
宝冠《ほうかん》に頭《かしら》を包み
強力《ごうりき》といふものに導かれて
雲霧山気《うんむさんき》の中に
氷雪《ひょうせつ》を踏みて登ること八里
さらに日月行道《にちがつぎょうどう》の
雲関《うんかん》に入るかと怪しまれ
息絶え身凍《こご》えて
頂上に至れば
日没して月顕《あら》はる
笹を敷き
篠《しの》を枕として
臥《ふ》して明くるを待つ

標高一九八四メートルの月山。山頂までおよそ五キロの険しい道を立松さんが登り始めた。すれ違う参拝者に立松さんは声をかけた。

「どうも、こんにちは。月山の頂上に行ってこられたんですか？今日は厳しいですねえ」

「こんにちは、寒いですよ」

「三山の信仰をされてるんですか。時々お参りにくるんですか」

「そう。年に一回。青森から来てる」

「そうですか。じゃあ、今年はあいにくの天気でしたねえ。でも、その分、行《ぎょう》になったんじゃないですか」

「そうそう」

芭蕉は白装束に身を包み、まだ残る雪を踏みしめ、この道を登った。

「九合目だ。苦しい山登りをしていると、一歩一歩考えるよね。まさに山登りは歩く瞑想だ。歩く座禅といってもいい」

立松さんは「行者返し」とよばれる難所にさしかかる。修験道の開祖・役行者《えんのぎょうじゃ》が、山の神に拒まれて引き返したところと伝えられている。山頂近くで、道は石積みの参道に変わった。

月山神社は、吹きつける雨風を避けるため、石垣に囲まれている。神社には、月山の名の由来となった月読命《つくよみのみこと》が祀られている。

参拝者とすれ違う

登る立松さん

日出でて雲消ゆれば
湯殿《ゆどの》に下る
谷のかたはらに
鍛冶《かじ》小屋といふあり
この国の鍛冶
霊水を撰《えら》びて

——やっと着いた。いや、いい行をさせてもらった。厳しいよねえ。こんな嵐の日もやっぱりあるから、それはそれでこの嵐を楽しまないといけないよねえ。どんな苦しい山登りでも、いつかは山頂に着く。山頂に着くと、こういうふうに心をきれいにしてくれるところが最終的にあるんだよねえ。一歩一歩、どんどん汚れが落ちてくるような気がしたねえ。

芭蕉は、奥の細道の旅で最も高いところに立ち、「雲の峰いくつ崩れて月の山」の句を詠んだ。そして、月明かりのもとで一夜を明かした。

——月の光というのは本当に美しい、あからさまな光じゃなくて、心に染みてくるような美しさなんですね。穏やかであるけれども、実に深い、安心の世界だね。芭蕉も、その安心の世界、心が満ち足りた、欲望を消した、静かーな世界にいきたかったんだと思う。その一つの象徴が月山、月ということだと僕は感じる。

生まれ変わりの道・湯殿山

翌朝、芭蕉は、出羽三山最後の山、湯殿山をめざした。

「はあ。いつの間にか霧が流れて山が晴れてきた。本当に刻一刻と移り変わりが激しい」

月山から湯殿山へ。参拝者は生まれ変わりへの道をたどる。月

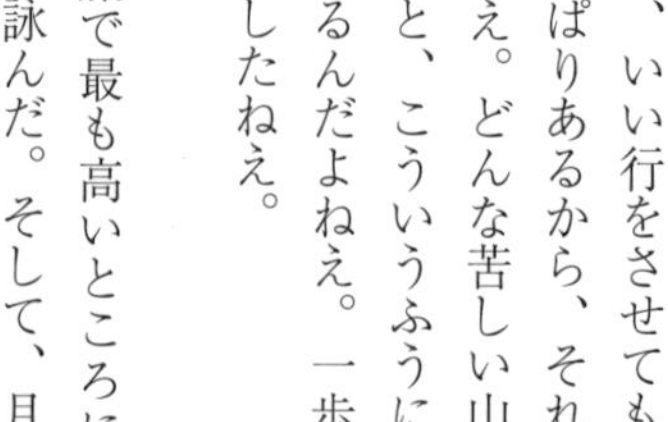
行者返し

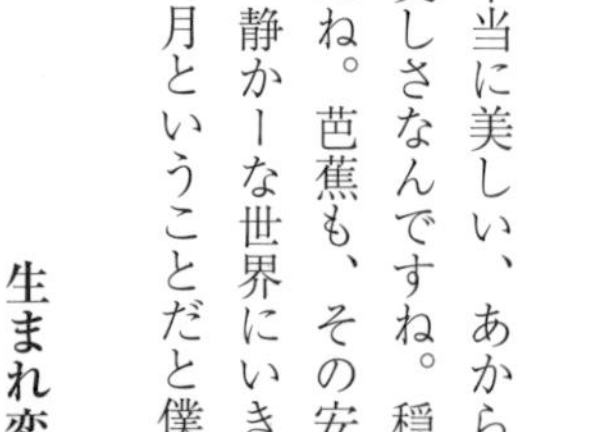
月山神社

ここに潔斎《けっさい》して剣を打ち
つひに月山《がっさん》と銘《めい》を切って
世に賞せらる
かの龍泉《りょうせん》に剣を淬《にら》ぐとかや
干将《かんしょう》・莫耶《ばくや》の昔を慕ふ
道に堪能《かんのう》の執《しゅう》浅からぬこと
知られたり

岩に腰掛けて
しばし休らふほど
三尺ばかりなる桜のつぼみ
半ば開けるあり
降り積む雪の下に埋《うず》もれて
春を忘れぬ
遅桜《おそざくら》の花の心わりなし
炎天の梅花
ここにかをるがごとし
行尊僧正《ぎょうそんそうじょう》の歌のあはれも

月山を下る

月光坂

山頂からおよそ一〇〇〇メートルの高さを一気に下るのだ。

月光坂《がっこうざか》は、道中最大の難所である。いにしえより、出羽三山詣での人々は、こうした険しい道を歩くことで信仰を深めてきた。

――あー、うまい水だ、芭蕉もこの川で水を飲んだかもしれないよね。月山という死の世界を通って、生命の世界へ戻ってきた。流れるこの水こそ生命そのものだよね。時はこの水の流れのようにどんどん去っていくよね。芭蕉がこの道を通って、たくさんの歳月が過ぎていって、そしてまたこうやって僕がたどっていくことが、不思議な気がする。

出羽三山の奥の院、湯殿山神社に立松さんはやってきた。

湯殿山神社の参拝には、一つの決まりがある。参拝者は、必ず裸足にならなければならない。それで、立松さんも裸足になって、

水辺

湯殿山神社へ

ここに思ひ出でて
なほまさりておぼゆ
総じてこの山中の微細《みさい》
行者《ぎょうじゃ》の法式《ほうしき》として
他言することを禁ず
よつて
筆をとどめてしるさず
坊に帰れば
阿闍梨の求めによりて
三山巡礼の句々
短冊に書く

涼しさや
　ほの三日月の
　　羽黒山

雲の峰
　いくつ崩れて
　　月の山

裸足になってお祓いをしてもらう

人の形の紙にケガレを移す

お祓いをしてもらった。

「祓えるぐらいのケガレならいいんだけどなあ。かなりケガレてるんじゃないかと思うんですよねえ」

　人の形をした紙に身のケガレを移し、流すのである。

「もろもろのつみけがれをはらいたまへきよめたまへ」

　ここでは、神社の御神体を、人に明かすことは禁じられている。

――芭蕉は俳諧師として晩年を迎え、人間としても晩年を迎え、一度生まれ変わりたかったんだね。生まれ変わるためには、死ななくちゃいけない。そして月山でそれを果たし、湯殿山に下りてきながら、もう一度再生する、そういうことをやってみたかったんだね。それが出羽三山の行だ。してみると芭蕉も、はるばる江戸から出発した奥の細道の旅で、その死と再生を成し遂げ、もう一度、俳諧師として蘇っていったんだと思う。

語られぬ
湯殿にぬらす
袂《たもと》かな

湯殿山
銭踏む道の
涙かな　曾良

僕は芭蕉と同じ道を歩いてみて、体験のなかから感じられることがあるとわかった。芭蕉はこの湯殿山に来て、うまい句を作ろう、人にほめられる句を作ろう、後世に名を残すような句を作ろう、そんな気持ちはどこかに捨てて、天然自然に身をゆだねていった。神や仏に身をゆだねて、そして自己主張というものをどこかで消していったんだね。芭蕉は一種のさとりの境地に入った。芭蕉はまだまだ旅を続けるけれども、これから先、気負いが消えて、どんどん先に体を運んでいく。なんかこう、淡々とした足取りのような感じがするね。芭蕉はここで生まれ変わったんだ！

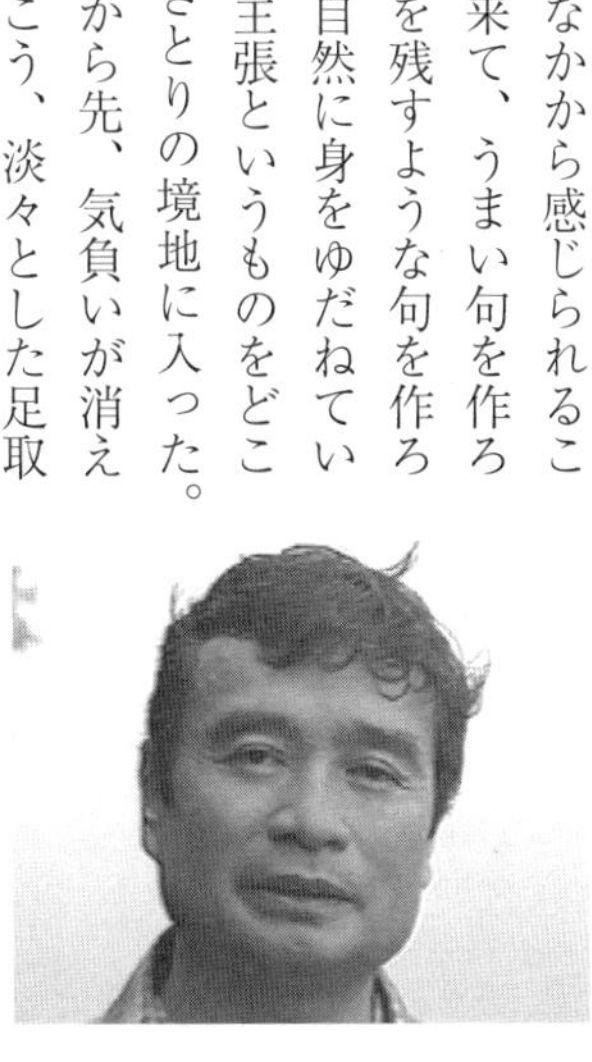

第16旅

小黒崎・みづの小島　「小黒崎みづの小島の人ならば都のつとにいざといはましを」（古今大歌所御歌）の古歌がある。

尿前の関　陸奥と出羽の国境の関。義経の北の方が亀破坂にてお産をし、その子がうぶ声をあげたところが啼子（鳴子）で、初めて尿をしたところが尿前と言われるようになったという。

第17旅

紅花・鈴木清風　紅花は、奈良時代から紅として利用されていたが、江戸時代に入って庶民にも用いられるようになり需要が増大した。生産の中心地は出羽国村山地方で、酒田港から京都に運ばれた。尾花沢の鈴木八右衛門（清風）は元禄年間の豪商で、俳句もたしなみ、京都で自選の俳諧書を刊行している。

第18旅

立石寺　天台宗宝珠山立石寺。八六〇年、慈覚大師円仁の開山とされる。円仁（七九四〜八六四）は比叡山で最澄に師事したのちに入唐し、全雅、元政、義真などの教えを受けて帰国。八五四年、第三世天台座主となった。入滅の地は比叡山とされるが、当寺にも入定窟がある。

第19旅

最上川　富士川、球磨川と並び、日本三大急流の一つとされるが、戦国時代末期から江戸初期にかけて山形藩主などによって難所の開削工事が行われた。芭蕉が記述している碁点・隼は、ともに大石田より上流にある。古歌は、「最上川のぼればくだる稲舟のいなにはあらずこの月ばかり」（古今大歌所御歌）「最上川水かさまさりて五月雨のしばしばかりもはれぬ空かな」（前関白太政大臣）

第22旅

酒田（山形）

旅人 **山折哲雄**

やまおり・てつお（宗教学者）一九三一年、米国生まれ。父が浄土真宗の海外開教使だった。人間と宗教の関わりについて幅広く研究。著書『神と仏』『人間蓮如』『臨死の思想』他。

出羽の国を流れる大河、最上川は、広い庄内平野を横切り、やがて日本海へ入る。芭蕉はここで、真夏の太陽が、海に沈む壮大な光景に出会った。

出羽三山の巡礼を終わった芭蕉は、六月一〇日（今の暦で七月二六日）、酒田に向かう。酒田で芭蕉は、初めて日本海を目にした。

今回の旅人は、宗教学者の山折哲雄さん。「暑き日を海に入れたり最上川」。山折さんは、この句が『奥の細道』のなかでもいちばんの傑作だと考えている。

――芭蕉は、羽黒を発って鶴岡へ歩いて行ったんですね。おそらくこの辺の風景を見ながら歩いていたのではないでしょうか。江戸を発ってからもう二か月以上が経ってますね。私は奥の細道の

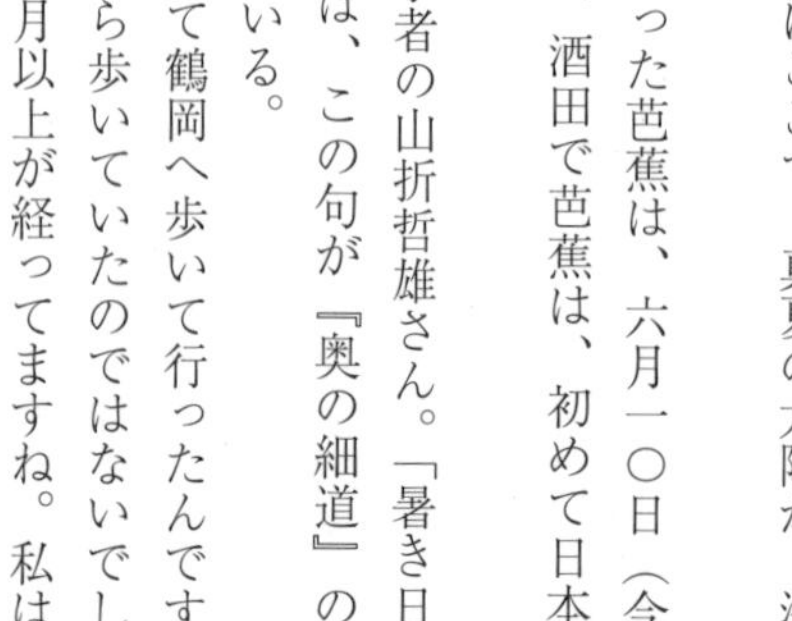

最上川

羽黒《はぐろ》を立ちて
鶴が岡の城下
長山氏重行《ながやまうじしげゆき》といふ
武士《もののふ》の家に迎へられて
俳諧一巻あり
左吉もともに送りぬ

旅のなかで、これから先、最上川を下って酒田に出るというのが、芭蕉のこの旅の重要な目的の一つではなかったかと思っているんです。酒田の最上川の河口に立って、日本海のかなたに沈む落日の姿を見たい、と思っていたのではないか。そのことを確かめるのが私のかねてからの思いでもあります。はたしてそれがどうだったのか、実際にその場所を訪ねてみたいと思います。

鶴岡・出羽の初茄子

芭蕉は、まず、鶴岡に入った。鶴岡は、庄内藩・酒井一四万石の城下町である。この町で芭蕉を迎えたのは、俳諧を愛好する庄内藩士・長山重行《ながやましげゆき》だった。長山は、土地の名産ナスを食卓に出し、遠来の客・芭蕉をもてなした。

鶴岡市郊外の民田《みんでん》地区は、古くから名産の民田ナスで知られている。まだ小粒のうちに実を摘んで、浅漬けにして食べる民田ナスは、今も鶴岡の夏を代表する味だ。芭蕉が、この地で食べたものも、このナスだったといわれている。

民田の女性たちは、昔から、ナスを初め、さまざまな季節の野菜を売り歩いて、生計を助けてきた。山折さんは、車で野菜を売りに来た農婦の一人と出会った。

「大変ですね、毎朝いまごろおいでになるんですね」

「うん。まえはもっと向こうのほうさ、行ったんだけどね」

ナス畑

ナスを売る女性

川舟に乗つて
酒田の港に下る
淵庵不玉《えんあんふぎよく》といふ
医師《くすし》の許《もと》を宿とす

最上川河口

「車を運転されて。おばあちゃん、お幾つですか」

「八〇歳」

「お元気ですねえ。このナス懐かしいんですよ。私は学生時代に山形へ来たときに食べた記憶があるんです。おいしかった」

「だいたいな、芭蕉さんが褒めたんだから。何百年の伝統があるんだよ」

芭蕉は、長山重行邸の句会で、ナスを詠んだ。

珍しや山を出羽《いでは》の初茄子

最上川河口・初めて見る日本海

旅の疲れを癒した芭蕉は、鶴岡で舟に乗り、やがて最上川を下って、日本海の港町、酒田へ向かった。

――風が少しきついね。芭蕉は、鶴岡から川舟に乗ってこの川を下ってきた。こういう景色を見ながら、この速い川の流れに乗って旅を続けてたんですね。すごいなあ。最上川の水量の豊かさ。ああ、日本海が見えてきた。芭蕉は、伊賀上野という山奥に育って、それで奥の細道の旅を続けてきて、この最上川の流れに乗った。川舟に乗ってこの流れを下ってきて、この河口から日本海を見たとき、芭蕉の気持ちはどうだったんだろう。初めて見る光景だったのではないでしょうか。広々とした日本海だ。

舟を下りた山折さんは、念願の最上川の河口に立った。

川舟の上の山折さん

山居倉庫

清遠閣

酒田袖之浦小屋浜之図

——ようやく来た。芭蕉が歩いた道をたどって、酒田の最上川の河口までやってきた。ここで芭蕉は、「暑き日を海に入れたり最上川」という句を得たんですね。これは、聞きしに勝るすごい光景だ。今日は晴れてはいないけど、もういっぺんここにこよう。芭蕉の気持ちをそれで探ってみたい。

酒田・庄内米の集積地

江戸時代、酒田は出羽国の米を江戸に送り出す北前船《きたまえぶね》の港町として栄えた。米の保管倉庫・山居《さんきょ》倉庫は、米どころ庄内の象徴である。酒田随一の豪商であった本間家の旧別邸・清遠閣《せいえんかく》を、本間美術館学芸員の田中章夫さんが案内してくれた。

本間家は、回船業で富を築き、江戸の米相場をも動かしたといわれている。北前船を通じて、江戸や上方の文化を取り入れた酒田では、三六人衆と呼ばれる富裕な商人たちを中心に、俳諧も盛んに行われていた。

田中　今、ちょうど床の間のほうに芭蕉が酒田を来遊したころの、酒田を描いた古絵図が展示されておりますので、それをご覧になってください。「酒田袖之浦小屋浜之図《さかたそでのうらこやのはまのず》」となってますように、酒田の町全体ではなくて、河口の様子。それから幕府のお米置き場がございますので、それを中心にして描いておりますね。

山折　舟の上に人が乗ってますね。

清遠閣内部を見る

日和山からの眺め

田中　はい。ちょうど芭蕉もこのようなかたちで下ってきたと思いますね。合流の河口をよぎって、それで今、場所は特定できてませんけど、たぶんこの辺に着いたのではないかな、と思います。

山折　もし、あの句をつくるために立った場所を推定するとすれば、この日和山のあたりでしょうか。

田中　そうですね。ちょうど絵にも河口を望んでいる人が描かれてますから、こういうところに、芭蕉が立っていてもおかしくないと思いますね。

酒田港を見下ろす高台にある日和山公園を、山折さんは訪れた。かつては、港に出入りする千石船の目印にもなっていた場所だ。

――向こうに日本海が見える。ヨットがずいぶん出ている。あれが最上川ですね。なかなかいいところだ。なんだか芭蕉になったような気分になってきました。ただ、ああいう句は作れないけどね。少し風が吹いてきましたよ。雨がぽつりぽつり落ちてきた。夕日よ、現れよ。

あつみ山や
吹浦《ふくうら》かけて
夕涼み

山折さんが訪れたこの日、雲が切れることはなかった。

日本海の落日

芭蕉は、この酒田に前後一〇日ほど滞在していた。季節は夏。

日和山に立つ山折さん

暑き日を
海に入れたり
最上川

穏やかな日本海の光景を、芭蕉は、『奥の細道』にとどめている。

翌日、山折さんは、再び最上川の河口に立った。

――ついに曇ったままだ、残念だな。もっとも芭蕉がこの酒田に来て夕日を見ようとしたときに、曇っていたという話もある。ああ、雨も降ってきた。しかし水平線ははっきり見えている。

実をいうと私は三〇年ほど前、父親が亡くなって四九日法要が終わったとき、ふと日本海に沈む落日を見てみたいと思った。私が行ったのは佐渡島。その西海岸から見た落日が凄かった。あの絶壁の上から拝んだ落日の荘厳な美しさは忘れることができない。親父の魂が、落日のかなたに沈んでいく、そういう実感を私はもったんですね。今そのことを思い出しました。芭蕉も、ひょっとするとこのような曇り空のなかで、沈んでいく落日のイメージをまぶたの裏に蘇らせていたかもしれない。実際に、晴れ渡った日本海のかなたに沈んでいく夕日も見たのかもしれませんけれどもね。そういう二つのイメージが、今の私の頭のなかにはありますね。足元を滔々《とうとう》と最上川の流れが日本海に流れ入っている。その川の流れの勢いが宙に舞い上がって、その勢いに気圧《けお》されるように熱い太陽が水平線のかなたに沈んでいく。これは、大きな作品ではないでしょうか。風もいい。雨の音もいい。これは、滅多に体験できない僕にとっての夕日体験だ。

第23旅

象潟（秋田）

旅人　**養老孟司**

ようろう・たけし（解剖学者）一九三七年、神奈川県生まれ。元・東京大学医学部教授。研究・教育活動の傍ら一般に読める解剖学の本を多数著す。著書『からだの見方』『唯脳論』他。

鳥海山の麓にある秋田県象潟《きさかた》町。芭蕉が訪れた当時は、海のなかに小島が点々と浮かぶ光景が広がっていた。象潟は、その風光明媚なさまから、松島と並び称された。

この地の旅人である解剖学者の養老孟司さんは、長年、「脳」や「身体」の研究に携わってきた。その独特の視点から、芭蕉の句を検証する。

――俳句ってぜんぜん苦手でね、何だあれは、と思ってた。ところが脳のことを考えるようになってから、芭蕉のいちばん有名な句の「古池や」というのがあるでしょ。あれが意外に面白いなと思ったんですよ。というのは、「古池や」と言った瞬間に視覚的な風景が出て、「蛙《かわず》飛び込む」で突然運動になって、最後に「水の音」で耳にくるんですね。それで目と耳と運動とをつないで、

江山水陸《こうざんすいりく》の風光
数を尽くして
今象潟《きさがた》に方寸《ほうすん》を責む
酒田の港より東北のかた
山を越え、磯を伝ひ
いさごを踏みて
その際十里
日影やや傾くころ
潮風真砂《しおかぜまさご》を吹き上げ
雨朦朧《もうろう》として
鳥海《ちょうかい》の山隠る
闇中《あんちゅう》に模索して
「雨もまた奇なり」とせば
雨後の晴色《せいしき》
またたのもしきと

頭のなかをパアーッと回ってる。あの短いなかで頭全体を回るような、そういうものが俳句なのかなと。同じ文学をやるにしても、家のなかでずーっと座って、頭をひねって、せいぜいペンより重たいものを持たないで、しょっちゅう紙を丸めてるのと、身体全体を使ってずーっと歩いて、それこそ「蚤虱《のみしらみ》馬の尿《ばり》する枕元」って、そういう生活しているのとでは、脳の活性が違う。当然そうだと思うんです。万事違ってくると思う。

鳥海を望む欄干《らんかん》橋

江戸を発っておよそ二か月半、芭蕉は現在の秋田県に入った。めざすは、奥の細道最北の地、象潟である。

日本海沿いを北上した芭蕉は、六月一六日（今の暦で八月一日）、象潟に到着した。

芭蕉がまず向かったのが、欄干橋である。かつてここからは、入り江に浮かぶ島々と鳥海山が一望できたという。

「芭蕉のころなら、ここが最初の象潟の入り口。ここから眺める。今は家が建っちゃったですね。正面にたぶん、海があって、その向こうに鳥海山が見えるんです。ただやっぱり雨だったんだから山は見えてない」

芭蕉が到着した日の象潟は、雨。橋からの眺めは、雨に煙っていた。

欄干橋の上の養老さん

蚶満寺

蜑《あま》の苫屋《とまや》に膝を入れて
雨の晴るるを待つ
その朝《あした》、天よく霽《は》れて
朝日はなやかに
さし出づるほどに
象潟に舟を浮かぶ

「やっぱり象潟は降るんですな、芭蕉を追いかけると。芭蕉と雨はつきものらしいね。今まで日が当たってたくせに、象潟まで来たら雨が降ってきた。ちょうど雨雲がかかってますよね、ここだけ。うわあー」

いにしえより、象潟には多くの旅人が訪れ、その風景をめでたという。芭蕉の敬愛する歌人、能因や西行も、かつてこの地で歌を詠んだと伝えられている。

芭蕉は、松の生い茂った島々を舟で巡った。養老さんも舟に乗ってみる。

「ああ、わかりますね。おそらく大きな入り江でポツポツと島が」

象潟九十九島とうたわれた風景は、芭蕉が訪れた一〇〇年後に一変した。大地震で土地が隆起して、海が干上がり、陸になってしまった。かつての島は、田んぼのなかの小さな丘となった。養老さんは、その丘に上がってみた。

「なるほど、島だな、これは。みさご島と書いてある。風向きがいつも一定してるのか、葉っぱがこっちに曲がってますね。今も同じ方から風が吹いている。こんなに風が強いんですかね」

象潟島・蚶満寺《かんまんじ》

島巡りを楽しんだ芭蕉は、象潟島に舟を寄せた。そして、島にある寺、蚶満寺を訪ねている。蚶満寺の歴史は古く、一二〇〇年

舟に乗って

みさご島に上がる

象潟古景図

前、慈覚大師《じかくだいし》・円仁《えんにん》によって開山されたと伝えられる。
「立派なケヤキじゃないですかね。ヒノキとマツ」
　寺には、芭蕉が訪れたころの象潟の風景を描いた古い絵図が残されている。この絵図は、かつての象潟の美しい風景を後世に伝えようと、江戸時代の末ごろに描かれたものだ。
　ひときわ高くそびえる鳥海山の裾野を日本海が洗い、一〇〇を超える島々が浮かんでいる。絵図には、一つひとつの島の名前と、名所・旧跡が記されている。養老さんは、蚶満寺の絵図を見せてもらった。

住職　これがいわゆる「象潟古景図」という、象潟九十九島といわれるものの絵です。
養老　西行桜というのが……これ今もありますか。
住職　ないです。場所がわかるだけです。
養老　ああ、そうですか。僕はこういう絵は好きなんですけどね。まずちらっと見たときにびっくりしたのは、こんなに島があったかなということでね。おそらく非常に小さいのを含めて、そして考えてみれば、海の部分を縮小して、陸の部分を大きく描いてるんで、ごちゃごちゃっと見えるんですね。海を描きますと、絵がほとんど空白になっちゃいますから。それで詰めて描いたんだな。もう一つは、鳥海山の麓に雲がかかってて、やっぱりこの辺は、雲がかかりやすいんだなあと。今日は全部かかっちゃってますけ

蚶満寺を訪れる

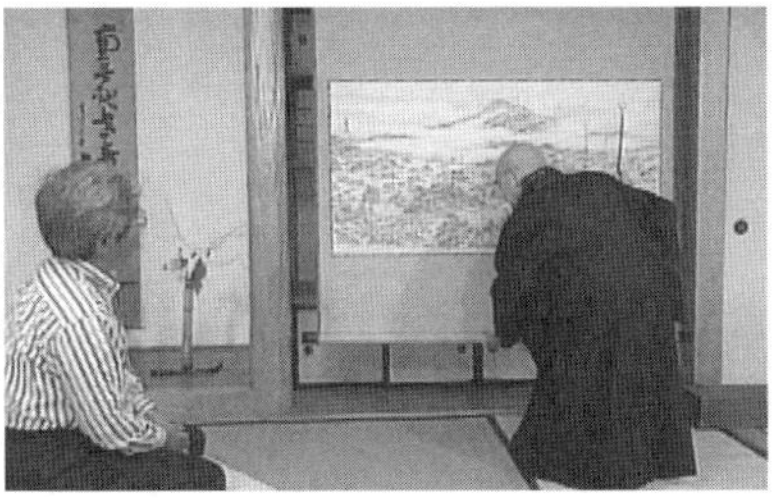
蚶満寺住職・熊谷能忍さんと

まづ能因島《のういんじま》に舟を寄せて
三年幽居《ゆうきょ》の跡を訪《とぶら》ひ
向かうの岸に舟を上がれば
「花の上漕ぐ」とよまれ
桜の老い木
西行法師の記念《かたみ》を残す
江上《こうしょう》に御陵《みささぎ》あり
神功后宮《じんぐうこうぐう》の御墓《みはか》といふ
寺を干満珠寺《かんまんじゅじ》といふ
この所に行幸《みゆき》ありしこと
いまだ聞かず
いかなることにや
この寺の方丈《ほうじょう》に
座して簾《すだれ》を捲《ま》けば
風景一眼の中《うち》に尽きて
南に鳥海《ちょうかい》、天《てん》をささへ
その影映りて江《え》にあり

どね。それとも描くのが面倒臭くなって隠したのか。いろいろ想像たくましくして……。

住職　これが全部陸地になったのが文化元年ですけど、それまでは象潟九十九島の九十九という数は形容であって、実際の数ではないようです。一三〇ばかりの島の名前が記録されておりますから、そのくらいはあったものかと思います。

江戸・深川に始まり、二四〇〇キロにも及んだ奥の細道。養老さんは、芭蕉が自らの身体を使って旅をしたことが、重要な意味を持っていると考えている。

――芭蕉は歩いた人ですよね。歩くことを含めて、昔の人は身体を非常に動かしている。そう思うと、今の人っておそらく非常に身体を省略して使ってるだろう。そういうところがものの考え方に影響しているに違いないと思う。根本のところで。今の人は知識はたくさんある。調べれば、いろんなことを昔の人よりも知ってる。だけど応用がきかない。そういう意味で、芭蕉の時代、江戸の人は我々よりもいろんなことがよくわかっている。だからいろんな分野にそれが現れてくる。学者でいえば本居宣長だし、文学でいえば芭蕉が江戸の典型的な人物ですけどね。そういう人たちって今の人たちに比べてどうしてあんなに違うのかってことが、人間がどのくらい身体を使うかというところから関係づけたら面

西はむやむやの関
道を限り
東に堤を築きて
秋田に通ふ道遙かに
海北にかまへて
波うち入る所を汐越《しおごし》と
いふ
江の縦横《じゅうおう》一里ばかり
俤《おもかげ》松島に通ひて
また異なり
松島は笑ふがごとく
象潟は憾《うら》むがごとし
寂しさに悲しみを加へて
地勢《ちせい》魂を悩ますに似たり

象潟や
雨に西施《せいし》が
ねぶの花

白いんじゃないかと。関係あるに違いないと思ってるんですけどね、実は。

芭蕉は、象潟の風景を松島と対比し、中国の悲運の美女・西施《せいし》になぞらえ、上の句に詠んだ。

これまで、多くの旅人が奥の細道に心引かれ、その跡をたどってきた。養老さんは、現代を生きる自分たちが忘れかけているものを、芭蕉の旅が思い起こさせてくれると考えている。

――そうですね、最初は、奥の細道というんで、旅をするということで、身体を動かすということから関心が入ったんですね。それで、ここに来たら別な話題がしだいに頭に浮かんできた。それは何かというと、まとめていえば、「時間」ということなんです。当時は海だった象潟が、いま田んぼになっちゃってる。それはある種の自然の流れですね。植物にしても、こういった地形の変化にしても。しかし、それといっしょに、社会というか、人の世界の時の流れ、あるいは人の一生という流れ、そういうことを含めて考えると、時間って本当に不思議なものだなと、いつも思うんですね。何でも飲み込んじゃう。

今の人は予定したように生きる。予定したようにとは、意識してるってことで、意識した瞬間から、それは実は現在化してしま

汐越や
鶴脛《つるはぎ》ぬれて
海涼し

祭礼
象潟や
料理何食ふ
神祭　曾良

蜑《あま》の家《や》や
戸板を敷きて
夕涼み
美濃の国の商人
低耳《ていじ》

岩上に雎鳩《みさご》の巣を見る
波越えぬ
契りありてや
雎鳩の巣　曾良

っているんです。来年の今ごろになったらこうしているというのがはっきりわかってる。そういう生き方をする。何歳になったら課長になって部長になって、定年になる。まあそこまでいかないかもしれないけど、なんとなくそうやってある予定のもとに生きている人生。それと対極にあるのが、流れていくものとしての、絶えずひたすら流れていくものとしての「時」であって、そういう「時を生きる」というのが、かつての人たちの生き方だったんですね。時をいかに具体的に感じるようにするか。そういうことであったような気がするんですね、『奥の細道』の主題そのもの、芭蕉のやってきたことが。

それをああいうふうにさまざまな形で表現していった結果が古典文学の一つの傑作になってる。そんなふうに思う。そのなかに、自然の時の流れもあれば、人の時の流れもある。芭蕉自身も同じようにさすらいの歌人であった。西行を意識しているに違いない。西行から芭蕉までの時の流れは、芭蕉から私までの時の流れよりももっと長いわけですね、おそらく。そんなことをいろいろ感じて、まだまだ思うことはありますね。

で、雨が降ってきた。幸か不幸かですね。これ本当に不思議で、象潟は雨って、僕はどっかで思ったんだけど、まさにそうなんですね。

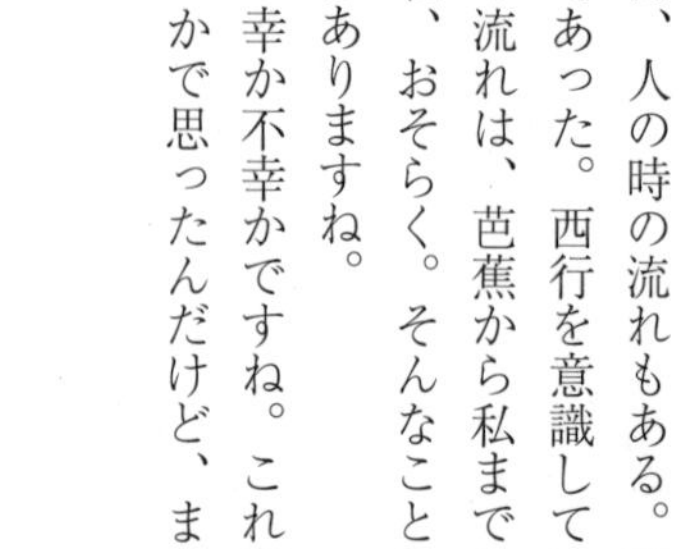

第20旅

羽黒山　標高四一九メートル。紀州の熊野に対して東国における修験道の中心となった羽黒派の本山。崇峻天皇の子の蜂子皇子（能除大師）が五九三年に出羽三山を開基したとされる。中世には天台・真言・臨済・念仏各派により一山が形成されたが、一六四一年に天台宗に帰入。本文原文の「武江東叡」は、天台宗の関東総本山である江戸東叡山寛永寺を指している。江戸時代には、社領一五〇〇石余、山上に三二坊と一〇八の堂舎、麓の手向には三六〇坊が軒を並べていた。

行尊僧正　平安後期の天台宗僧。修験者として知られる。歌人としても知られ家集『行尊大僧正集』がある。芭蕉が「行尊僧正の歌のあはれ」と記しているのは、行尊が大峰で詠んだ歌「もろともにあはれと思へ山桜花よりほかに知る人もなし」を思い起こしていると思われる。

第21旅

月山　標高一九八四メートル。この地方第一の名山で、もとはそれ自体が神であった。山上に月読命を祀る月山神社があるが、冬は雪に覆われ、夏以外は参拝できないため、日常の祭事は、羽黒山の出羽三山神社で行われる。

湯殿山　標高一五〇〇メートル。北側中腹に熱湯が湧き出す岩があり、流れる温泉が御神体とされる。社殿はない。出羽三山の総奥院として、湯殿山に参ると羽黒山・月山へ参らなくても三山巡拝の功徳があるとされた。羽黒山が天台宗で三山を統一しようとしたときに真言密教へ傾斜して対立した経緯から、山麓寺院には真言密教の即身仏（ミイラ）が多い。

第22旅

酒田　最上川が日本海に注ぐ河口に位置する。中世から河口の船着き場として発展し、一六七二年、河村瑞賢が江戸幕府の命を受けて西廻り航路を整備して以降、最上川水運と結びついた庄内米の一大集散地となり、日本海沿岸有数の港町として繁栄した。その繁栄ぶりは「西の堺、東の酒田」と並び称され、現在も商人の町としての気風が色濃く流れている。

本間家　本間家は、元禄年間に分家独立し商業を営んだ本間久四郎原光を初代として、二代・光寿の時代には酒田随一の豪商になる。三代・光丘の時代には商業・金融・地主経営で繁栄し巨大地主となった。また庄内藩や米沢藩の御用商人として藩の財政再建にかかわった。地主経営に関する資料も多く集め、それらは「本間家文書」として貴重な資料となっている。

第23旅

象潟　松島と並んで奥羽の二大名勝とされる入江であったが、一八〇四年の大地震で海底が隆起した。芭蕉が「花の上漕ぐ」と記述している西行の歌「象潟の桜は波にうづもれて花の上漕ぐ海士の釣舟」の他に、「世の中はかくても経けり象潟の蜑の苫屋をわが宿にして」（能因）「さすらふるわが身にしあれば象潟や蜑の苫屋にあまた旅寝ぬ」（藤原顕仲）の古歌がある。

西施　中国古代の越の美人。西湖の景色の美しさを西施にたとえた蘇東坡の詩がある。

第24旅

越後路（新潟）

旅人　辻井　喬

「荒海や佐渡に横たふ天の河」。夜の日本海に響く波音。頭上に輝く満天の星。天地を超えて広がる雄壮な調べは、越後路の旅で生まれた。

六月二七日（今の暦で八月一二日）、東北での旅を終えた芭蕉は、越後の国に入る。句を詠んだとされる出雲崎まで、芭蕉は七日間かけて海沿いを歩いた。

出羽と越後の境にある鼠《ねず》ヶ関。古くから勿来《なこそ》、白河と並び奥羽三関に数えられてきた。海に突きだした弁天島からは、芭蕉が歩いた海岸線を望むことができる。

実業界の第一線に身を置きながら現代を代表する詩人として活躍してきた辻井喬さんが、この地を歩く。

辻井さんは、上記の句に秘められた芭蕉の心の動きを、実際に

つじい・たかし（詩人）
一九二七年、東京都生まれ。一九五五年に詩集『不確かな朝』を出版。詩集『異邦人』（室生犀星詩人賞）、小説『風の生涯』（芸術選奨文部科学大臣賞）等作品多数。

弁天島へ向かう辻井さん

酒田のなごり日を重ねて
北陸道《ほくろくどう》の雲に望む
遙々《ようよう》の思ひ
胸をいたましめて
加賀《かが》の府《ふ》まで
百三十里と聞く

歩くことで確かめたいと思っている。
――奥州路での人の温かさ、懐かしさ、そこから離れて、これから本当に苦しい旅が始まるんだな、という心を引き締めるような思い、ちょうど季節が真夏にさしかかっておりましたので、その暑さもまた、こたえるんではないかと、覚悟した旅路だったろうと思います。

私が芭蕉に出会ったのは中学校の教科書が最初です。そのころから芭蕉の世界が私のなかに入ってきた。文学の持つ不思議な力、それが芭蕉という細い道を通って私のなかに入ってきた。今になるとそういう気がするわけであります。芭蕉という細い道、これは道としては細いんだけれども、無限に深い奥行きのなかへ、この越後路を旅することで体ごと入っていけるのではないかという感じは、私にとって非常に緊張と期待を与える旅になってきています。

西生寺《さいしょうじ》・漂泊の僧弘智法印《こうちほういん》

越後路で、芭蕉は頼る者もほとんどなく、その日の宿を断られることもしばしばだった。容赦なく照りつける夏の日差し。気まぐれに襲いくる雨。芭蕉はしだいに疲れの色を濃くしていった。

旅の途中、芭蕉は疲れをおして一つの寺に詣でている。およそ七〇〇年前、行基《ぎょうき》が開いたと伝えられる西生寺である。

鼠《ねず》の関を越ゆれば
越後《えちご》の地に歩行《あゆみ》を改めて
越中《えっちゅう》の国市振《いちぶり》の関に到る
この間九日
暑湿《しょしつ》の労に神《しん》を悩まし
病おこりて事をしるさず

西生寺

寺には室町時代の僧、弘智法印の即身仏が祀られている。弘智法印は下総《しもうさ》の生まれ。関東、陸奥を巡り各地で三〇を超える寺院を建立した。しかし、そのいずれにも留まることなく、一生を旅に生き、仏の道を極めようとした。

芭蕉は漂泊の僧・弘智法印に自らを重ね合わせた。

——信仰心というものが、どういうものか、それはどこか芸術を求める心と通底しているものがあるということを芭蕉は実感したのではないかと思います。こうやって話していると雨が降ってまいります。雨が降ってくると、蛙がいっせいに鳴き出します。おそらく木の上にすんでいるんでしょう。そういった自然の変化、佇まい、そういったもの全てに、やはり見方によれば宗教が宿っている。しかし芭蕉の目から見れば、そこに俳諧の神髄が宿っているというふうに見えたんだと思います。両者に共通しているのはやはり漂泊の魂といいましょうか、世俗を捨てて、自分のこれぞと思うところへ進んでいくという心の姿ではないだろうか。芭蕉はここへ来て、自分の生き方が間違っていなかったということを実感したのではないでしょうか。

西生寺を訪れる辻井さん

出雲崎・佐渡を望む港町

越後路をゆく芭蕉の右手に、海原に浮かぶ佐渡の姿が見えてきた。江戸時代、佐渡は多くの金を産出し、「幕府の金蔵」と称さ

船着き場

れていた。

八月一八日、芭蕉は佐渡を望む港町、出雲崎に入る。出雲崎は佐渡から陸揚げされる金で栄え、町には一〇〇軒近い回船問屋が軒を連ねていた。

芭蕉は賑わう問屋街のはずれに宿をとった。旅籠《はたご》屋の跡は今は民家になっている。郷土史家の磯野猛さんが辻井さんを案内してくれた。日本海の波音が響くこの宿で、芭蕉は佐渡と向き合ったのだ。

磯野 これが当時の石垣です。ここまでが海で、ここに宿があって、芭蕉がここに泊まっているわけです。

辻井 そうするとこれだけの差がありますから、おそらく芭蕉は二階の部屋から見たんでしょうね。ここが全部海だから、この先によく見えたはずですね。

佐渡・別離の物語

黄金の島・佐渡はまた、流人の島でもあった。順徳上皇、日蓮、世阿弥。奈良時代より時の権力にあらがった多くの人々が佐渡に送られた。

遠くにかすむ佐渡。その海は、いくつもの悲しい別れの物語を生んできたのだった。

——昔、藤原定家の曾孫に当たる貴族が、謀反を企てたという罪

芭蕉が泊まった旅籠屋の跡

郷土史家・磯野猛さんと

遠くにかすむ佐渡

文月《ふみづき》や
六日《むいか》も常の
夜には似ず

でやはり佐渡に流された。越後路に入って、一人の遊女と大変愛し合うようになった。再会を契って島へ送られた。五年後に帰ってきたときには、彼女はもう死んでしまっていて会えなかった、というようなことも伝えられています。そういった話が生まれるような雰囲気がこの眺めにはやはりあったのではないだろうか。しかし、江戸や京都の親しい人たちや、そのなかにはやっぱり愛し合っていた人もいたかもしれませんが、そういうものとすでに別れを告げた芭蕉にとっては、もう一度別離を味わうということはないわけです。芭蕉は佐渡を見たときに、自分は別離を味わう立場にはないんだと感じた、その意味で、二重に漂泊というものを実感したのかもしれません。

江戸を発って三か月。折しも七夕の季節を迎えようとしていた。芭蕉は旅の憂いを慰めようと、窓を押し開け、夜の海を眺めた。

夜の海、佐渡、そして天の河。芭蕉はこの三つの光景を一つに織りなし、壮大な心象風景を句に描き出すのだ。

——芭蕉が代表的な句を考えたこの場所に来たときに、三〇〇年以上も前の人ですけれども、私が芭蕉の句のなかに同化していくような感慨を覚えてしまうわけです。この句が私たちに伝えてくれる雄渾の調べ。これは、一瞬に宇宙を切り取って、宇宙の呟きなり、輝きなり、思いを私たちに伝えてくれる。そういった強さ、

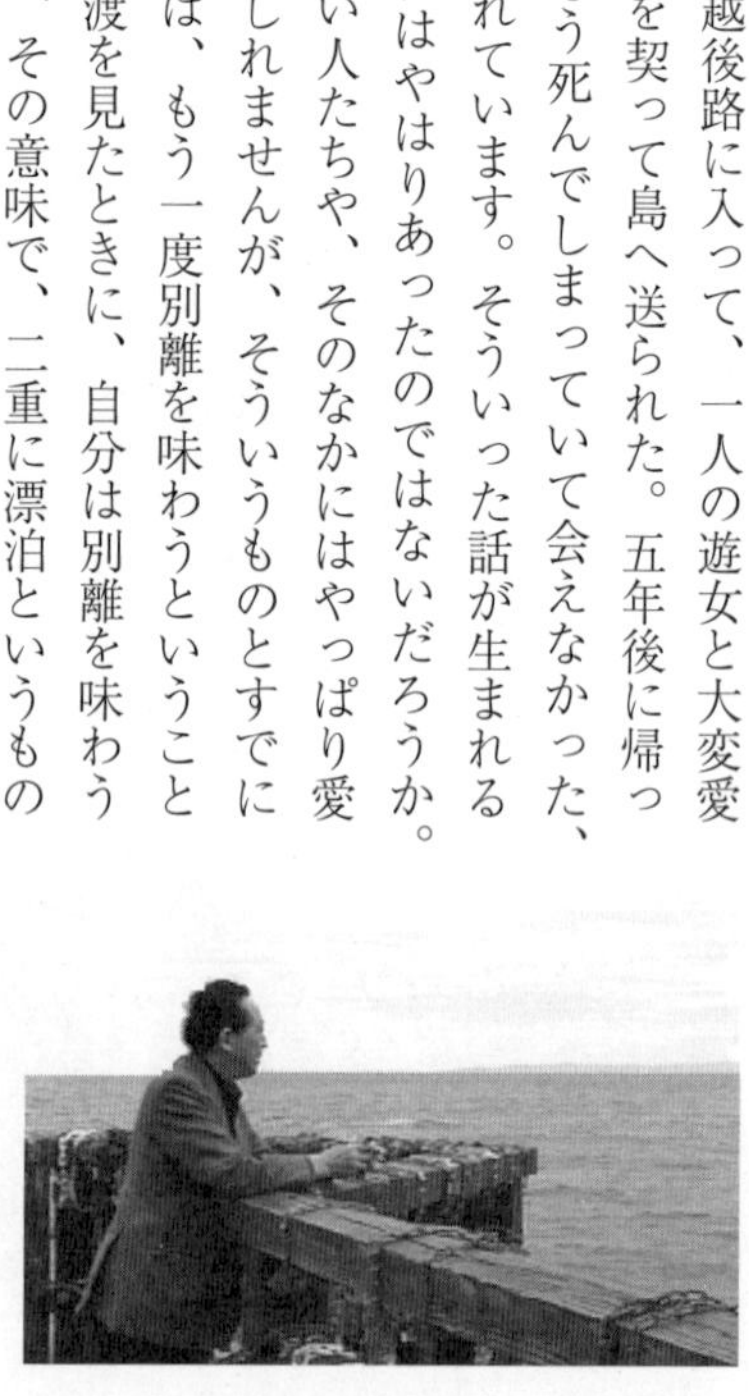

荒海や
佐渡に横たふ
天の河

そのなかに人間の生きていく上での切実さ、悲しさ、憂いというふうなものがいっしょに入っている、そんなような句です。ですからこの句が人々に感銘を与えるのは、雄渾さばかりではなく、憂いとか悲しさがいっしょに伝わってくる。そういう点で、私は、これこそ大和心といえる詩の本質的なものを持っている句ではないかと思います。

芭蕉は、後に、出雲崎での思いを「銀河の序」という文章に記している。

北陸道《ほくろくどう》に行脚して越後ノ国出雲崎《いずもざき》といふ所に泊る。彼佐渡がしまは、海の面《おもて》十八里、滄波《そうは》を隔て、東西三十五里によこおりふしたり。みねの嶮難《けんなん》谷の隅々まで、さすがに手にとるばかりあざやかに見わたさる。むべ此島は、こがねおほく出て、あまねく世の宝となれば、限りなき目出度嶋《めでたきしま》にて侍《はべ》るを、大罪朝敵《たいざいちようてき》のたぐひ、遠流《おんる》せらるゝによりて、たゞおそろしき名の聞えあるも、本意《ほい》なき事におもひて、窓押開きて、暫時《ざんじ》の旅愁をいたはらむとするほど、日既に海に沈《しずん》で、月ほのくらく、銀河半天にかゝりて星きら〱と冴《さ》えたるに、沖のかたより、波の音しば〱はこびて、たましゐけづるがごとく、腸ちぎれて、そゞろにかなしびきたれば、草の枕も定らず、墨の袂《たもと》なにゆへとはな

くて、しぼるばかりになむ侍る。

――越後路を歩いてきて、私には、芭蕉が、おぼろげな姿にしかすぎませんけれども、ぼんやり見えてきた気がいたします。おそらく芭蕉にとっては、俗世間を捨てたということは自分にとっては何でもないことだったのに、どうして世間の人はそれを大変なことのように言うんだろうという疑問があったと思います。しかし、越後路へ来て佐渡を見て、そして自分が俗世間を捨てたということの意味がよけいはっきりとしてきた。その発見が、「荒海や佐渡に横たふ天の河」という句になったのだろうと思います。

　ちょうど今日、西の方の空は夕焼けで明るく、そのおかげで佐渡の島影がくっきり浮かんでいます。それを見て、自分が世の中を捨てたということはそれだけにとどまらないで、自分に新しい役割が課せられたということなんだ、佐渡の句を詠んで、彼は俳諧の創立者、創始者としての地位に気がついたと思います。

　芭蕉の俳句の世界というのは、滑稽、おかしみというものだけに縛られていた俳諧を、さらに人生を考える、探求する芸術の一つの様式として確立していった。そういう点では画期的な仕事、その熟成のいちばん肝心要《かんじんかなめ》のところに越後路があったのだなという気が私にはいたします。

第25旅

市振（新潟）・越中路（富山）

旅人　吉増剛造

よします・ごうぞう（詩人）一九三九年、東京都生まれ。一九六二年、詩誌「ドラムカン」を創刊し注目される。『黄金詩篇』で第一回高見順賞、『熱風 A Thousand』で歴程賞などを受賞。

元禄二年七月一二日（今の暦で八月二六日）、芭蕉は、日本海の荒波が岩肌を削る「親不知」の断崖の渚をつたい、西へ向かった。越後と越中の境にある親不知は北国一の難所とされていた。かつて、旅人が命がけで渡った親不知だが、現在は、この地を高速道路と鉄道が駆け抜けていく。

詩人の吉増剛造さんは、芭蕉がたどったこの道のりを追体験することで、その気持ちに、より近づきたいと考えている。

――奇妙なものですよね。おそらく、波打ち際から四、五メートル、今はテトラポットが見えている先あたりに、芭蕉さんが通った水際の道が通っていたはずですね。僕も四〇年か五〇年か、芭蕉さんに惹かれてきたけれども、現実にその道をたどってみることが、とても心の弾みになってるのがわかりますね。もちろん、

海から見る「親不知」

今日は親知らず・子知らず・犬戻り・駒返しなどいふ

『奥の細道』を読むことも大事だけれども、同じ時間をかけて部分的に歩いてみること、それがとても大事みたい。

　吉増さんは、親不知での芭蕉の足跡を、海からたどることにした。案内人は伊藤儀秋さん。

吉増　伊藤さん、もうこれ、秋の感じですか？

伊藤　うん、季節はすっかり秋です。

吉増　風の具合は？

伊藤　風の具合は、これ北東の風。

吉増　アイの風？

伊藤　アイの風、よく知っとるねえ、へえー。

吉増　そりゃそうよ、勉強してきたもの！

　切り立つ断崖。その裾に、人がわずかに通れるほどの渚があった。

吉増　海と山の戦いだね。聞きしに勝るところだねえ。

伊藤　昔はここを通るのにいちばん苦労したわけだからね。

吉増　だってこれ、人間が通れます？

伊藤　五メートルばかりのいい砂利がついとったから。

吉増　ついてた！　少し砂浜が見えるね。

伊藤　あれが大穴だ。大穴小穴って、ああいう岩の窪みに波宿りしながら走って。一〇枚のうちにさ、やっぱり二、三枚は、漁師

伊藤儀秋さんと吉増さん

北国一の難所《なんじょ》を越えて
疲れはべれば
枕引き寄せて寝《いね》たるに
一間隔てて面《おもて》のかたに
若き女の声
ふたりばかりと聞こゆ
年老いたる
男《おのこ》の声も交じりて
物語するを聞けば
越後の国新潟といふ所の
遊女《ゆうじょ》なりし
伊勢参宮するとて
この関まで男の送りて
明日は
古郷《ふるさと》に返す文したためて
はかなき言伝《ことづて》など
しやるなり

言葉でいう「凪《なぎ》の波」というのがある。その間を見て、穴まで走らんならん。

吉増　なるほどねー。

伊藤　また大きな波を数えて見とって、一〇枚の間に二、三枚あるそれを見て走ってまた次の穴へ入る。そうやって、親不知をくぐり抜けて行くっちゅうことだわね。

吉増　うわー。

親不知の波打ち際には芭蕉が歩いたといわれる渚がわずかに残っていた。

市振《いちぶり》・浜茶屋

吉増さんは、新潟県市振に着いた。親不知を越えた芭蕉は、ここで、伊勢参りに向かう遊女と一夜の宿を共にしたと、『奥の細道』に記している。吉増さんも、市振の浜茶屋だったところを訪ねた。

「いやあ、これは想像していたよりも小さな集落だけど、いい海辺の、いい町だね。いい里だね。よほど親不知の圧迫感があったんだね」

吉増　ちょっと奥さん、あの井戸のこと教えてよ。これいつぐらいまで使ってたの？　子どものとき？　お嫁に来てから？

渚を歩く吉増さん

市振の町へ着く

白波の寄する汀《なぎさ》に
身をはふらかし
海士《あま》の
この世をあさましう下りて
定めなき契《ちぎ》り
日々の業因《ごういん》
いかにつたなしと
物いふを聞く聞く寝入りて
朝《あした》旅立つに
われわれに向かひて
「行方知らぬ旅路の憂《う》さ
あまりおぼつかなう
悲しくはべれば
見え隠れにも御跡《おんあと》を
慕ひはべらん
衣《ころも》の上の御情《おんなさけ》に
大慈《だいじ》の恵みを垂れて
結縁《けちえん》せさせたまへ」

建部　私ここへ来て四〇年になるんだけども、私が来た時分は、この水を利用してお洗濯したり、茶碗洗ったり、そういうふうにして、この井戸を使ってたんです。

吉増　この街道は、奥さんの若いときはもちろん舗装してないわけでしょ。もっと狭かった？

建部　もっと狭かった。

吉増　そうすると、これは大昔からの旧街道だったろうから、浜から入って来てこっちへ来て、そこで泊まってるのかな。

建部　ええ、うちが浜茶屋だったんですって。それでみなさんこの街道を通るのに、向こうから渡ってくる人はうちで休憩して行く。向こうへ行く人はうちで休憩して向こうへ行く。

吉増　きっと気分が違ったろうね、来る人と行く人じゃあね。向こうから来た人にとっちゃ、仏様に見えたでしょうね。だから、昔からのみんなの思いがこもってるんだろうね、この町にはね。

遊女の声・萩と月

我が身を嘆く遊女の声を耳にした芭蕉は、翌朝、旅の道づれを請われる。遊女も我が身も、同じ漂泊の身。芭蕉は、その哀れさを「萩と月」の句にとどめた。

芭蕉が泊まったと伝えられる宿に今も暮らしている子孫を、吉増さんは訪ねた。

井戸で建部邦子さんと

和泉利信さんを訪ねる

と涙を落とす
不便のことにははべれども
「われわれは所々《ところどころ》にて
とどまるかた多し
ただ人の
行くにまかせて行くべし
神明《しんめい》の加護
必ず恙《つつが》なかるべし」
といひ捨てて出でつつ
あはれさしばらく
やまざりけらし

一つ家《や》に
遊女も寝たり
萩と月

曾良に語れば
書きとどめはべる

吉増　ごめんください。芭蕉さんの跡を追っかけて、小さな旅をしている吉増と申します。あげていただいていいですか?

和泉　はい、どうぞ。

家の裏手にある小さな庭だけが当時の面影を伝えている。庭の片隅には「萩」が今も大切に守り継がれている。

吉増　萩というのは実に上品な姿をしてますね。こういうふうにして大事にされているご主人のお気持ちが、何よりも大事ですね。

和泉　そんなことないですけど。でもやっぱり、この萩と、うちには桔梗屋《ききょうや》という屋号がある以上は、キキョウは大事にしようかな、とね。

吉増　芭蕉さんも、古いものの命に触ろうとして歩かれた人だから、それを思い出して、こういうお庭に大事に大事に小さな命を置いておかれようとする気持ちがこちらに移ってくるのね。で、こうやって近づいてお庭から山を見上げると、相当強い月の光が、あの中天に顔を出して、この小さいお庭の小天地を照らしてくるような感じがするから、詩歌のもたらす幻想世界というのは不思議なものだね。そういうものを喚起するのね。

『奥の細道』の市振のくだりは、現実か芭蕉の虚構か、多くの人々がさまざまな思いを巡らせてきた。

――もちろん、フィクションだろうけどね。フィクションでしょ

裏庭

黒部《くろべ》四十八が瀬とかや
数知らぬ川を渡りて
那古《なご》といふ浦に出づ
担籠《たご》の藤浪《ふじなみ》は

うが、象潟あたりからとっても色濃い女の人の匂いと香りがしてくるのよ。それが、子不知・親不知の難所を抜けて、それで、おそらく遊女の声も聞いているし、宿の女将さんの声も聞いているし、それがここへきて、全体がホーッとしてくる。それにね、心のなかで、西行さんの「西」が近づいてきて、そうして、大事な月が出てくる。そこにフィクションのなかにさ、実に艶めかしく、遊女がスーッと寝たんじゃないかな。紀行文では、それを男の芭蕉さんがきちっと、拒絶してんのね。それでも想像のなかでは、大きな宇宙的なところへ物音を立てるようにして、女の人が寝ている。やっぱり、現実にこういうところで書いたりして感じてると、そういう深さと豊かさが少し感じられるのね。

　素晴らしい夕日がご挨拶に来てくれたね。すごいなー！　芭蕉さん、ずーっとこういう色と空気と天地のミステリーの間を歩いてたね。

　黒部川が幾筋にも分かれる「黒部四十八が瀬」を通って、芭蕉は越中の国に歩みを進めた。

　季節はいつしか、初秋を迎えていた。

　広がる早稲に送られて、芭蕉は加賀百万石の城下町金沢へと向かった。

砂浜に芭蕉の句を描く

黒部四十八が瀬

春ならずとも
初秋のあはれ訪《と》ふべきも
のをと
人に尋ぬれば
「これより五里磯伝ひして
向かうの山陰に入り
蜑《あま》の苫葺《とまぶ》きかすかなれば
蘆《あし》の一夜《ひとよ》の宿貸すものあ
るまじ」と
いひおどされて
加賀《かが》の国に入る

　早稲《わせ》の香《か》や
　　分け入る右は
　　有磯海《ありそうみ》

小宇宙の庭　市振　二〇〇〇年十月十一日深更

吉増剛造

耳の奥に不図波音がきこえてきてとび起きていました。窓辺まで四、五歩あるくと（この、四、五歩の足音が忘れられない……）月齢幾つ？　中天に十三夜の月がかかりわたくしにものをいう。幾つ？　市振の井戸にもたれて建部邦子さん（旧姓古市邦子さん）の声を、そしてこゝが小宇宙の庭、と、和泉利信さん（息子さんは、十日町の高校で国語を教えてられる克彦さん）が、そう、心の水車にしておられるお庭の萩の花の、その細やかな声をきくときが、とっても楽しかった……。「暑し～と門々のこえ」は芭蕉さんの耳がきいてわたくしたちに伝えてくれた声だったけれども、市振や親不知で聞いた声は本當の声でした。わたくしも俳句（俳句とは音楽のその声）わたくしも俳句、音楽のその声を。

みを屈め　こころに交じ（雑《ま》ざ）る　はぎの花　剛造

第26旅

金沢・小松（石川）

旅人　大林宣彦

加賀百万石の城下町、金沢は今から四〇〇年前に前田利家《まえだとしいえ》によって開かれた。

映画監督の大林宣彦さんは、芭蕉は金沢で新たな詩的境地に達した、と考えている。

――金沢は、芭蕉の奥の細道の旅のなかでも、仙台に続く大きな都ですね。人々の昔からの知恵と工夫がいっぱいに詰まった古い文化の豊かな街です。この街は「雅」という言葉がいちばんよく似合いますね。それは、豊かな実りの秋。日本は古来、豊かなる時を「秋」とよんだ。芭蕉も自らの人生の秋を迎えて、我が文芸の実りの時を心から期待したことでしょう。私も金沢の実りの時に包まれてみようと思います。

おおばやし・のぶひこ（映画監督）一九三七年、広島県生まれ。CMディレクターを経て、映画界に進出。作品「時をかける少女」「青春デンデケデケデケ」他。著書『ぼくのアメリカン・ムービー』他。

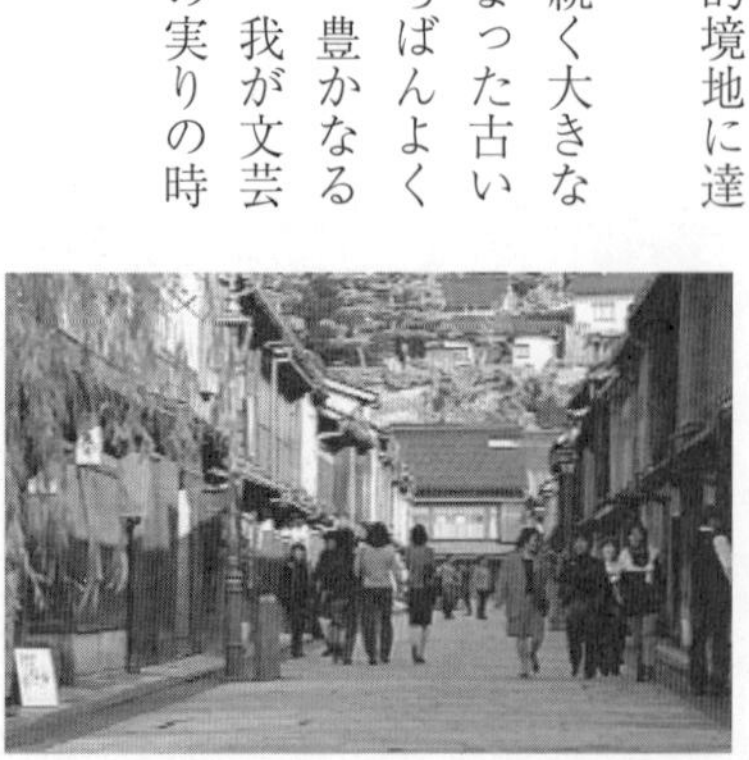

金沢の町並み

卯《う》の花山《はなやま》・
倶利伽羅《くりから》が谷を越えて
金沢は七月中《なか》の五日なり
ここに大坂より通ふ
商人何処《かしょ》といふ者あり
それが旅宿《りょしゅく》をともにす

金沢・加賀友禅

芭蕉が金沢に着いたのは、七月一五日（今の暦で八月二九日）のことだった。芭蕉はここで、一〇日間を過ごした。

当時、金沢は北陸の拠点都市として活気に満ちあふれていた。歴代の加賀藩主は、優れた学者や芸術家を全国から招き、積極的に文化を取り入れた。

俳諧も盛んに行われていたこの街で、芭蕉は多くの門人に迎えられた。句会もたびたび開かれ、充実した毎日を送る。

江戸の初期に始まり、金沢の伝統工芸となったのが、加賀友禅である。その技を受け継ぐ一人、中町博志《なかまちひろし》さんのお宅を大林さんは訪ね、中町さんの加賀友禅の作品を見せてもらった。

大林　ごめんください。中町さんでいらっしゃいますか?

中町　ようこそ、どうぞ。（作品を大林さんに見せて）

大林　おや、これはまた素敵な「野原」が見えてきたという感じですねえ。これは美しいですねえ。なんだか楽しいですねえ。

中町　この作品には、いろんな自然の情景もありますし、また、自分自身が現在こういうことを思っているというようなことも含まれている。この作品の題名は、実は「散策」というんですね。

中町さんの作品は、加賀友禅の伝統にとらわれない、斬新なデ

中町博志さんの作品「散策」

ザインで注目を集めている。
中町　自分は、伝統を継承することもそうですけども、伝統というのはやっぱり現代があるからつながっていく。呉服の場合は、伝統というものがあまりにも強いために、継承するだけで生活して、産業をやってしまっていたところがあって。伝統というものは、常にデザインは時代の先に先に行くべきだと思うんです。
大林　そういうことは、現代の芸術家だけの問題じゃなくて、思えば芭蕉の時代から、優れた芸術家というものは、常に古いものを守りつつ、そこにどうやって独自のものをつけ加えていくか、伝統を明日に生かすか、ということをやはり創作というものの原点にしていたんですよね。

願念寺《がんねんじ》・一笑《いっしょう》の追悼会《ついとうえ》の句

金沢に来た芭蕉は、ある人物との出会いを心待ちにしていた。芭蕉を慕う加賀の門人、一笑である。しかし、一笑は、芭蕉が奥の細道に旅立つ前の年、三六歳でこの世を去っていた。
芭蕉は、一笑の菩提寺、願念寺を訪れ、一笑の死を悼んで開かれた追善会に加わった。そこで、大切な門人を失った悲しみを句に詠んだ。

一笑《いっしょう》といふ者は
この道に好ける名の
ほのぼの聞こえて
世に知る人もはべりしに
去年《こぞ》の冬早世《そうせい》したりとて
その兄追善《ついぜん》を催すに

塚も動け
わが泣く声は
秋の風

――この句は、一笑の追悼会で発表された。つまり、多くの門人たちの前で発表するということになると、芭蕉としては、この悲

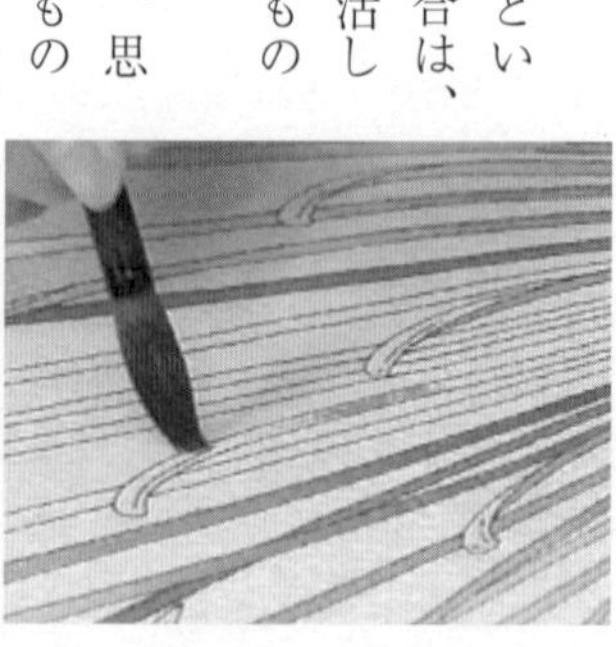

願念寺を訪れる

一笑塚

ある草庵にいざなはれて

秋涼し
手ごとにむけや
瓜茄子《うりなすび》

途中吟

あかあかと
日はつれなくも
秋の風

しみを、他者に伝える言葉として、より大きな身振りで表現してみせようという意図があったんじゃないかと思いますね。「塚も動け」、これは五七五という言葉の器の冒頭に置くには、はみ出すような強さをもっています。それに比べ、続く言葉は非常に叙情的な韻を踏んでいる。この微妙なバランスが何を表現しているか。我が友の死の悲しみすら、我が文芸を生み出す一つの契機となる、喜びともなる、こういうものづくりの業。現実の死からも逃れず、自分の詩作からも逃れられずという、芭蕉の不釣り合いな精神のなかから、このスケールの大きな一つの言語世界がむしろ発明されたという喜びが滲み出てくる。これが、芭蕉の晩年の創作を創造した一つの力。そしてそれを収斂しながら、彼はやがて我が死を迎えていく。そういう大きな一里塚となった言語世界との出会いではなかったかと思います。

小松・ゆく秋

金沢で一〇日間を過ごした芭蕉は、小松へと向かう。道中、深まりゆく秋を句に残している。上の句である。

――芭蕉はこの金沢以降、秋、秋、秋と、秋を常に語りつつ、奥の細道の最後の句も秋で終わっていく。その秋は、芭蕉が求めたように、さび、ほそみ、しおり、そして軽みへ達していく。この秋の軽みが成就できたのは、芭蕉の人生の秋の重みがあったから

一笑塚の前で

小松といふ所にて

しをらしき
名や小松吹く
萩薄《はぎすすき》

斎藤実盛出陣の図

この所《ところ》多太《ただ》の神社に詣《もう》づ
実盛《さねもり》が甲《かぶと》・錦《にしき》の切れあり
往昔《そのかみ》源氏に属せし時
義朝公《よしともこう》より

だろうと思うんですね。現実には、自分より年若い同じ道を志す一笑の死にも出会い、芭蕉も自らの年齢を考えたとき、自分の死をもはや考えざるを得なかった。人生の重み、死の不安が、もはや技巧を必要としない、芭蕉が求める秋の軽みに達していったのだと思います。

多太《ただ》神社・実盛《さねもり》の兜《かぶと》

芭蕉は手取川を舟で渡った。この川は、戦に向かう木曾義仲《きそよしなか》が、手に手を取って急な流れを渡ったことから、その名がついた、と伝えられている。

小松に着いた芭蕉は、生涯を戦に生きた一人の武将に思いを馳せた。平安時代、北陸で勢力をふるっていた斎藤実盛《さいとうさねもり》である。実盛は源氏の家臣で、幼い木曾義仲の命を救った恩人だ。しかし晩年は、平氏方につき従う。そして皮肉にも義仲と戦い、命を落とす運命をたどったのだ。

恩人の亡骸を前に、義仲は悲痛の涙を落とす。そして、実盛の兜をこの神社に納めた。

芭蕉は、実盛の兜が納められた多太神社を訪ねた。

上図は、最後の戦に向かう斎藤実盛である。実盛は、このとき七三歳。白髪を墨で黒く染め、若武者姿を演じたと伝えられている。

手取川

多太神社を訪れる

賜はらせたまふとかや
げにも平士《ひらざむらい》のものにあらず
日庇《まびさし》より吹返しまで
菊唐草《きくからくさ》の彫りもの
金《こがね》をちりばめ
龍頭《たつがしら》に鍬形《くわがた》打つたり
実盛討死《うちじに》の後
木曾義仲《きそよしなか》 願状《がんじょう》に添へて
この社《やしろ》にこめられはべる
よし
樋口《ひぐち》の次郎が
使ひせしことども
まのあたり縁起《えんぎ》に見えたり

むざんやな
甲《かぶと》の下の
きりぎりす

大林さんは、多太神社の宮司・古曾部三郎《こそべさぶろう》さんを訪ねた。

大林　こちらに実盛の兜が保存してあると聞きまして、拝見させていただけたらと思って伺いました。

古曾部　これが実盛の兜です。

大林　人の命ははかないですけれども、兜はこうして生き延びて長い風雪に耐えてるわけですよねえ。当時は七三歳というともう……。

古曾部　今の一〇〇歳以上や。ワシが九三歳ですから。

大林　宮司さんは、四・四キロのこの兜をかぶられたことは……。

古曾部　いや、かぶったことないです。やっぱり代々の神主、古曾部の神主が大事にしてきたもんやから、これが残ったわけです。

大林　最初修理をされる前は、戦いのあとそのままの姿だったわけですねえ。兜も重いですけども、歴史の重さを感じますね。

――七三歳の老武者実盛が、その白髪を黒々と化粧して若武者振りで戦にのぞんだ。しかし結局は老いに足を取られて討たれてしまう。芭蕉もこのとき四六歳。もう己れの老いを感じていた。そして、化粧することのむなしさ滑稽さも、身にしみていたと思います。甲の下のキリギリス。甲が示すものは、実盛という生涯を戦に生きた一人の人間の重さをしっかりと伝えている。しかも当時七三歳というと、これはもう真冬、冬枯れの年齢ですからね。

宮司・古曾部三郎さん

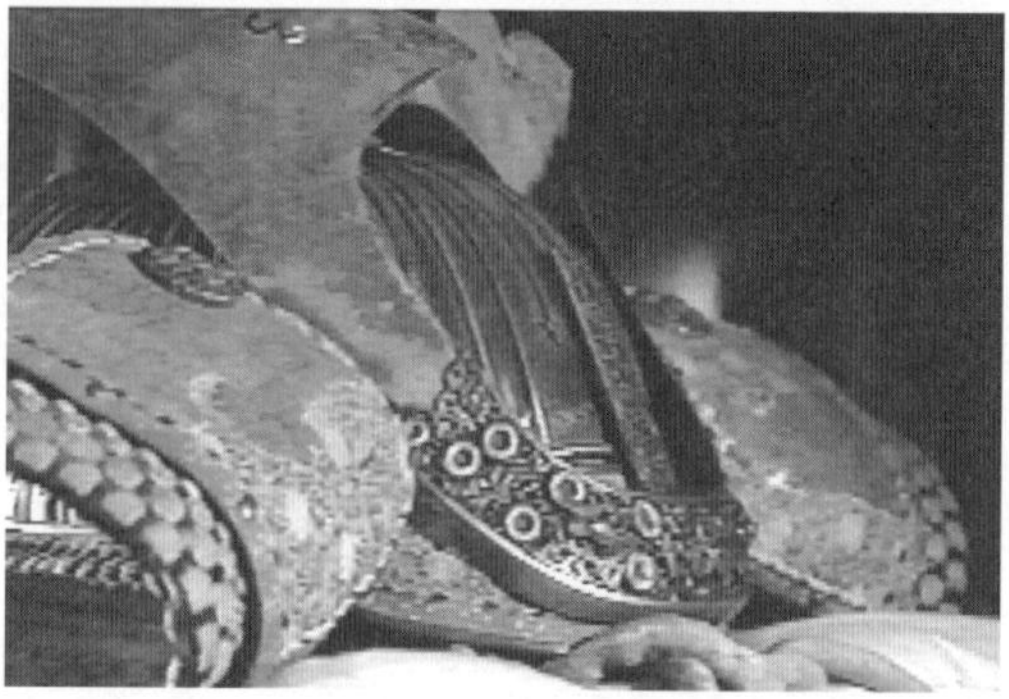

実盛の兜

その真冬の死の象徴に秘められた実盛の生の重さ、その下で今は秋、冬が来ることも気がつかないで、一所懸命鳴いている小さなキリギリス、つまりコオロギ。その姿に、芭蕉はきっと自分の姿を映したんじゃないかと思います。七三歳の老武士に比べれば、我は功なり名を遂げたとはいいつつも、まだ四六歳の青二才。この小さなコオロギと同じじゃないか。一所懸命歌ってる自分は、この小さなコオロギと同じじゃないかと。その我が姿を見つめるところに、芭蕉のまた新たな詩境が開いていったのではないかと思います。思えば芭蕉のいう、軽みとは、白髪を黒々と染めていく、そういう化粧をはずしていこうと。言葉の化粧をはずしていったところに、装飾をすべて捨てた軽みの世界が生まれたのではないかというふうに思いますね。

芭蕉が江戸を発って、すでに四か月。秋はますます、その装いを深めていた。

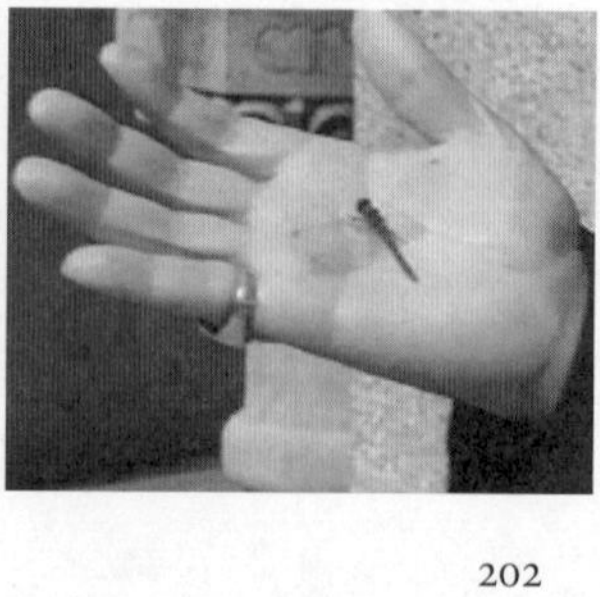

大林さんの手にトンボが……

神社をあとにする

第27旅

山中（石川）

旅人　福島泰樹

ふくしま・やすき（歌人）
一九四三年、東京都生まれ。歌謡の復権を求めて「短歌絶叫コンサート」を創出。毎月一〇日、東京吉祥寺曼荼羅で月例コンサート開催中。『福島泰樹全歌集』他。

金沢を発った芭蕉は、古くからの温泉地、山中をめざした。山中は、芭蕉にとってつらい別れの地となる。これまで旅を共にしてきた曾良が病気になり、一人旅立つことになったのだ。

この地の旅人は、全国を廻り、自作の短歌を、ときに叫びながら歌い続ける歌人の福島泰樹さんである。

すれ違って道行く人に、福島さんは気軽に声をかける。

「こんにちは、お母さんいくつ？」

「もう七〇！」

「蟋蟀《こおろぎ》橋の近くに住んでるの？　芭蕉さんをご存じですか。ここに芭蕉が来てるんだよね。会ったことある？　ないか。ハハハ」

――わずか一七音で成り立つ俳句。しかしこの詩形は宇宙の森羅万象三千世界を映し出す鏡でもあります。芭蕉はこの詩形に人生

山中《やまなか》の温泉《いでゆ》に行くほど
白根《しらね》が岳跡《だけあと》に見なして歩む
左の山際《やまぎわ》に観音堂あり
花山《かざん》の法皇
三十三所の巡礼
とげさせたまひて後
大慈大悲《だいじだいひ》の像を
安置したまひて
那谷《なた》と名付けたまふとや
那智《なち》・谷汲《たにぐみ》の二字を
分かちはべりしとぞ
奇石《きせき》さまざまに
古松《こしょう》植ゑ並べて
萱葺《かやぶ》きの小堂《しょうどう》
岩の上に造り掛けて
殊勝《しゅしょう》の土地なり

葛藤のドラマを創造しました。できることなら芭蕉の野ざらしの旅を想い、この痛切な魂の叫びに出会いたいと思います。

那谷寺《なたでら》・花山法皇《かざんほうおう》の境涯

江戸を発った芭蕉の旅はすでに四か月を過ぎようとしていた。季節は秋。芭蕉は北陸路を南へ向かっていた。

道中、芭蕉は一つの寺に立ち寄っている。境内にそそり立つ岩山で知られる那谷寺である。平安の昔、第六五代天皇であった花山院は出家後、ここを訪れ、那谷寺と名をつけたと伝えられる。

——昔、愛する后《きさき》を若くして失った花山法皇は、この岩窟に光り輝く三十三体の観音様と出会います。いたく感動した法皇は、以後この寺で生涯を閉じられるわけです。

今でこそ観光客がひっきりなしに訪れる寺ですけれども、当時の寂しさといったらどんなものだったでしょうか。この岩窟にしたって、どれほど人を拒絶するような寂しさを湛えていたかもわかりません。そのなかで生涯を閉じるわけです。小松からこの地に至った芭蕉は、おそらく自らの漂泊の境涯と法皇の境涯とを重ね合わせて、この地に杖を降ろしたことだと思います。

山中温泉の効

芭蕉は七月二七日（今の暦で九月一〇日）、山中に至る。山中

那谷寺へ入る福島さん

山中温泉

石山の
石より白し
秋の風

は、およそ一三〇〇年前、行基によって開かれたと伝えられる温泉である。芭蕉が訪れた当時、四十数軒の宿が立ち並ぶ、北陸随一の湯治場として賑わいを見せていた。

――長い旅で、芭蕉も供をした門弟曾良もずいぶんと疲れていて、この温泉に来てどれほど体と心が休まったことかと思います。泉屋跡……ここに芭蕉は滞在したんですね。碑があって、『奥の細道』のこの山中温泉のくだりが書かれています。

あ、総湯があるね。菊の湯です。ここが湯本なんですね。

町の中心にある共同浴場・菊の湯は、山中発祥の地といわれている。福島さんもその湯に入り、土地の人たちと語る。

「このお湯は、胃腸にいいんでしょ。傷にいい？　それじゃあ昔、芭蕉と弟子の曾良とがここに来て、長旅してどんなにこの温泉がありがたいと思ったことか。ぼくも温泉が大好きでね」

「初めての人は酔うてもうて。ここの温泉ねえ、入る前に水飲んで入る。そうすると大丈夫」

「ああ、お風呂に酔っちゃう。そんなに霊験あらたか？　そうですか」

――路地というのはいろんなことを考えさせますよね。この路地の向こうには何があるのか。それからこの路地をどれほど多くの

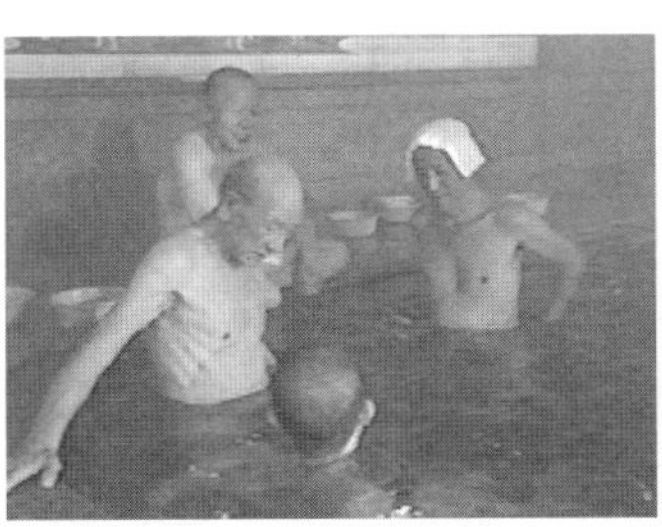

菊の湯

温泉《いでゆ》に浴す
その効《こう》有明に次ぐといふ

山中や
　菊はたをらぬ
　　湯の匂ひ

あるじとする者は
久米之助《くめのすけ》とて
いまだ小童《しょうどう》なり
かれが父、俳諧を好み
洛《らく》の貞室《ていしつ》若輩の昔
ここに来《きた》りしころ
風雅に辱《はずか》しめられて
洛に帰りて
貞徳《ていとく》の門人となつて
世に知らる
功名の後、この一村判詞《いっそんはんじ》

人たちが、長い年月の間歩んできたことか。人生そのものが路地に凝縮されているという思いがしますね。路地もまた、百代の過客であるのかもわかりませんね。

「山中細道の会」の俳人たち

芭蕉は、山中に九日間滞在した。宿の旦那衆を中心とした地元の俳人たちは、芭蕉を温かく迎えた。芭蕉は、山中の俳人たちと交流を重ね、俳諧の手ほどきをしている。

今も山中では句会が盛んに行われている。福島さんは、「山中細道の会」を訪ねた。

「おお、山中細道の会。芭蕉の頃からずーっと句会が続いているのかなあ。ふーん。こんにちは、福島でございます」

この日の句会には、旅館の従業員やお寺の住職、そして主婦たちが集まった。芭蕉がこの地を訪れ、句を詠み残したことを、山中の人たちは誇りに思っている。その人たちの句——。

　秋風や鬢《びん》の解《ほつ》れにまたも吹く
　声もなく脊山《せやま》のしぐれ聞く二人
　秋霖《しゅうりん》のかき消す山や山の声

福島「秋風や鬢の解れにまたも吹く」。いいねえ。この「またも」がいいんだよ、なあ。やっぱり、鬢の中に僕は人生を見るし、それから女の美しさもあるし、鬢をじっと凝視する男の目のやるせ

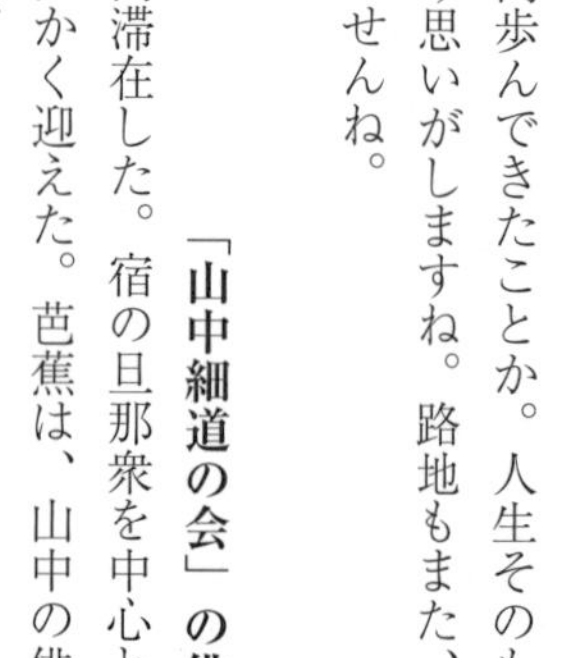
路地で

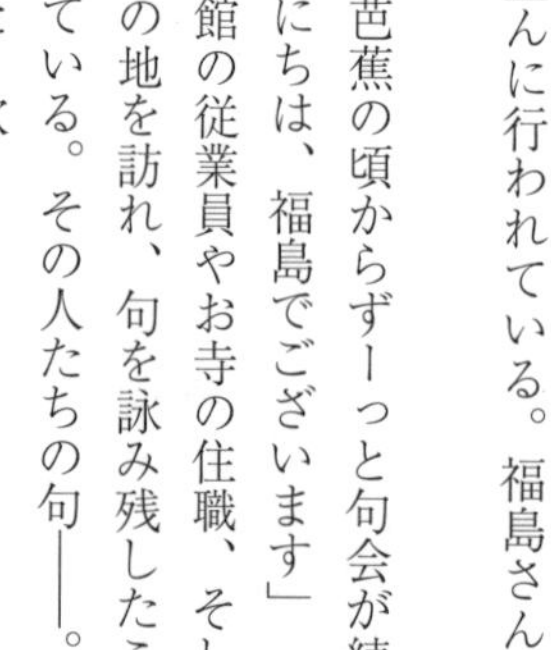
「山中細道の会」を訪ねる

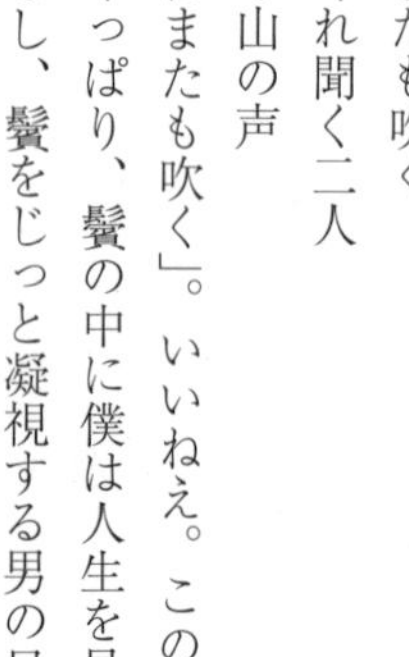

の料を請けずといふ
今更《いまさら》
昔語《むかしがたり》とはなりぬ

曾良は腹を病みて
伊勢の国長島といふ所に
ゆかりあれば
先立ちて行くに

行き行きて
倒れ伏すとも
萩の原　曾良

と書き置きたり

なさみたいなのがあって、いいねえ。

女性　一昨年にお舅さんが亡くなりまして、納骨に参りましたの。納骨終えて外に出ましたらね、俳句も何も知らなかったんだけど、そのとき初めて「納骨を終えし祖廟の蝉しぐれ」とぱっと出たのよ。ああ、これが俳句っちゅうもんかなと思って、家に帰って話をしましたら、ちょっと俳句の素養あるよ、やったらどうだって主人に言われましてね。それからご縁があって、会へ入れていただきまして。

福島　あれ、何ですかね、ふっと言葉が湧いてくるんですよね。

女性　それがなかったら、私は俳句してない。

――俳句という形式があるからだね。こうしていろんな境遇の人たちが、いろんな人生の体験をしてきた人たちが、俳句を通していい出会いをしてるなと思いました。

　旅というのは一期一会ですね。ぼくも短詩型にかかわっているから、こうやって俳句の場に出られ、そしてあの人たちと別れるのが急に悲しくなっちゃってね。短い時間だったけどもいっしょに一つのことをやっていて、長くこの人たちといるような気がしましたね。もうおそらく、この人たちと会うこともないのかもしれないけれども、何か心に残る出会いでした。

行く者の悲しみ
残る者の憾《うら》み
隻鳧《せきふ》の別れて
雲に迷ふがごとし
予もまた

今日よりや
書付《かきつけ》消さん
笠の露

曾良との別れ・全昌寺《ぜんしょうじ》

山中での滞在中、芭蕉は曾良との別れを余儀なくされた。道中、病を得た曾良は一人、芭蕉の元を去り、親戚縁者のいる伊勢の国に旅立つことになった。

別れに際し、芭蕉と曾良は互いの気持ちを句に託した。「笠に書いた同行二人の書き付けを、落ちる涙で消すことにしよう」。芭蕉は、自らも山中をあとにした。

芭蕉は曾良に一日遅れて、加賀の全昌寺に泊まる。そこには前夜、曾良が詠んだ句が残されていた。

大聖寺《だいしょうじ》の城外、全昌寺《ぜんしょうじ》といふ寺に泊まる。なほ加賀の地なり。曾良も前の夜この寺に泊まりて、

よもすがら秋風聞くや裏の山

と残す。一夜の隔て、千里に同じ。われも秋風を聞きて衆寮《しゆりよう》に臥せば、あけぼのの空近う、読経《どきよう》声澄むままに、鐘板《しようばん》鳴りて食《じき》堂《どう》に入る。今日は越前《えちぜん》の国へと、心早卒《そうそつ》にして堂下に下るを、若き僧ども紙硯《しけん》をかかへ、階《きざはし》の下《もと》まで追ひ来《きた》る。をりふし庭中《ていちゆう》の柳散れば、

庭掃きて出でばや寺に散る柳

とりあへぬさまして、草鞋ながら書き捨つ。

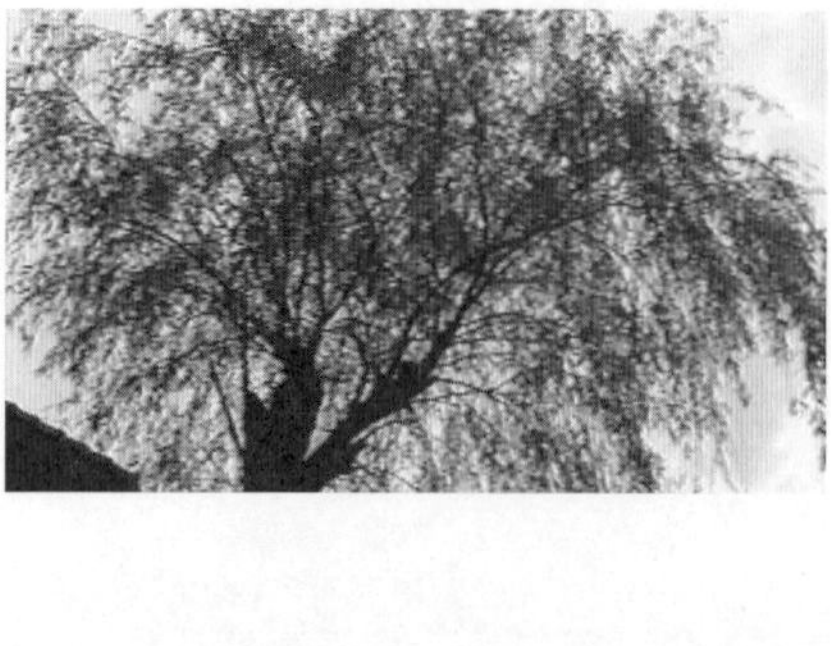
全昌寺の柳

全昌寺

一宿のお礼にせめて庭を掃き清めて出立したいのだが、道行きを急ぐ身、それもできない。芭蕉は、慌ただしく旅立った。

——この山中温泉で、芭蕉は愛弟子曾良とのつらい別れをいたします。曾良は、伊勢長島に旅立って行ってしまうのです。私もこれまでずいぶん悲痛な別れをしてまいりました。でも、別れた彼や彼女たちは、今でも私の体のなかで生き続けています。私もまた、これから人生という旅を、彼らと語り合いながら生き続けていきたいと思います。それでは私の短歌、「山河慟哭の歌」を、芭蕉と曾良の別れに捧げたいと思います。

山河慟哭の歌　　福島泰樹

咆哮ののちは静かに涕かんかなわが放埒の歌ならなくに
今日もまた赤裸を晒し打ち顫え叛旗のごとく哭かんとするに
その女《ひと》よ淑々として零《ふ》りそそぐみどりに煙ぶるエロチシズムよ

ああそして切なく吹雪き絶えなんに黄地獄、俺のはた生き地獄
しろがねの夢よ、乳房よ、白桃よ　わが渺茫《びょうぼう》の山河をゆくに
敗北の涙ちぎれて然れども凛々《りり》しき旗をはためかさんよ
湧きいずる歌は滅びて暁のたったひとりの友と思うぞ
腹を病み萩散る枯れ野を夢見しかいってしもうた曾良、曾良よ曾良
さようなら風吹く野辺のにしひがしされば冥利に尽きるこころを

山中の地で、曾良との別れを迎えた芭蕉は、越前の国・福井へと旅を続ける。

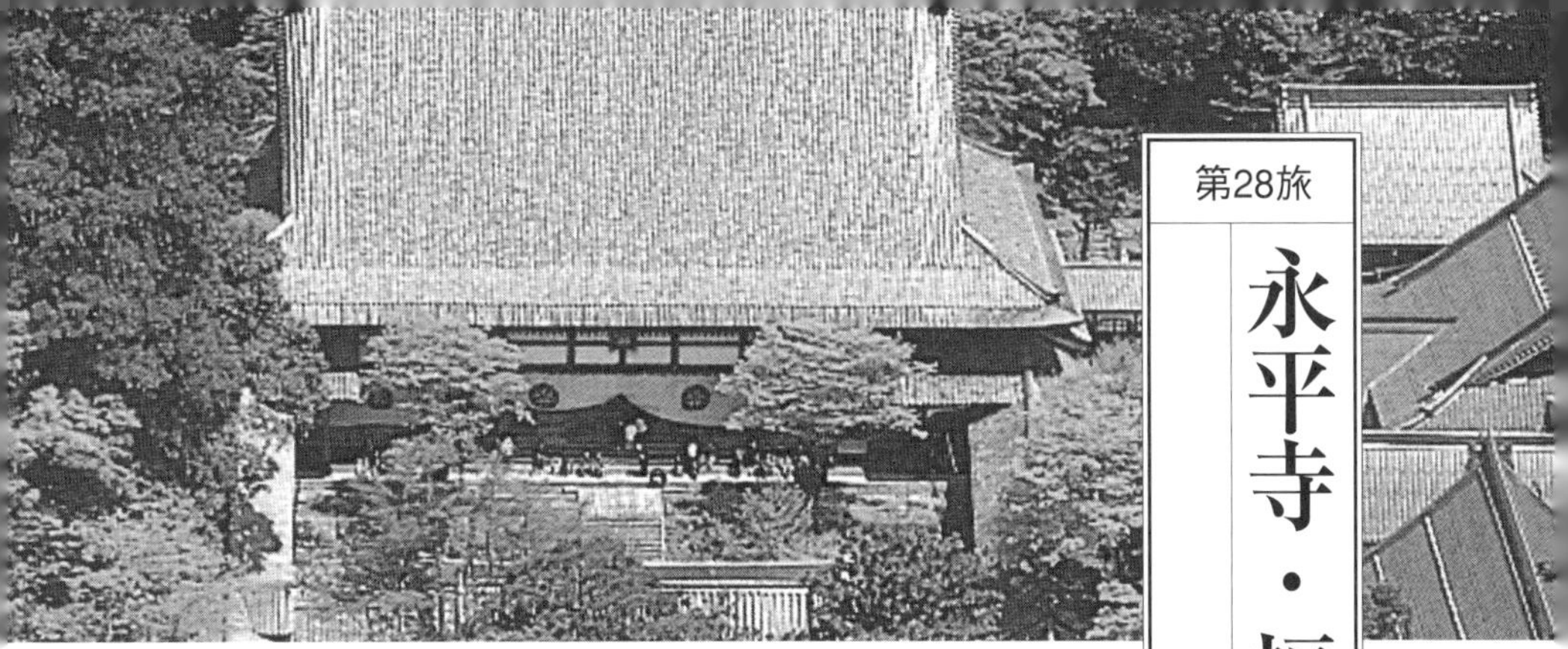

第28旅

永平寺・福井（福井）

旅人　立松和平

たてまつ・わへい（作家）
一九四七年、栃木県生まれ。土工・運転手・公務員などを経て執筆活動に入る。『遠雷』で野間文芸新人賞受賞。主な作品『光の雨』『毒─風聞田中正造』。

元禄二年秋、芭蕉は、越前の国・現在の福井県吉崎に入る。

汐越《しおごし》の松・西行の歌

江戸深川から旅を共にしてきた曾良は、病を得て、山中温泉で芭蕉と別れた。代わって、北枝《ほくし》という人物が芭蕉に付き添っている。二人は、歌枕として名高い汐越の松に向かう。

汐越の松は、波が越えるほどに枝が垂れていたと伝えられている。芭蕉が敬愛する西行もこの地を訪れた。現在は、ゴルフ場の片隅に残るこの幹だけが、昔を偲ばせる。その松のところに作家の立松和平さんは案内された。

「こちらがそうなんです」

「あ、この松がそうなんですか」

福井県吉崎

越前の境
吉崎の入江を舟に棹《さおさ》して
汐越《しおごし》の松を尋ぬ
よもすがら
嵐に波を運ばせて
月を垂《た》れたる汐越の松
西行
この一首にて数景《すけい》尽きたり
もし一辨《いちべん》を加ふるものは
無用の指を立つるがごとし

芭蕉と北枝の像

「はい。この横たわっている、老木になっている松が残っていたらしいんですけどね」
「風雪を感じますね。時が流れて、これしか縁がないけれど、芭蕉の来た跡は奥の細道にちゃんと残ってますね」

　孤独のなかで自分自身と向き合う一人旅。それこそが本当の旅だと考える立松さんは、この越前路で、芭蕉の道連れが果たした役割に、興味を持っている。

——この西行の歌をめぐって、芭蕉と北枝は、どんな話をしたんだろうね。実際にあるものは、ただ松の木が立っているだけだ。しかし想像力は、深く高く、遠くまで届いていく。芭蕉はとても人なつっこい人で、きっと北枝にいろんなことを話したんだろうね。そして北枝は、一生懸命に芭蕉の言うことを吸収した。短い間の師と弟子の関係が、そこで成立したんだね。二人が語り合ってる様子が彷彿としてくる。この松林に今やってきても、芭蕉の香りが漂っているような感じがする。

天龍寺・北枝との別れ

　北枝は、金沢の刃物の研師《とぎし》だった。奥の細道をゆく芭蕉に出会い、門下に入る。北枝は、二〇日余りの旅の道連れを務め、天龍寺から、金沢に帰ることになった。

丸岡天龍寺《まるおかてんりゆうじ》の長老
古き因《ちなみ》あれば尋ぬ
また、金沢の北枝《ほくし》といふ者
かりそめに見送りて
この所まで慕ひ来る
所々《ところどころ》の風景
過ぐさず思ひ続けて
をりふし
あはれなる作意など聞こゆ
今すでに別れに臨みて

物書きて
扇引きさく
なごりかな

立松さんは、天龍寺の笹川浩仙さんを訪ねた。

立松　これが、芭蕉と北枝の像なんですね。
笹川　そうです。
立松　北枝は、どういう人物だとお考えですか。
笹川　刀研師ですから、一般の人が持っていない鋭いもの、刀の切れ味のようなものを持っていたかなと、私は想像しています。
立松　要するに妥協を許さない仕事でしょ。細かな仕事ですね。
笹川　本当に、ミクロンの世界を作り出していかなければならない刀の先ですからね。私も知ってるんですよ、現代の研師の人をね。その人から想像すると、ちょっとずば抜けた鋭いものを持った人物じゃないかと思います。
立松　芭蕉という人は、言葉に関してはものすごく怜悧な、つき抜けるような天才ですよね。そういう芭蕉と、どこか、切り結ぶところがあったんでしょうかね。

旅をともにするなかで、言葉を磨き合った師匠と弟子。北枝への餞別として、芭蕉は、扇に句を書いて贈った。

――「物書きて扇引きさくなごりかな」。この句は、扇を引き裂いたというように書いてあるよね。しかしこの扇、とてもとても引き裂くことはできない。この句に込められた意味というのは、絶対にできないことをやったという、そこまでの気持ちになると

笹川浩仙さん

五十丁山に入りて
永平寺を礼《らい》す
道元禅師《どうげんぜんじ》の御寺《みてら》なり
邦畿《ほうき》千里を避けて
かかる山陰に
跡を残したまふも
貴きゆゑありとかや

永平寺

いうことなんだね。この句は風流の感じはしないね。人生の深遠に落ちていくような孤独の深い味わいがある。芭蕉の心をそのまま、技巧も凝らさずに描いたような、そんな句だよね。

曹洞宗《そうとうしゅう》の大本山・永平寺《えいへいじ》

天龍寺で北枝と別れた芭蕉は、雲水に送られて、曹洞宗の大本山・永平寺に向かった。

永平寺は、七五〇年前、道元が開いた禅の道場である。一〇万坪の境内では、現在も二〇〇人以上の雲水が、厳しい修行を重ねている。立松さんも座禅に加わった。

「座禅は、足が痛くて、情けないですね。安楽の法門、これがいちばん自然な姿だと教わってはいるんだけど、修行が足りないせいか、足が痛くてね。いろんなことを考えてしまう。小説のストーリーなんか思い浮かんで。あるがままに続けるしかないですね」

永平寺から福井へと、山をくだる芭蕉。奥の細道の道中で、唯一のひとり旅である。立松さんもその道をたどってみる。

「不動明王だ。あっちこっち、旅を励ますものがあるよね。急に、雨が降ってきた。芭蕉もこんなふうに雨にまかれて難儀したこともあったろうね。ヒリヒリするような感じだよね。風景が突然、我が身に迫ってくる。風景とじかに触れ合っているような、そん

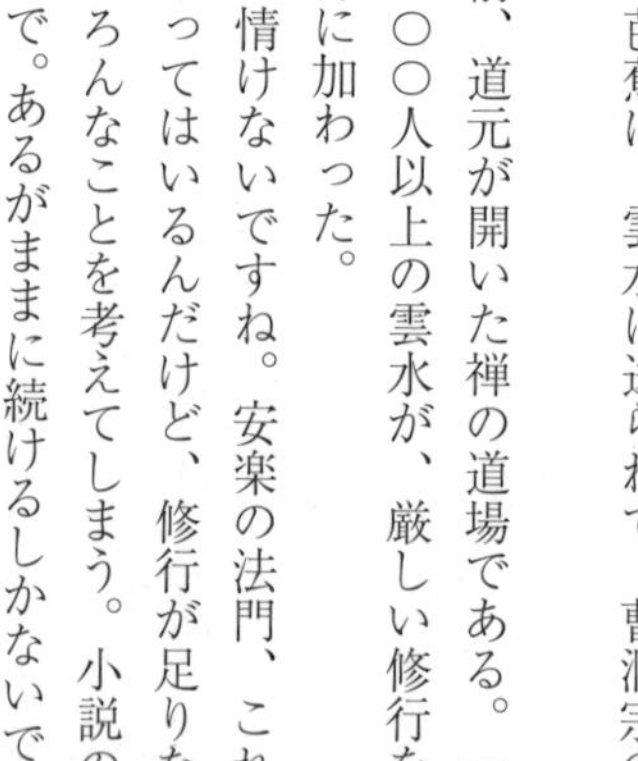
永平寺の雲水たち

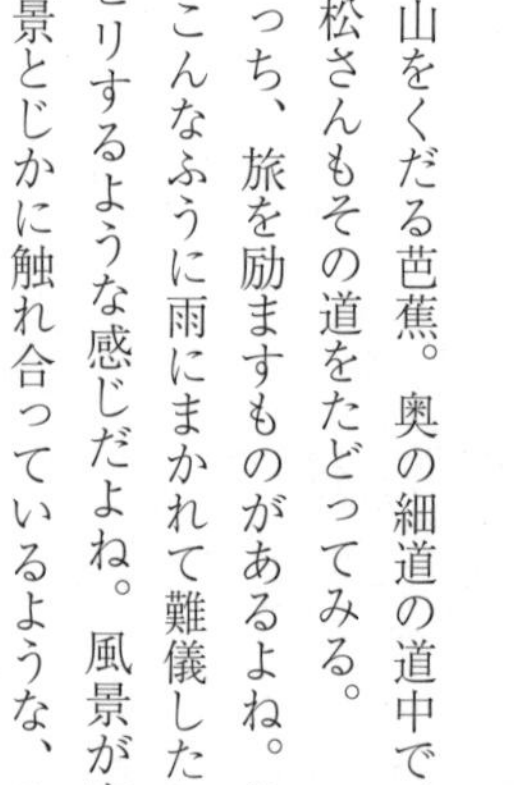
不動明王を見る立松さん

な感じが、ひとり旅ではしてくるだろうね。こうやって厳しいときもある。楽しいときもある。それが旅だよね。そして、人生だ」

福井・等栽《とうさい》との再会

松平三四万石の城下町・福井。芭蕉はここで、等栽という知人の家を捜す。等栽は俳諧をたしなむ武士で、当時すでに、隠遁生活を送っていた。芭蕉より、一〇歳以上年長だったといわれている。立松さんは「永平寺から来ると、福井は、賑やかなところだね。芭蕉も、人恋しい気分になったろうね」と、芭蕉の心境を察する。

福井は三里ばかりなれば、夕飯《ゆうげ》したためて出づるに、黄昏《たそがれ》の道たどたどし。ここに等栽《とうさい》といふ古き隠士《いんし》あり。いづれの年にか江戸に来《きた》りて予を尋ぬ。遙か十年《とせ》余りなり。いかに老いさらぼひてあるにや、はた死にけるにやと、人に尋ねはべれば、いまだ存命してそこそこと教ふ。市中ひそかに引き入りて、あやしの小家に夕顔・へちまの延《は》へかかりて、鶏頭《けいとう》・箒木《ははきぎ》に戸ぼそを隠す。さてはこの内《うち》にこそと、門《かど》をたたけば、侘《わび》しげなる女の出でて、「いづくよりわたりたまふ道心《どうしん》の御坊《ごぼう》にや。あるじはこのあたり何某《なにがし》といふ者のかたに行きぬ。もし用あらば尋ねたまへ」といふ。かれが妻なるべしと知らる。

福井市

顕本寺

昔物語にこそ
かかる風情ははべれと
やがて尋ね会ひて
その家に二夜《ふたよ》泊まりて
名月は敦賀《つるが》の港にと旅立つ
等栽もともに送らんと
裾《すそ》をかしうからげて
道の枝折《しお》りと浮かれ立つ

芭蕉は、十数年ぶりに等栽との再会を果たした。そのときの逸話が、顕本寺という寺に伝わっていて、等栽の人柄を偲ばせる。
立松さんはその顕本寺を訪ねた。

住職　その当時、等栽が非常に貧乏をしてましてね、芭蕉が訪ねてこられたときに、枕すらなかったらしいですわ。そのときにちょうど、うちの番人堂を普請してまして、その木の柱の一角をもって帰って、芭蕉の枕にしたということが石碑に残っているわけです。

立松　すごい話ですね。『奥の細道』には珍しい人情話ですよ。

住職　そうですかね。

等栽の心づかいが、ひとり旅の芭蕉を慰めた。

——芭蕉宿泊地、等栽宅跡。芭蕉は、人恋しい人だね。一人になったと思ったら、すぐに誰かを訪ねてしまう。芭蕉も、この赤貧あらうがごとしの等栽をちょっとひょうきんに書いていて、きっと、悪い感じがしなかったんだろうね。芭蕉も、何も持っていない、身一つの人間だ。まさに乞食《こつじき》。本当の風流人だよね。風流を愛する心、それだけで結びついていた。今、この時代から見れば、何とも懐かしいような感じのする世界だよね。

等栽の家で、芭蕉は、二夜を過ごした。

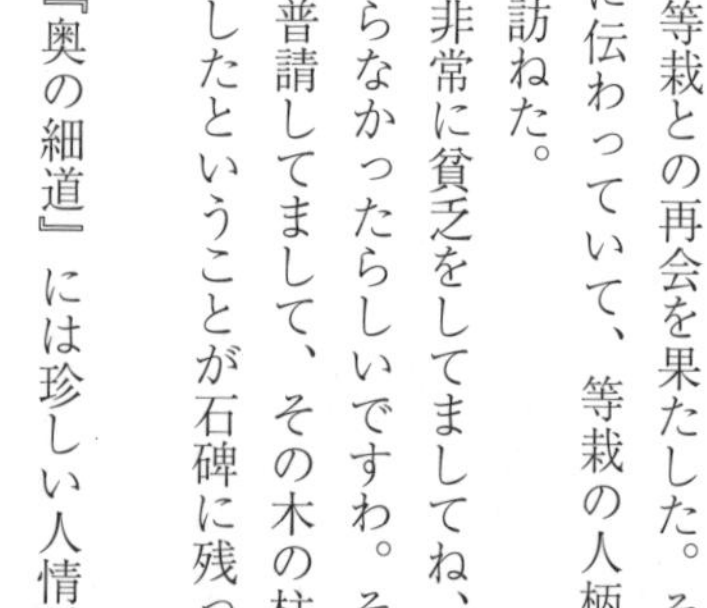

住職・佐藤泰道さんと

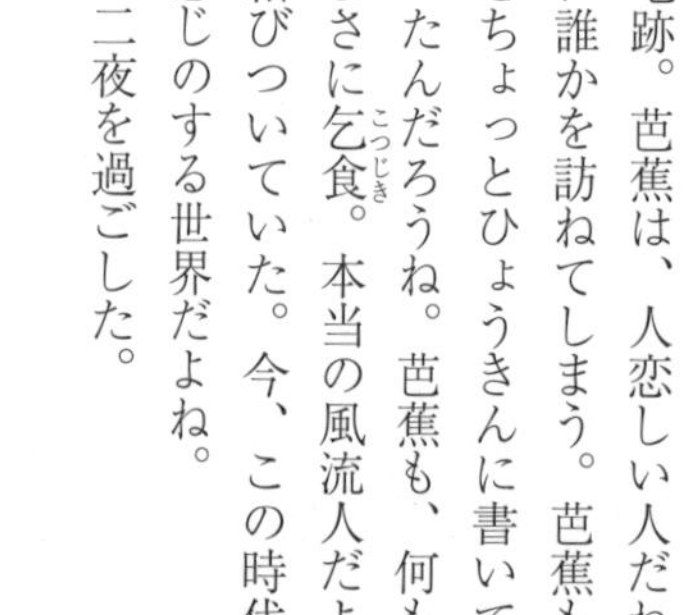

等栽宅跡

芭蕉と旅の道連れ

曾良、北枝、そして、新たな道連れとなった等栽。芭蕉にとって、彼ら旅の道連れは欠かせない存在だった。

――「物書きて扇引きさくなごりかな」。この情景は、芭蕉の心のなかであり、北枝の心のなかであるんだね。一つの情景を二人で共有している。不思議な世界だ。芭蕉にはいつも旅の道連れがあった。曾良もいつも芭蕉といっしょにいて、競うように句を作っていったよね。それも、同じ一つの風景を共有して、別の言葉を作っていった。芭蕉はいつも、旅の道連れが必要だった。すぐ側にいる人の心に映る風景を見て、それを感じ、それをまた自分のものとして句を詠んでいった。鏡のように風景を写す道連れが、芭蕉にはいつも必要だったんだね。この福井に来て、等栽という道連れができて、本当によかったね。まだまだ、芭蕉は旅を続けることができる。

等栽と共に、福井を発った芭蕉は、仲秋の名月への期待に胸膨らませ、敦賀の港へと向かう。

第29旅

敦賀・種の浜（福井）

旅人　日比野克彦

ひびの・かつひこ（アーティスト）一九五八年、岐阜県生まれ。絵画、立体作品や舞台美術など、多彩な芸術活動を展開。自然保護運動にも取り組む。作品集『KATSUHIKO HIBINO』『HIBINO LINE』他。

越前の国・福井をあとにした芭蕉は、北陸道の難所、木ノ芽峠を越えて、敦賀の港へと向かった。

江戸を発って四か月半。美濃・大垣に至る奥の細道の旅は、終わりを迎えようとしていた。芭蕉は敦賀で、「月」を題材に数多くの句を詠み残した。

アーティストの日比野克彦さんは、ここ敦賀で芭蕉が心ひかれ、表現しようとしたものは何だったのか、と問いかける。

最後の目的地・敦賀

——ほー敦賀湾ですね。芭蕉の最後に選んだ場所がここ敦賀ですが、山のなかを抜けると、そこに突然海が広がってきた。芭蕉がここでずいぶん多くの句を詠んでいて、月を題材にするものが多

木ノ芽峠

やうやう白根《しらね》が岳《だけ》隠れて
比那《ひな》が嵩《だけ》現はる
あさむづの橋を渡りて
玉江の蘆《あし》は穂に出でにけり
鶯《うぐいす》の関を過ぎて
湯尾《ゆのお》峠を越ゆれば
燧《ひうち》が城
帰山《かえるやま》に初雁《はつかり》を聞きて
十四日の夕暮れ
敦賀《つるが》の津に宿を求む

その夜
月殊《こと》に晴れたり
「明日の夜もかくあるべきにや」といへば
「越路《こしじ》の習ひ
なほ明夜《めいや》の陰晴《いんせい》はかりがたし」と

い。なぜ芭蕉がここを最終の目的地と選んで、そしてまた月を題材に選んだのか。実際に芭蕉が訪ねたところを見て感じていきたいなと思ってます。

気比《けひ》神宮・仲秋の名月と「砂持ち」

芭蕉が敦賀に入ったのは旧暦の八月一四日（今の暦で九月二七日）、仲秋の名月の前日だった。当時、日本海側屈指の港町として栄えていた敦賀は、歌枕の地としても知られていた。芭蕉は、仲秋の名月を見ることを念願していた。

越前一の宮として古くから信仰を集めてきた気比神宮。宿の主に伴われて、まず芭蕉はここを訪れ、月の句を詠んでいる。

――大きな石碑があります。ここにも五つ芭蕉の句が詠まれていますね。これが全部、題材が月。気比の月、月清し、秋の月、月いづく、名月や。ためてたんですかね。一気に吐き出してるような。芭蕉の美学というんですかね、芭蕉の持っている感情と、月の存在の持ってる意味がピタッとこう。どんな作家にも必ず自分の持っているものを表現しやすいモチーフって必ずあるんですが、芭蕉にとっての月というのは、彼の気持ちを表す上でとても大切な題材だったんでしょうね。

石碑の前の日比野さん

あるじに酒勧められて、
気比の明神に夜参《やさん》す
仲哀《ちゅうあい》天皇の御廟《ごびょう》なり
社頭《しゃとう》神さびて
松の木の間に
月の漏り入りたる
御前《おまえ》の白砂
霜を敷けるがごとし

往昔《そのかみ》、遊行《ゆぎょう》二世の上人《しょうにん》
大願発起《たいがんほつき》のことありて
自ら草を刈り
土石《どせき》を荷ひ
泥渟《でいてい》をかわかせて
参詣往来の煩《わずら》ひなし
古例今に絶えず
神前に真砂《まさご》を荷《にな》ひたまふ
これを

芭蕉は、宿の主から気比神宮に伝わる神事「砂持ち」のいわれを聞き、それを記した。（上記）

昔、社の西に沼地が広がり、人々は参詣に難渋していたが、亀の祟りを恐れてどうすることもできずにいた。それを知った遊行上人は自ら砂や石を運んで沼を埋め、患いを取り除いたという。

芭蕉が気比神宮に詣でた翌日、八月一五日は雨となった。仲秋の名月を敦賀で見たいという芭蕉の思いは、叶わなかった。

芭蕉と月

敦賀にかけての道中で、芭蕉が月を詠んだ句は一五にも及ぶ。月は、表現者の芭蕉にとって、なくてはならないものだったと日比野さんは考えている。

――芭蕉というのは、その時代のアバンギャルドな人間であったと思うんですよ。いわゆる本流のものをいかにして切り崩して次のものを作っていくか。今でいえばロッカーですよね。俺はやってやるんだ、伝統をふまえた上で、それを切り崩して新たなる自分の美学を確立させるんだ、というすごいアバンギャルドなクリエイターだと思うんです。例えば太陽というものがあって、燦々と輝いて自分たちを照らしてくれる。いやそうじゃないんだ。太陽にパワーがあるんじゃなくて、月にこそパワーがあるんだ。太陽よりも月、そして勝者よりも敗者、メインよりも裏通りのサブ

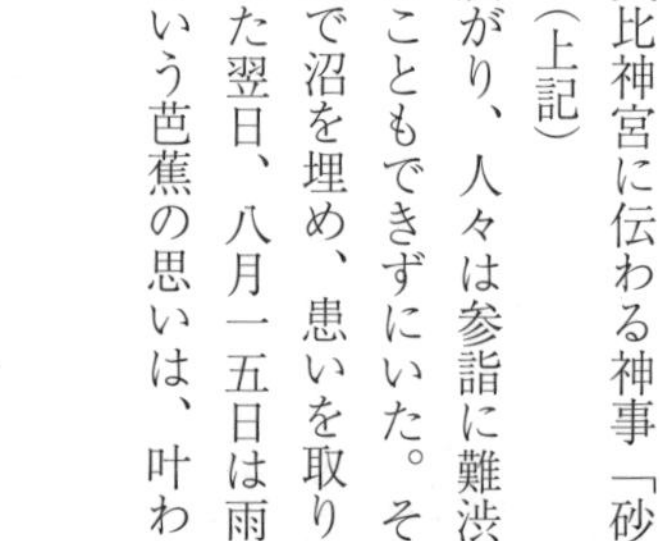
気比神宮

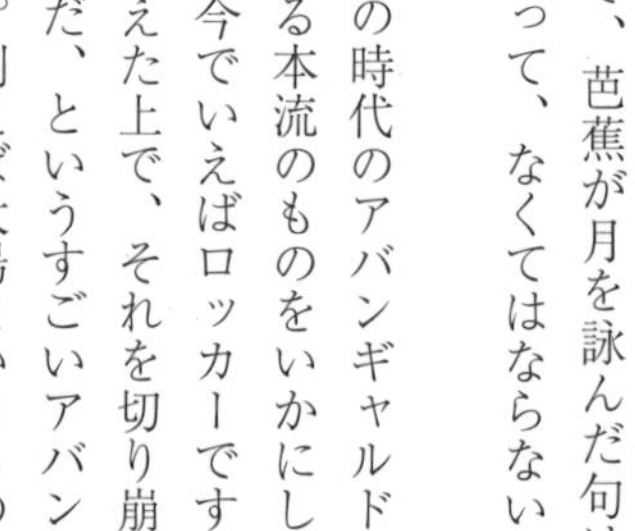

遊行の砂持ちと申しはべる
と亭主の語りける

月清し
　遊行の持てる
　　砂の上

十五日、亭主のことばに
たがはず雨降る

名月や
　北国日和《ほっこくびより》
　　定めなき

のストリートカルチャーの方に、いろんなものを、見てやろうというのが彼のなかにあったんだと思いますね。

宿に杖を置いていく

奥の細道の旅も終わりに近づいた敦賀で、芭蕉は一つの旅道具を残している。世話になった宿に置いていった杖である。玉井昭三さんは、宿の親戚縁者から杖を譲り受け、大切に守っている。

日比野　こんにちは。日比野と申します。宜しくお願いします。

（杖を見せてもらって）これは竹ですか。

玉井　黒竹ですね。これが芭蕉さんが奥の細道で、深川から敦賀まで離さずに愛用された杖と伝えられております。

日比野　ちょっと持たせてもらっていいですか。軽いですね。竹の自然な歪みというか。途中で分かれているんですか。

玉井　そうですね。ちょうど二筋目から分かれていました。

日比野　これはずーっと芭蕉とともに旅をした杖ですね。ただの杖じゃないですね。この杖がいろんな俳句を作り出すのに貢献していたりすることもあるんでしょうね。この杖がなかったら、違った句になっていたかもしれないし。小説家の人がこの万年筆じゃなきゃだめだ、みたいなのと同じで、芭蕉にしてみれば、この杖じゃないと、道中いろんなことが思い浮かばない、ということがあったかもしれないですね。杖をここに置いていったというこ

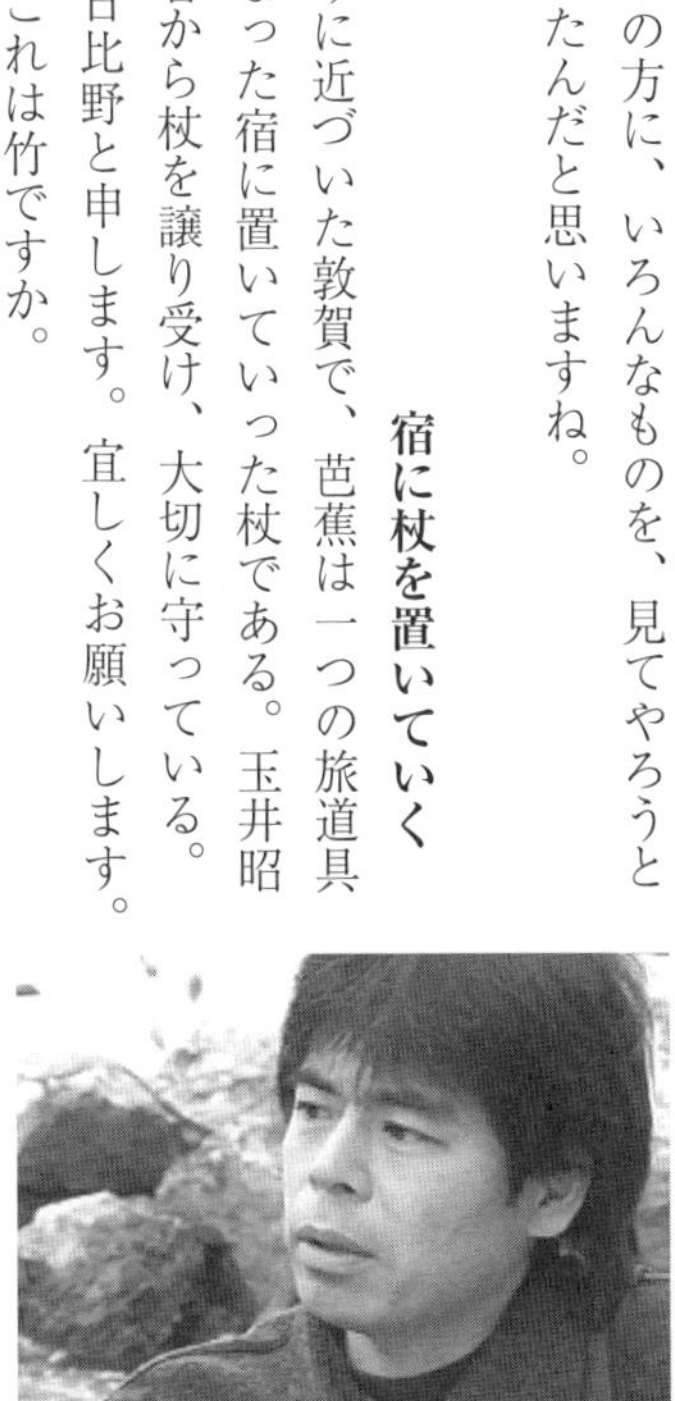

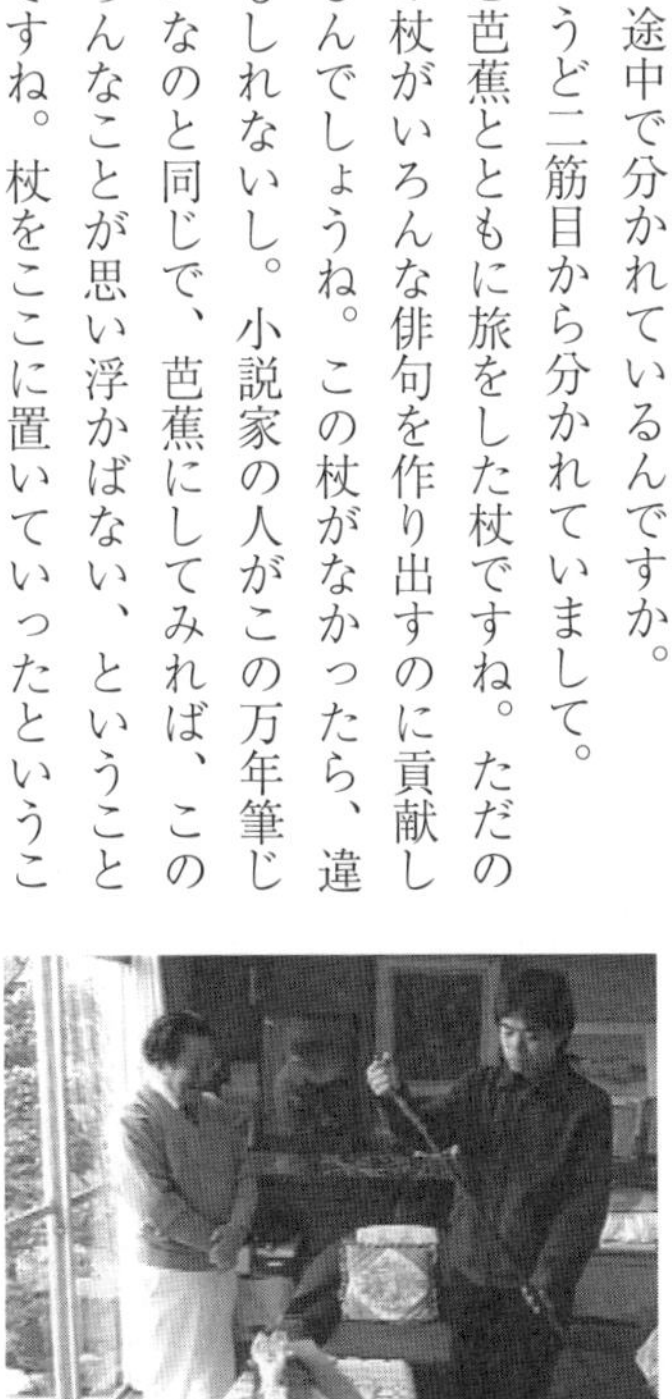

杖を持つ日比野さん

十六日、空霽《は》れたれば
ますほの小貝拾はんと
種《いろ》の浜に舟を走《は》す
海上《かいしょう》七里あり
天屋何某《てんやなにがし》といふ者
破籠《わりご》・小竹筒《ささえ》など
こまやかにしたためさせ
僕《しもべ》あまた舟にとり乗せて
追ひ風
時の間に吹き着きぬ

とは、芭蕉のなかでは目的は果たしたぞ、と。

色ヶ浜・ますほ貝

仲秋の名月のあくる日、芭蕉は敦賀湾に面した色ヶ浜へと向かう。地元で回船問屋を営む俳人の天屋《てんや》玄流《げんりゅう》らを伴っての船旅だった。

色ヶ浜は、芭蕉が敬愛する西行が訪れたことで知られる歌枕の地である。芭蕉の心にあったのは、西行も歌に詠んだ「ますほ貝」という美しい小さな貝だった。船中芭蕉は、用意された酒など楽しみながら、くつろいだ一時を過ごした。

日比野さんも船で色ヶ浜へ渡る。

色ヶ浜は、戸数一四の小さな漁村である。芭蕉が訪れた当時と変わらぬ佇まいを、今も残している。

色ヶ浜で芭蕉は、西行ゆかりのますほ貝を拾った。

本隆寺《ほんりゅうじ》・等栽直筆の書

芭蕉は、色ヶ浜で本隆寺を訪ねている。ここには、福井から芭蕉と旅を共にしてきた等栽の直筆の書が伝えられている。日比野さんが訪ねた本隆寺の御代田勝子《みよたかつこ》さんは、芭蕉を慕って色ヶ浜を訪れる旅人を、五〇年以上にわたって温かく迎えてきた。

日比野　こんにちは。日比野と申します。なんか重そうな箱が。

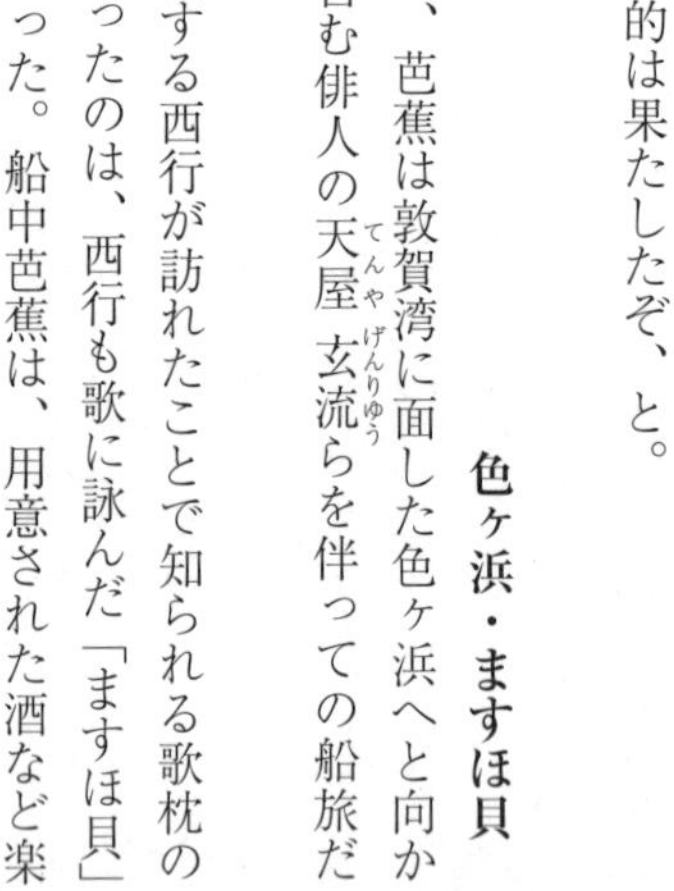
色ヶ浜

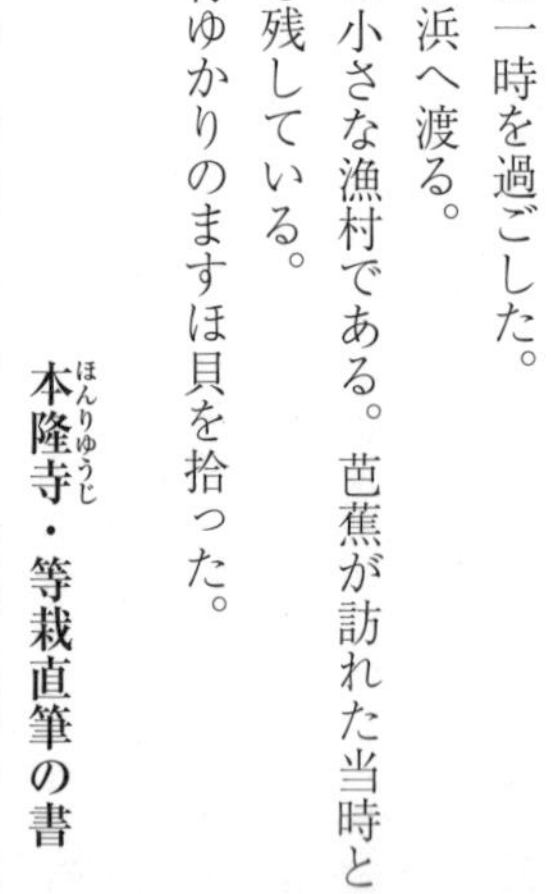
ますほ貝

浜はわづかなる
海士《あま》の小家にて
侘《わび》しき法華寺《ほっけでら》あり
ここに茶を飲み
酒を暖めて
夕暮れの寂しさ
感に堪《た》へたり

寂しさや
須磨《すま》に勝ちたる
浜の秋

波の間や
小貝にまじる
萩の塵《ちり》

その日のあらまし
等栽に筆をとらせて寺に
残す

御代田　はい。福井から芭蕉さんといっしょに等栽さんがお越しくださいまして、その日のあらましを書いて残されたものでございます。

日比野　これはどのような内容なんですか？

御代田　はい。そのころはよそからどなたもいらっしゃらない、侘びしい寂しい所でございまして、お天気のいいときなど、浜へ出ますと、この世の嫌なことなど忘れてしまいまして、山水のいい景色を眺めているような、いい所でございました。芭蕉さんも浜へ出なさって、いい景色を見ながらゆっくりとなさったことと想像しております。

日比野　僕は盃って字がパッと目に入りますが、ここでけっこう芭蕉は、一杯やってたんですかね。

御代田　はい。そうと思います。そしてますほの小貝を盃に打ち入れて風雅をお楽しみになって、ゆっくりとお酒をお上がりになった様子がよくわかります。

日比野　御代田さんもたまにそういうことをされるんですか。

御代田　はい。芭蕉さんにちなんで。

旅の最後に、芭蕉が小さな貝に託そうとしたものは何だったのか。日比野さんは、敦賀で多くの句に詠まれた月とますほ貝を重ね合わせてみる。

本隆寺を訪ねる日比野さん

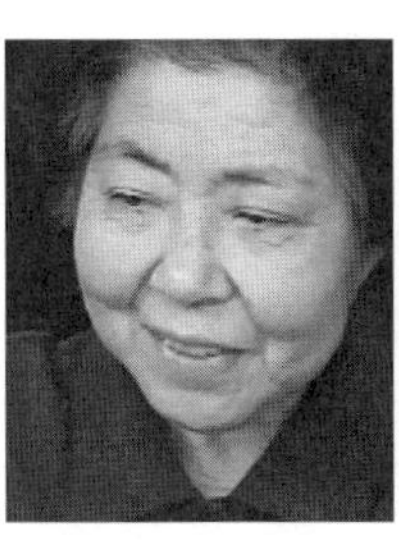
御代田勝子さん

――ちっちゃなちっちゃなますほ貝を盃に入れて飲んでみる。それは、ますほ貝を盃に映った月に見立てることもできるんではないだろうか。これは僕の勝手な推測ですけども。ますほ貝を月と見立ててそれを自分の体のなかに流し込む。きっと芭蕉の俳句の世界のなかで、表面的に見えているものだけじゃなくて、例えば、本当に美しいものというのは見えているものだけが美しいのか、とか、寂しいと言葉で言っても、本当に寂しいって何なんだろうか、その隠されたものを見よう見ようというのが彼のものづくりの根底にあったと思うんです。それが色ヶ浜にたどり着いたときに、月を題材にして、ある程度自分の考えをまとめることができたという満足感は確実にあったと思うんですよ。そんな気持ちが、ここで最後にすごくリラックスして、本当に楽しんで行かれましたよ、という話を村の人がずっと伝え、語らせている所以なんじゃないかな。

第30旅

大垣（岐阜）

旅人　大岡　信

おおおか・まこと（詩人）
一九三一年、静岡県生まれ。現代日本を代表する詩人。受賞多数。朝日新聞連載の『折々のうた』は菊池寛賞を受賞し、現在もなお連載中。『大岡信著作集』他。

岐阜県大垣市は、水の都・水都《すいと》とよばれてきた。町中には、縦横に流れる川と堀がある。人々は、今も水と親しみながら暮らしている。この町が、奥の細道の終わりの地となった。

元禄二年三月末、江戸・深川に始まった芭蕉の旅は、五か月が経とうとしていた。北陸路の旅を終えた芭蕉は、今の暦で一〇月初めごろ、大垣に着いた。

詩人の大岡信さんがこの地を訪れる。大岡さんは、現代を代表する詩人として活動するとともに、日本の古典文学を現代によみがえらせることに情熱を傾けてきた。

――僕も詩を書いている立場で言うと、現代詩の以前に俳諧や和歌という流れがずーっとあって、その最先端に私たちがいると思っているんですが、芭蕉のところで流れがある意味ではギューッ

露通《ろつう》も
この港まで出で迎ひて
美濃《みの》の国へと伴ふ
駒に助けられて
大垣の庄に入れば
曾良も伊勢より来り合ひ
越人《えつじん》も馬を飛ばせて
如行《じょこう》が家に入り集まる
前川子《ぜんせんし》・荊口《けいこう》父子
その外親しき人々
日夜訪《とぶら》ひて
蘇生《そせい》の者に会ふがごとく
かつ喜びかついたはる

と狭まって、同時にパァーッと広がっている感じがするんですね。『奥の細道』は四〇〇字詰めの原稿用紙にすると、たぶん五〇枚はない、四〇枚ぐらいじゃないかなと思いますね。それが今に至るまで何百年もの間、日本人の旅というものについての観念をほとんど決定づけているところがある。旅をすることによって初めて見えてくる人情の世界、さまざまな土地の美しさ。そういうものを実際に見ないと、全く意味がないんだ、ということを芭蕉ほどはっきり示した人はいない。そういう意味で、『奥の細道』は、その凝縮された一つのモデルになっているんですね。

水都大垣と芭蕉の結びつき

芭蕉は、敦賀の港から大垣に向かった。その間、ほぼ二〇里、八〇キロが、奥の細道の最後の道のりになった。

戸田氏一〇万石の城下町、美濃の国・大垣。町中を流れる水門川は、かつてこの一帯と伊勢湾をつなぐ交易の道だった。

江戸時代、大垣では、この川を利用して人と物を運ぶ水運が栄えていた。富裕な商人たちの間では、俳諧をたしなむ文化も早くから盛んだった。

芭蕉は、奥の細道の旅の前にも二度、この大垣を訪れ、土地の俳人たちに温かく迎えられている。

長旅を終えて大垣にたどり着いた芭蕉のもとに、多くの門人た

大垣城

ちが集まってきた。
その中心になったのが谷木因《たにぼくいん》である。木因は、大垣でも有数の船問屋を営み、芭蕉とは、俳諧を通じて心を許し合った仲だった。木因を初めとする商人たちが、芭蕉と大垣の強い結びつきを支えてきた。
大垣藩の武士たちの間にも、芭蕉の弟子は、大勢いた。彼らを通じて、芭蕉の名は、藩の重役たちの間にも伝わっていった。
芭蕉に興味を抱いた一人が、藩の家老格で一三〇〇石取りの武士・戸田如水《とだじょすい》だ。如水は、芭蕉を自宅に招いた。当時の芭蕉の風貌を伝える如水の日記が、大垣に残されている。

如水日記　九月四日
その年四十六。生国は、伊賀のよし。今日芭蕉、躰は、布裏の木綿小袖。帷子を綿入れとす。墨染め。細帯に布の編服。心底はかりがたけれども、浮世を安くみなし、へつらわず奢らざる有様なり。

——芭蕉という男は、心の底がはっきりはわからない。しかし浮世を安く見なしていて、おごり高ぶったりする様子は何もない。そういう意味で、普通の藩の暮らしのなかでは、全くそういう人がいなかったでしょうから、ちょっと不思議な感じがしたと同時

芭蕉と木因の銅像

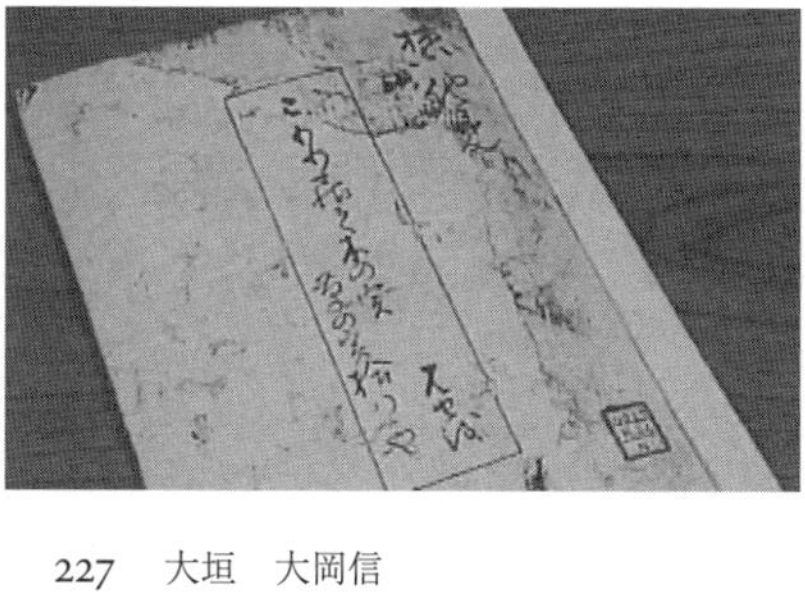
如水日記

芭蕉翁画像　小川破笠筆

にひかれるものが非常にあった。やっぱり如水も俳句を作る人ですからね、そういう意味ではたしなみのある人で、つまり普通に知ってるタイプじゃない人が突然現れて、対面してみたら非常にひかれるものがあったということだろうと思うんです。

芭蕉に対面した如水は、その翌日、当時貴重だった南蛮酒一樽を芭蕉の滞在先に贈り届けた。

――たった一年の半分ぐらいの間だったけれども、それが何年分にもなるような生活経験というものがたたみこまれていたと思うんですね。それが当然、彼の顔の表情にもいちいち現れていたに違いない。落ち着きが彼にあったでしょうから、武士としての如水は、この男は相当なもんだということがすぐにわかったと思います。だから翌日、南蛮酒の樽を彼のところに贈りますね。わざわざ贈り物をしたってことは、やはり何か、如水という人に心打たれるものが、芭蕉のなかにあったんだと思います。

紙衾《かみぶすま》を弟子に与える

一〇日ほどの大垣滞在中、芭蕉の思いがけない行為が、集まってきた門人たちを驚かせた。旅の間、使ってきた紙衾という夜具を、初対面の門人・竹戸《ちくこ》に与えたのだ。

和紙を柔らかく揉んで仕立てた紙衾は、保温の良さと軽さで、

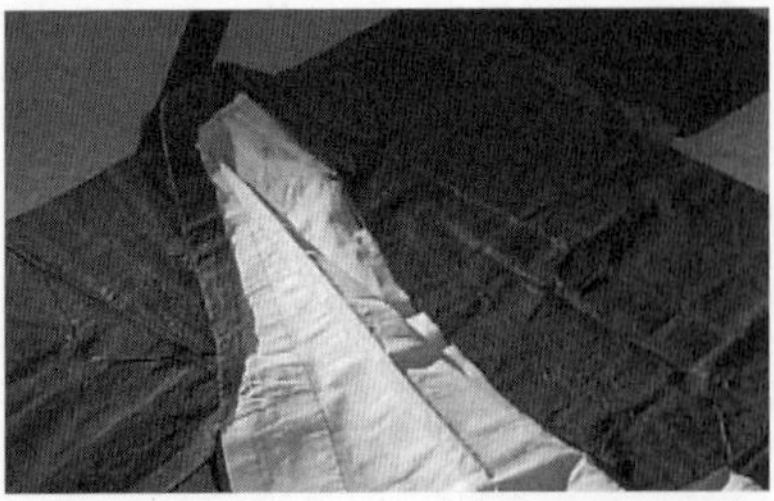

紙衾

当時の旅には欠かせないものだった。芭蕉は、旅の思い出がしみこんだその紙衾を、疲れた肩を揉み、いたわってくれた竹戸に、お礼として贈ったのだった。

——旅の間ずーっと大事にしていた紙衾も、こういう人にポンとあげてしまえば、後腐れもない、ということがあったと思います。彼は後腐れなく生きることをいつも心がけていたように思うんですね。門弟とはいえ、芭蕉門のなかでも地位は低いという感じの人に、わざわざあげてしまったところに、はっきりした意志の力が加わっていると思いますね。つまり一所不在の精神、そして誰にも頼らず生きるということ、それは誰にも恩義をこうむらないことでもある。浮世とのさっぱりしたお別れってことをいつでも考えてますから、それを実践して見せたという気がしますね。

　畳み目は我が手のあとぞ紙衾　曾良

旅の間、芭蕉の身辺を世話し、毎日、紙衾を畳んできた曾良は、芭蕉との同行二人の旅が、これで終わったことを痛切に感じ取ったのである。

正覚寺《しょうかくじ》・芭蕉塚

大垣市内の正覚寺に、一つの石の塚が残されている。

奥の細道の旅から五年後、芭蕉は、大阪で、五一年の生涯を閉

正覚寺の芭蕉塚を訪ねる

お先に立ち候段
残念に思し召さるべく候
いかやうとも又右衛門
たよりになされ
御年寄られ　御心静かに
御臨終なさるべく候
ここに至りて申し上ぐること
御座無く候
市兵衛　治右衛門殿
意専老はじめ
残らず御心得たのみ奉り候
中にも　重左衛門殿　半左殿
右の通り
ばば様　およし
力落し申すべく候
（兄への遺書）

じる。芭蕉の死の翌年、百日忌のとき、芭蕉を慕う大垣の門人たちが建てたのが、この「芭蕉塚」である。

――「元禄七年十月十二日」と書いてある。亡くなった日ですね。芭蕉という人は、生涯を省みて言えば、ほんとにつつましいという表現がピッタリの人で、お金は一つも稼がず、言ってみれば人に施されて一生を送ったわけですけど。そういう小さな生活を守るからこそ、非常に大きな宇宙的なものまで含めて自分の仕事のなかに取り込むことができたんじゃないか。つまり現代のサラリーマンの生活を考えてみれば、労働をすることによって稼いで自分の生活を保つわけですけど、芭蕉はそういうことは全然しなかったわけです。しなかったにもかかわらず、大勢の人が非常に彼を尊敬した。そのことが、逆説的な芭蕉の豊かさを示していると思います。結局、芭蕉は言葉の扱い方一つなんですね。芭蕉の生涯というものは、言葉という小さなものを組み合わせることによって巨大なものになっていくということを実証してみせた。

兄への遺書

大岡さんは、死の二日前に芭蕉が兄の半左衛門宛にしたためた遺書に強い感銘を受けたと語る。

――兄さんの半左衛門さん宛の遺書というのは、私は初めて読んだときに非常に衝撃的だなと思ったのは「お心静かに御臨終下さ

旅のものうさも
いまだやまざるに
長月《ながづき》六日になれば
伊勢の遷宮《せんぐう》拝まんと
また舟に乗りて
蛤《はまぐり》の
ふたみに別れ
行く秋ぞ

い」というところですね。死んでいく人が、相手のまだ元気でいる人にこういうことを言って死ぬというのが、やはり、覚悟の仕方がぜんぜん違う。現代人だったら、最後まで頑張って生き残ってください、と言うのがごく自然な形だと思いますけど、松尾芭蕉はそうじゃないんですね。心乱されずに死んでくださいと言ってるんですが、その意味は、非常に大きいんじゃないか。やっぱり、この人はこういうことを言うために生きてきたな、と思うんですね。

芭蕉の大垣滞在が終わる日がきた。折から伊勢では、二〇年ごとに行われる「伊勢神宮の式年遷宮」が、始まろうとしていた。九月六日の朝、芭蕉は、大垣の人々に見送られて、水門川を下り、伊勢へと向かった。

——文学的な業績において、芭蕉ほどのことを成し遂げた人は、他にいるかどうかというと、見方によってはいろいろいらっしゃる。だけども彼の場合には、生と死の間を絶えず渡り歩いていた。奥の細道の旅は、地上の旅をしたんですけども、心のなかでは、彼の旅は生死の旅だったということがはっきり言えると思うんです。終始一貫して自分自身を小さくして、そのために自分の周りに全宇宙が押し寄せてきている。それをちゃんと言葉によって表現できたのは、誠に見事な日本人だったと思うんですね。

舟に乗る大岡さん

第24旅

佐渡島　順徳院、日蓮、日野資朝、世阿弥らが配流された。

鼠ヶ関　出羽と越後の国境にあった念珠の関（念誦の関、念種の関）があった場所。念珠の関は、白河の関、勿来の関とともに奥州三関。文献上では『能因歌枕』が初見で、『保元物語』『義経記』『吾妻鏡』に記述が登場する。

第25旅

親不知　波の来るときは岩の陰に隠れ、引くときは出て走る。わずかの間を走るので、親をも顧みず、子をも思わず、ということからこの名がついた。

黒部四十八が瀬　河原の幅一里半、その中を幾筋も川が流れて、難所であった。

第26旅

卯の花山・倶利伽羅が谷　卯の花山は、木曾義仲の陣所であった。倶利伽羅山は、平家と木曾義仲の合戦の地。

斎藤実盛　平安末期の武士。源義朝の郎従として保元・平治の乱に参加。その後、平氏に仕え、一一八三年加賀国篠原で源義仲軍と戦い、討死にした。

木曾義仲　源義仲（一一五四～一一八四）。源義賢の子。生まれた翌年に父が戦死したため、信濃国木曾谷で中原兼遠に養育された。一一八〇年に以仁王の求めに応じて信濃で挙兵し、翌年北陸道を制圧、倶利伽羅峠の戦いで平家を破って京に入る。伊予守に任官したが、公家の反発を招いて朝廷と対立。クーデターを起こし自ら征夷大将軍となったが、すぐに源範頼・義経の大軍に攻められて近江で敗死。

第27旅

那谷寺　七一七年に泰澄が開基した当時は岩屋寺と称した。花山天皇が現在の寺名にしたとされる。真言宗の寺。

花山院　花山天皇（九六八～一〇〇八）。冷泉天皇の子。一七歳で即位したが、わずか一年一〇か月で突然出家した。陰謀説もある。出家後は仏道に励み、和歌でも活躍した。

第28旅

永平寺　吉祥山永平寺は、曹洞宗の創始者・道元が開山した大本山である。旧仏教の圧迫を逃れこの地にいたった道元が、一二四四年に大仏寺として開き、二年後に永平寺と改称した。

第29旅

気比神宮　祭神は伊奢沙別命・仲哀天皇・神功皇后・日本武尊・応神天皇・武内宿禰・豊玉姫命。もとは当地に古くから信仰されていた御食津神（食物の神）であったらしい。朝廷と貴族の庇護のもと、繁栄した。

ますほ貝　西行の歌に「汐染むるますほの小貝拾ふとて色の浜とはいふにやあるらん」と詠まれたますほ貝。

第30旅

大垣　大垣は、芭蕉四一歳のときの『野ざらし紀行』の旅で、最初の目的地であり、このときに多くの門人が生まれ、蕉風俳諧にとって重要な地となっていた。その大垣を、芭蕉は奥の細道の旅の終わりの地とした。

旅に生き・旅に死す

奥の細道・その後

大津から琵琶湖を望む

奥州の歌枕を訪ね、日本海に出て、北陸を下った、奥の細道。およそ六〇〇里、二四〇〇キロ、一五五日間の芭蕉の旅は終わった。

元禄二年秋、奥の細道の旅を終えた芭蕉は、伊勢神宮に詣でた後、大津へと入る。古くから交通の要衝にあった大津は、琵琶湖水運の港町として、また東海道の宿場町として活気にあふれていた。

芭蕉は、琵琶湖と周囲の山々が織りなす美しい景観に、かねてより心を寄せていたので、旅を終えて以後二年に及ぶ年月を、大津を中心とした上方で過ごした。

芭蕉が、長旅の疲れを癒した庵の跡が、琵琶湖を望む山中に残されている。幻住庵《げんじゅうあん》である。ここでの暮らしを綴った文章のなか

幻住庵

で、芭蕉は自らの生涯を振り返り、その心中を記している。

かく言へばとて、ひたぶるに閑寂を好み、山野に跡を隠さんとにはあらず。やや病身人に倦《う》んで、世を厭《いと》ひし人に似たり。つらつら年月の移り来し拙《つたな》き身の科《とが》を思ふに、ある時は仕官懸命《しかんけんめい》の地を羨《うらや》み、ひとたびは仏籬祖室《ぶつりそしつ》の扉《とぼそ》に入らむとせしも、たどりなき風雲に身を責め、花鳥に情《じょう》を労じて、しばらく生涯の計《はかりごと》とさへなれば、つひに無能無才にして、この一筋《ひとすじ》につながる。

さまざまな迷いを経た末に、ようやく自分は俳諧という一筋の道につながり、ここまで来た。

大津の地で芭蕉は、自らの生き方を見つめ直す日々を過ごした。その後、大津をあとにし、芭蕉が江戸に戻ったのは、元禄四年秋のことだった。門人たちによって用意された深川の新しい庵に入る。そして、『奥の細道』の本格的な執筆へと取りかかった。

旅の道中で書きためた草稿をもとに、芭蕉は言葉を紡ぎだしていった。

元禄七年五月、芭蕉は、推敲に推敲を重ね書きあげた『奥の細道』の清書本を携え、故郷伊賀上野に帰った。

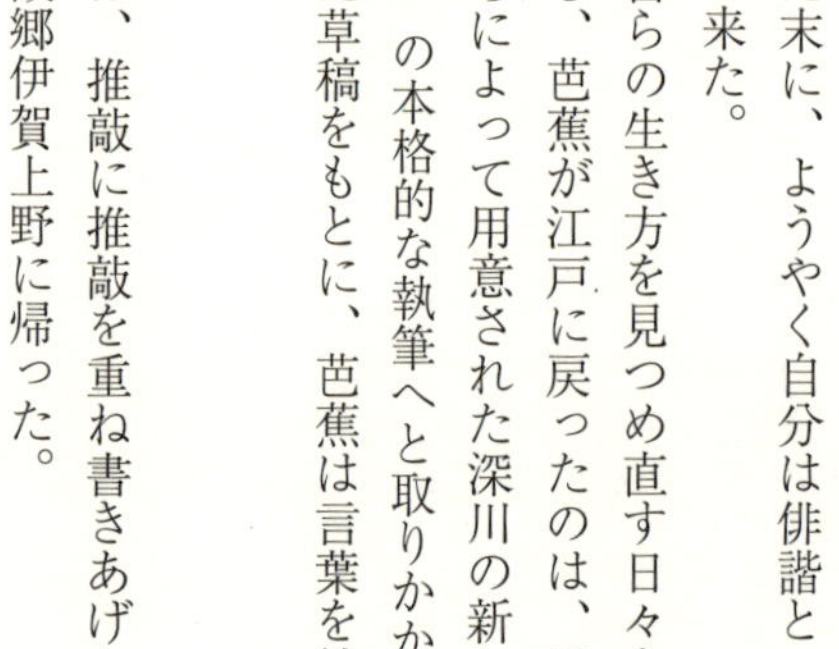

現在の大阪御堂筋

義仲寺

芭蕉の墓

このころ芭蕉は、自らの死が近いことをすでに予感していたと伝えられている。ただ一冊の清書本をまるで形見のように、兄半左衛門に託した。

元禄七年一〇月一二日。芭蕉は旅の途上、大坂で病に倒れ、命を終えた。死に臨んで芭蕉は、弟子に筆を執らせ、一つの句を書き留めさせた。

旅に病んで夢は枯野を駆けめぐる

生涯を旅に生きた漂泊の詩人松尾芭蕉の享年は、五一歳である。芭蕉の亡骸は、遺言によって大津の義仲寺《ぎちゅうじ》へ葬られた。

「月日は百代の過客にして、行きかふ年もまた旅人なり」。過ぎて行く時間も、人の一生も、全ては旅のようなもの。流れ移ろい一時もとどまることはない。

俳人・松尾芭蕉の生涯は、無常のなかに潜む美と真実を追い求め、新たな詩的境地をめざす果てしない旅でもあった。

「此附近芭蕉翁終焉之地」の碑

『奥の細道』俳句一覧

（本書の『奥の細道』原文に出てくる俳句を登場順に一覧し、ページを示した。また本書に出てくる『奥の細道』以外の俳句も付記した）

『奥の細道』以外の句

【章頭タイトル図版一覧】

第１旅　深川
第２旅　大神神社
第３旅　日光東照宮陽明門
第４旅　雲巌寺
第５旅　殺生石
第６旅　田と那須山
第７旅　翠ヶ丘公園
第８旅　福島の梨畑
第９旅　医王寺
第10旅　藤原実方の塚
第11旅　ミヤギノハギ
第12旅　多賀城跡
第13旅　大高森からの松島
第14旅　日和山公園
第15旅　高館
第16旅　山刀伐峠
第17旅　紅花畑
第18旅　山寺五大堂
第19旅　最上川
第20旅　羽黒山五重塔
第21旅　月山
第22旅　庄内平野と鳥海山
第23旅　鳥海山と九十九島
第24旅　出雲崎町から見える佐渡島
第25旅　親不知
第26旅　金沢城石川門
第27旅　那谷寺
第28旅　永平寺
第29旅　敦賀湾
第30旅　水門川

【掲載図版提供】
栃木市観光協会／栃木県東京事務所とちぎ観光センター／須賀川観光協会／福島市観光協会観光企画課／福島県観光課／名取市産業部商工水産課／宮城県／多賀城市観光協会／安藤寛（ボンカラー・フォト・エイジェンシー）／岩手県平泉町観光商工課／山形県観光協会／秋田県象潟町商工観光課／新潟県出雲崎町役場企画振興課／新潟県青海町産業観光課／石川県観光物産東京案内所／福井県東京事務所／岐阜県大垣市経済部商工観光課

【図版資料協力者】
義仲寺／芭蕉翁記念館／芭蕉記念館／天理大学附属天理図書館／小淵山観音院／小杉瑪里子／大神神社／日光東照宮／日光東照宮宝物館／紺屋／雲巌寺／高久まさ／石井浩然／光南高校／小針喜久子／山形美術館／安洞院／田村神社／医王寺／道祖神社／亀岡八幡宮／永野とも／陸奥国分寺／管野邦夫／塩釜神社／瑞巌寺／鳥屋神社／毛越寺／中尊寺／養泉寺／鈴木正一郎／立石寺／吉田昭太郎／乗舩寺／板垣一雄／出羽三山神社／本間美術館／蚶満寺／西生寺／願念寺／聖天山／多太神社／那谷寺／全昌寺／天龍寺／永平寺／顕本寺／気比神宮／本隆寺／大垣城／大垣市立図書館／大垣市教育委員会／正覚寺／上野城／上野商業高校

装幀／後藤葉子（QUESTO）

（本書は、NHKの放送番組「奥の細道をゆく」をもとに編集しました）

【放送番組制作スタッフ】
語　り　山本和之
朗　読　幸田弘子
ディレクター　相沢孝義　長谷川明　青木伸之
佐々木昭伸　中根龍夫　小野寺広倫
村上千佳　小林尚志　竹田晋也
江刺一誠　若狭光洋　緒方啓三
石川慶　河野康彦　深須昭宏　伊藤純
小森達夫　佐々木修次　齊藤倫雄
プロデューサー　中山千尋
チーフプロデューサー　桐山友之　玉置晴彦　中野茂
田野辺隆男　松本勇一　原正隆
阿部正敏　杉山太一
制　作　ＮＨＫ仙台・青森・福島・盛岡
山形・秋田・新潟・金沢
制作協力　ＮＨＫ東北プランニング

奥の細道をゆく　二十一人の旅人がたどる芭蕉の足跡

2001年6月17日　初版第1刷発行
2003年3月6日　初版第6刷発行

編　者　NHK「奥の細道をゆく」取材班

発行人　前田哲次
発行所　KTC中央出版
〒460-0008 名古屋市中区栄1丁目22−16
振替00850-6-33318　TEL 052-203-0555
〒163-0230 新宿区西新宿2丁目6−1 新宿住友ビル30階
TEL 03-3342-0550

編　集　株式会社　風人社
〒155-0033 東京都世田谷区代田4−1−13−3A
TEL 03-3325-3699　http://www.fujinsha.co.jp

印　刷　図書印刷株式会社

ISBN4-87758-214-2 C0095